我在草原上追赶落日

郭保林 著

郭保林经典散文
学生读本

山东文艺出版社

图书在版编目（CIP）数据

我在草原上追赶落日/郭保林著. —济南:山东文艺出版社，2021.3
ISBN 978－7－5329－6333－1

Ⅰ.①我… Ⅱ.①郭… Ⅲ.①散文集—中国—当代 Ⅳ.①I267

中国版本图书馆 CIP 数据核字(2021)第 040071 号

我在草原上追赶落日
郭保林 著

主管部门	山东出版传媒股份有限公司
出版发行	山东文艺出版社
社　　址	山东省济南市英雄山路189号
邮　　编	250002
网　　址	www.sdwypress.com
读者服务	0531－82098776（总编室）
	0531－82098775（市场营销部）
电子邮箱	sdwy@sdpress.com.cn
印　　刷	青岛国彩印刷股份有限公司
开　　本	640毫米×960毫米　1/16
印　　张	16　插页/2
字　　数	203 千
版　　次	2021年3月第1版
印　　次	2021年3月第1次印刷
书　　号	ISBN 978－7－5329－6333－1
定　　价	30.00 元

版权专有，侵权必究。如有图书质量问题，请与出版社联系调换。

目 录

一 一页乡愁

003 / 我寄情思与明月

010 / 月浴

013 / 泉城夏韵

017 / 家乡的白杨林哟

022 / 八月的故乡——你好

025 / 马颊河湿地的黄昏

030 / 微山湖的旋律

035 / 秋歌三章

二 萧萧西风

045 / 根之魂

052 / 玉关情

060 / 千秋太史公

069 / 黄河狂飙曲

079 / 凭吊交河故城

090 / 祝福拉萨

094 / 纵笔纳木错

100 / 达坂城的夜晚

三　诗意草原

109 / 我在草原上追赶落日

113 / 戈壁有我

118 / 浪漫的草原

125 / 秋日草原

132 / 穿过荒原之夜

四　山水写意

139 / 诗城

149 / 天堂之水天上来

154 / 千秋纸墨是精神

167 / 孤独的月光

175 / 解读凉州

191 / 走向大海

196 / 海之月

200 / 刘公岛抒怀

五　域外风情

209／巴黎的韵致

219／雅典，失血的黄昏

230／德国的橡树

234／佛罗伦萨郊外的山居

240／啊，亲爱的爱琴海——从米岛到圣岛

附录

250／郭保林入选语文教材和教学阅读用书作品一览

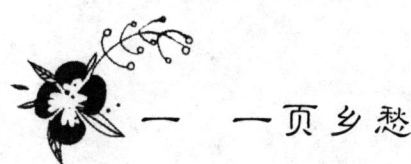 一页乡愁

我寄情思与明月

久离故土，心中难免郁积起一叠叠沉甸甸的乡情。

乡情像一条坚韧而绵长的丝线，无论走到哪里，它总是伴着我一同前进。山，隔不断；水，剪不断；一头系着故乡，一头系在我心中。在城市住久了，思念故乡的心越发殷殷的了，这一叠重重的乡情该怎样寄托呢？

托给那一缕飘逸的风。可它太放浪了，靠得住吗？托给那一片悠悠的云。可它太轻薄了，载得动吗？

哦，托给那一脉幽幽的月光吧——那湿漉漉、晶莹莹的月光，会翻过山岭，跨过河流，穿过翳密的林薮，载着我沉甸甸的情思，把一朵朵鲜润润的吻，一声声热乎乎的问候，给我的小河，给我的白杨林，给我的梨园，给我的场院，给每一朵野花，给每一株小草，给颤动在花瓣上的点点晨露，给栖落在草叶上的红头蜻蜓……啊，给我那像按在平原上一枚图钉大小的乡村。

而今，又是月到仲秋了。

月，对城市来说，实在太吝啬了。即便这仲秋之夜，那月光也是慵慵的、倦倦的，只在遥远的天国微微睨着，月色淡淡的黄，像病恹恍少女的脸靥；地上，空中，弥漫着薄薄的、烟一样朦胧的光，仿佛风一吹，就消逝殆尽了，哪有故乡月色如水的清澈、如银的锃亮？

我思念故乡的月。

撇下妻与子，我独自走至郊外的山野，坐在山坡一块岩石上。脚下是灯火万家的烟城，仰首天穹，只见一羽鹅毛似的絮云，在月儿的脸上抚来抚去，一会儿又有一匹尼龙纱巾似的流云，网住了月儿的蝉鬓；又一会儿云翳褪尽，便见如水中的明珠，如浴后的白莲，迤迤然脱颖而出，于是山野便盛满了月的思想，月的灵魂。

我的思绪也像鸟儿一样，乘着这缥缥缈缈的月光飞去了，飞过迷蒙的烟水，飞进故乡那如诗如画的月色里……

故乡五月的月夜，在我儿时心灵里是一幅多么迷人的画儿啊！

那是最新、最美好的时刻，天空像刷洗过一般，没有一丝云雾，蓝莹莹的又高又远。月儿像一个姗姗来迟的妩媚的少女，她把满目清朗朗的光晕洒下来，那满院便是一片明晃晃的晶莹，槐花瓣上便注满月的流汁，月的凝脂，空气里弥漫着花的幽香，月的芳馨。院角、墙缝里，蟋蟀，这些骚动不安的夜的骑士发出暴烈般的歌唱……

这时，我便坐在院里洋槐树下，或躺在母亲的怀抱里，望着星，望着月，读着那永远也看不懂的黛蓝色的天书。有时母亲也扯着我的小手，摇来晃去地唱道：

　　筛箩箩，打躺躺，
　　磨斗面，送姥娘，
　　姥娘不在家，
　　喜得妗子笑哈哈……

其实是我笑，母亲笑。笑声在融融的月里飞飞飘飘。摇过，唱过，便给我讲起许多月的传说，我也常趴在母亲的肩头，问那月娘为何不下来，干吗老待在天上？问月娘吃什么，那儿有杜梨、有酸枣，也有"甜秆"吗？那星儿可是她的孩子？云遮住了月的脸，好久好久不露面，是月娘病了吗？小小心灵中盛满了许许多多的童稚和疑惑。稍大一点，我和小伙伴儿喜欢在月光里奔跑，追逐，嬉闹。或场院，或河滩，或树林，那是我们这些"小精灵"活动的第一个舞台。跑累了，闹乏了，就坐下来唱歌。我们的嗓子嫩稚稚的，像刚脱壳的蝉，刚蜕皮的蝈蝈。我们的歌清朗朗的，月娘听了，给我们一片湿润润的吻；花儿听了，给我们一片幽幽的香；云儿听了，给我们一片柔柔的情。

至于瓜棚月夜，那是孩子心目中最动人的一幅画了！

那是怎样迷人的景色啊！暮霭沉沉下垂时，月亮尚未升起，萤火虫却已从夜幕里钻出来，就像从夜空里飘洒下来的星星，忽高忽低、忽上忽下无声地飘荡着，飘荡着，在瓜棚、瓜园的周围飞舞起来了。当月亮升起的时候，田野就像洒了一层银粉。远远的树林，近处的田陌、沙冈，呈现出一派既清晰、明亮，又空灵、柔和的景色。

那生产队的瓜园对我们多么富有诱惑力啊！满园枕头大的银瓜、西瓜，棒槌大的菜瓜和大大小小的甜瓜，从碧绿的叶缝里，裸露出丰满诱人的笑脸，散发出浓郁的馨香。温和的夜风，载着瓜的芳香，以及晒蔫了的瓜叶的气味，露水和夜的气味，一齐弥漫过来，沁人心脾，令人陶醉。在月色里可以依稀看到圆滚滚的西瓜——果皮上泛着一层白粉，白粉上镂刻着一道道深绿色的花纹；还有羊角蜜，长得像一只羊角，上尖下粗，弯弯着腰，黄色的外皮，打开来，露出粉红色的瓜瓤儿、紫红色的瓜籽儿，咬一口，满嘴淌蜜；青皮脆，翠绿色的瓜皮上长着一条条黑纹，打开来，奶白色的瓜瓤儿，像水嫩欲滴的奶酪，甭提多甜了。至于"花狸虎""三道筋"，那都是瓜的家族里上好的成员。还有一种叫大面墩，个头长得特别大，长长的，黄黄的，吃起来面面的,像吃馒头,简直可以当饭。

我们常常结群搭伙地去偷瓜,在月色里演出一幕幕喜剧、闹剧和恶作剧来。看瓜的是"三老瘪"——一个瘦老头儿,我们叫他瘪三爷。偷瓜时,我们先派一个"侦察兵",悄悄地溜进瓜棚,在他眯着眼打盹儿的时候,在他的鞋壳里面放一把干蒺藜,然后,在瓜园小径上也撒下蒺藜。一旦他发现偷瓜时,跳下床铺,脚一着鞋,就被扎得龇牙咧嘴,光着脚追赶我们,小径上的蒺藜又扎得他直吼直骂。叫骂声中,我们早已抱着几个甜瓜或西瓜像小狗獾似的跑远了。于是,我们就躲在河滩里,趴在草地上,尽兴地享受"战利品",吃饱了,打着饱嗝,带着一种满足、一种快意、一种甜蜜,"宿窝"去了……

我真正读懂"故乡"这部书时,也是在月光下,那时我已高中毕业了。暑假里,我等候着高考福音的降临。

七月的傍晚,夜幕垂下了,蛙鼓响了,萤火亮了。我割满一筐牛草,坐在小河边,洗净了脚,洗白了手。我望着河水,见那河水发亮了,像黎明的晨曦。突然,那河水开始有银蛇游动了,抬头看呀,一轮金黄的明月,抖抖地出现在我面前,金灿灿,明晃晃。我惊呆了,两眼痴痴地望着这样辉煌、这样妩媚的明月。它如同一枚熟透了的柿子,散溢着浓馥的芳馨,饱蕴着汁液,沾着蒙蒙水汽。它金色的流汁、金色的柔光泼泼洒洒地倾泻在故乡广阔的田野上,远近的房檐、树梢、垛顶、水痕,全都泛出淡淡的金色光芒。一阵微风吹过,田野的光霭便闪闪地流动起来——潺潺地,溪溪地,幽幽地,轻轻地,对这耳语一阵,对那亲吻一会儿,悄然地,悄然地,不出一点儿声响。这时候,谁要咳嗽一声,它会惊恐不已,迅速地躲到背后,或是用小草将自己遮掩。我狂喜地望着这神奇的月色,仿佛走进月的梦境。一切都是闪闪烁烁、蓬蓬勃勃,我陶醉在这金色的梦幻中了。

随着夜的脚步,那月亮渐渐变得更加明丽妩媚起来,她悄悄地、步履蹒跚地沿着河边的柳树枝干向天幕上走去，没有一点儿声息，又似乎听到窸窸窣窣的脚步声。月色比先前更清幽、更迷人了，沾着看不见的甜湿的夜露，一页页翻开在旷野上——远处堤上的柳条，身边坡上的紫丁香，一齐楚楚地向我伸展过来，把树枝和小草的影儿投射在河堤上。宿鸟在枝头上叫着，小虫子在草棵子里蹦着，田里的庄稼在拔节生长着，田野里也有千万生命在欢腾，花和沉静的草，越发显得芬芳扑鼻……这时，你可以尽情领略夏夜的安谧与恬静，夏夜的醇厚与丰富，夏夜的深邃与喧嚣……

但是，我的梦退潮了，我醒来了。我发觉，月照处的高冈河坝像朦胧的画，没照的低凹处像深沉的诗。于是我借着月光一行行一页页地阅读着故乡这部祖传的书：卧在月光下的牛，融进月色里的柴烟，破旧的村舍，古老的磨坊，发黑的麦秸垛，长着绿醭的水坑，木质皴裂的辘轳把柄，弯弯曲曲的小路，小路上那沉重纡缓的辙沟，还有这茂茂腾腾的庄稼，黑黝黝的土地，以及渗进大地深处我祖祖辈辈的汗水，被风雨蚀去的重重叠叠的脚印……这是一部写满象形文字的书，我们古老民族皇皇历史巨著沉甸甸的一章。此时，我才真正弄懂"故乡"这个词深奥而丰富的内涵——繁衍，生息，创造，发展，艰难，执着，挣扎，奋搏……这莫不是故乡的生命坐标？

我年轻的心灵中顿然萌动了一种伟大而纯挚的情感，也萌动了一种苍茫的历史感和沉重的使命感……啊，故乡！

最令人眷恋的是中秋月。

中秋节，那是月的节日。

平原上，托出一轮圆月，犹如维纳斯的诞生一样迷人，一样富有魅力，又像泰山日出、黄河落日一样辉煌庄严。有一年回故乡，我在日记里曾记录过故乡中秋月出的壮丽景观：

那隐晦的、沉思般的蓝湛湛的底色上，洒下了最初的几滴欢乐的蛋白色的水珠，并逐渐地浮泛开来。这色调又转为玫瑰黄，犹如丹青手的画笔在纤徐地涂抹，逐渐变得宏大、变得清晰，使玫瑰黄越聚越浓。天空中那金黄的、一路上扫荡一切的、火焰般的色彩，开始泛滥开来，又如一部交响乐。先是由一只细细的笛音悠悠地、从遥远的深处传来，渐渐声音变得清晰、宏阔、昂扬，接着管弦齐鸣，锣钹奏响，啊……这时，我仿佛听见月神被簇拥出来，如此圆润、清晰和庄严、安详。我屏住气，瞑目呆住了，这样伟大的、这样迷人的月出的远景，我却从来没有看见过。月亮离地，大约不盈尺的光景，霎时间，那所有的星星都似乎隐蔽了，唯有这轮金黄的月在向这夜的世界泼洒着流汁一样的柔辉，而那点点的遥村远树，淡得比初春的嫩草还虚无缥缈……

这时，家家户户男女老幼便团团围坐在摆放在院子里的地桌周围，开始了丰盛的晚餐，享受一年一度最神圣、最迷人的天伦之乐。而家家的地桌上都摆满了瓜果梨桃，摆满了特制的成套的月饼，装潢鲜丽如新月。那月饼有枣泥馅的、糖馅的、瓜子和花生芝麻馅的，上面印着"嫦娥""桂树"的图案。这时，母亲并不急着吃，望着我这远归的儿子那种吃月饼时甜甜的、贪婪的样儿，脸上的皱纹化为一朵美丽的微笑。我咀嚼着月饼，也重温着故乡——那远处传来的机器轰鸣声，那电视机播放出来的歌声，和谁家院子里不时爆发出的一阵阵舒心爽朗的笑声，都流淌着收获的喜悦，火红的富足，甜美、热烈、沸腾的追求，那么新鲜，那么动人，那么令人遐思和憧憬。月饼的甜、瓜果的香、醉意浓浓的乡情，连同母亲的笑都就着月光吃进肚子里了，至今我的舌尖上还带着那甜甜的、馨香的记忆！

夜深了，露重了。抬头望去，高高悬挂中天的是山野特有的中秋月,她圆润、安详,静静地放射着柔和的光,如同母亲温柔的目光、温柔的微笑。山风轻轻地摇荡不息,载着清澈绮丽的光波,欣然地洒在无限的静穆之中。在这静穆中,故乡仿佛一步一步向我走来,带着我童年的回忆、少年的足迹、熟悉的乡音;带着小河的琴声、白杨林的涛韵;带着甜甜的炊烟和庄稼成熟的芳馨……

难忘的故乡!难忘的亲人!愿我这一缕缕浓浓的乡情,托给天上的明月,愿那月光载着我这梦一样温存、云一样迷惘的情思,飞到那鲁西平原上的小村!

本文选入《中国散文鉴赏文库(当代卷)》,后被人民教育出版社选入全日制普通高级中学《语文读本》(试验修订本·必修)第三册、中等师范学校语文教科书(试用本)、职业高中《语文》第二册;被高等教育出版社选入《大学语文》、复旦大学出版社大学《语文教程》以及数十种中学生读物、优秀散文选集;中央电视台在《子午书简》栏目由任志宏配乐播诵

月 浴

太阳也疲惫得支撑不住了,一寸寸地往身下的山顶上靠,想倚着它喘口气。立即,山林的阴影罩向了山坡。于是,绿草一块块黑下去,随之而来的初升的夜色布满了天空,浓暮如稀淡了的墨汁泼在山野上。

月是大山之魂。这金黄金黄的月如同一枚熟透了的香蕉,散溢着淡淡的芳馨。

阒寂无人。那梦幻般的月辉,浅浅淡淡,轻轻悄悄地弥漫了沟沟畔畔。岩石、野树、杂花,在月光下幽幽地亮,吮吸着月的芳馨、月的甘霖,发出快乐的、轻微的战栗声……

山坡上,一径小溪剪开了草丛,艰难、执着而又小心翼翼地流淌……

暮色渍深了山野,夜雾打湿了意境。晚风送来岩石与溪水的气息。忽地,草丛中扑飞出几只鸟雀,喳喳地呼唤,冲向夜空。一个纤弱的身影就从这山坡草丛里晃出,背着柴捆,大山一般沉……

脚下是碎纷纷的月色幽亮的山径,踩上去叫人酥酥地胆怯,两旁少女般亭亭玉立的白杨漾起一串绿吟吟的笑声,一阵强,一阵弱。整

月　浴

个山野沉浸在宁静中，宁静的月华，大胆地、忘情地簇拥着她，山径上留下一串脚踩月光的噗噗声……

她吃惊地仰起被汗水浸润的圆圆的小脸，深情地朝向天空那轮弯弯的月亮望望。月的温柔，月的多情，连同一缕透明的抚慰，纵横恣意地倾泻，她两只深潭般的眼睛，注满了月的情愫，漾漾晃晃……

撩人的月色多情而固执地倾泻着，淋淋漓漓沥沥，乳白色的光波正编织着一个宁馨的梦。

她微微有些战栗，在这宁静的大山里，月是她的伴儿，月儿是她温柔的抚慰……

她背着柴草，一步一步向前走去。山溪在前面的石凹处汇成水汪。那儿盛着满满一汪月。她弯下腰来，卸去大山的馈赠，捧起一掬亮晶晶的溪水，也捧起一掬亮晶晶的月华，潮上自己的脸颊，满脸红扑扑的，喷出一股袭人的青春热，水珠在她的鬓发上珍珠般地闪烁，写意式的鬓发贴在腮边。

她悄悄丰满起来的身影，倒映在水里，倏尔聚拢，倏尔漂碎，她把手和脚一起放在水里，任轻轻的溪流用鱼一样小巧的口啄着她滑润润的足踝。她经不起水的挑逗，更经不起月的诱惑，索性脱下外衣，跳进水里。

月如水，水如月。月在水里化了，水在月里溶了。她像一条小美人鱼在水里畅游，她像一只玥玥然的玉兔在蟾宫里扑跃。月光亲吻着她的脸、她的头发、她的皮肤，流水洗去疲倦、洗去辛苦，她心里一阵激动，一阵兴奋……

她抬起头望望月光下的山野，谷子、高粱、豆子、花生，都无声地波动着。庄稼已初出香味，再有几阵暖风吹过，金黄色的故事，就有人收割了，一个山里漫长的季节，一个古老的故事。

于是，她笑了，带着一丝淡淡的苦涩的笑意，像水波似的漫过农家女儿的嘴角……

本文选入《中国经典散文三百篇》《新课标语文读本》等多种选本

泉城夏韵

夏天的脾性总是火辣辣的，无论它走到哪里，都气焰嚣张，情绪亢奋，甚至狂躁，还不时雷霆震怒，来个倾盆大雨，一泄郁愤。

泉城的夏天也不例外，早年有"四大火炉"之称，在全国是挂上号的。进入暑期，泉城简直成了太上老君的炼丹炉。太阳一出山就丧失了理智，发疯地热，火焰般舌尖，舔舐万物，滚烫烫的，室内的桌椅都发热，窗外的柏油马路，热得都受不了，哧哧直冒油汗。风是火风，走在街上仿佛蹚在热水里。老迈横秋的千佛山，打禅入定，一动不动，蔫头蔫脑的；大明湖也昏昏然，湖面上蒸腾着迷蒙的水汽，像熟睡了一般。

这些年温室效应，地球变暖，按理说，泉城的夏日该是更加酷烈燠热，非也，夏天在这里表现得热烈而不狂躁，激动而不张狂。我问气象专家，说，泉城多泉、多水、多树，小流域气候有所改变。树的确多了，街道、小区、泉边、湖畔，高杨大柳、法桐国槐，绿树堆云，绿涛澎湃，绿浪拍窗，称它森林城市也不为过。水生凉，树生荫，自然暑气和酷热衰减了，夏天在泉城的表现似乎有了些理性。

泉城是山城，又是水城。《老残游记》的名句家喻户晓：四面荷花三面柳,一城山色半城湖。这城也许有了山,才有了硬气、骨气;有了水,才有了灵性和情感的缱绻,所以历史上不乏英雄豪杰,如铁骨铮铮的铁铉;也不乏婉约派才女李清照,"争渡,争渡,惊起一滩鸥鹭"。

我喜欢泉城夏日的雨,暴雨、豪雨、雷阵雨,雷鸣电闪,噼里啪啦,淋漓痛快。北国的雨阳刚、剽悍,不像江南的雨阴柔,哩哩啦啦。来则豪情大发,气势磅礴;去则果断决绝,干净利索,像苏东坡的文赋,行当则行,止所当止,绝非缠缠绻绻,扯不断,理还乱。一旦风流云逝,雷停电止,则是一片艳阳,满街、满巷,细水潺潺,大水滔滔,甚至"鼓千尺之涛澜""吞泥沙于一卷"。

雨后天全新,山有了精神,水有了情绪,泉城柳神经似乎受到强烈痛快的震撼,枝腮叶眼里含着激动的泪,雨停了,水珠还滴个不停。花圃里美人蕉、玫瑰花和紫丁香、曼陀罗,饱饮甘霖,精神焕发,它们芬芳的呼吸,使空气变得浓郁沉实。

阳刚和温柔构成泉城的风韵,泉城的夏日也流淌着这种基因:火爆和清凉。

雨后最好荡舟大明湖,柳含烟,松吐翠,满湖绿波,半池菱荷惹人醉。夕阳在山,绿水漾漾,水色妩媚,山光明媚。水波灵秀,动中有静,静中有动,整座城市都在水中摇曳。泉城有山有水,气润丰满,眉眼鲜活,神采飞扬。所谓家家泉水,户户垂杨,那简直是泉城的绝唱。

雨后赏荷,那才是泉城最动人的一景。七月末,八月初,正是荷花开得浓艳的时节,荷箭亭亭,硕大的荷叶如盖,铺在水面上,荷叶滚动着千百亿颗熠熠闪烁的雨珠,一片珠光宝气,使整个荷池呈现一片富贵奢华气象。微风吹来,岸畔柳丝摇曳,湖中荷花舞动,那雨珠或滴落,或在巨大的荷叶上滚动,眷恋似的不肯落下,大珠小珠满玉盘，弄得满湖热热烈烈，像闹元宵似的。这时你会想起"曲院风荷""莲岛瑶台"这些词汇，甚至大有"澄心鉴碧""海岳开襟"之感。

含苞待放的荷花最美，花萼紧抱在一起，形成一个号角，蓄势待发，只待一声令下，顿时展蕊怒放，丰满的花瓣带着深红的情绪，燃烧起来。水佩风裳，红翻翠舞，绿叶吹凉。更有荻蒲苻藻，嫣然摇动，冷香飞上诗句，这简直是一首绝妙的唐诗。

大明湖的荷花比不上微山湖，微山湖的芰荷万亩，太野、太狂、乱无章法，给人一种放荡不羁之感。而大明湖的荷花雅致、清韵，有诗情画意，厚实的莲叶上，毛茸茸的荷箭上顶着一朵怒放的花朵，雪白、赤红、粉红，还有淡黄、翡青，品种繁多，有的黄蕊白莲，尖瓣半开，有的吐蕾盛放。夕阳下，荷叶间，有游鱼数尾，水面涟漪轻动，不动的是那些叶如碧玉、花如瑞雪的浮莲。一次我在岸边观花赏鱼，发现两尾小鱼在吵架，一会儿用嘴撕咬，一会儿用尾摔打，发出嗞嗞的声音，水面冒出一串串水泡，那是它们的语言。它们为何发生冲突？我想劝架，但又不懂鱼的语言。过一会儿，一条大鱼游来，两条小鱼立即停止口舌之争，那大鱼不知说了几句什么话，小鱼们乖乖地摇尾言欢，一场剑戟铿锵的战争结束了，转瞬间，鱼儿各自游去，相忘于江湖了。

夕阳向晚了，这是湖畔最动人的时刻，萤火虫早早提着发着蓝光的小灯笼，在岸畔草丛中飞舞，歌唱一天的蝉仍然豪情不减，在高枝引颈嘶鸣。这是天籁，在这市尘喧嚣中能静下心聆听天籁，那是心旷神怡的。泉城人家往往搬一个竹躺椅，或夹一只马扎，一把破蒲扇，袒腹裸背，或坐或躺，身旁放一茶几，品茗闲话，三皇五帝、夏鼎商彝、周易八卦，或是当下热门话题、社会焦点，谈起来口角生风，滔滔不绝；争起来，唾沫四溅，大有干戈四起之势。那言谈争论，实际上是一种精神的会餐，情绪的释放，是人生艺术的享受。

如果不在湖畔纳凉，到泉边赏月，那是再好不过的去处了。

泉城七十二泉，名甲天下，趵突泉、黑虎泉、金线泉、珍珠泉……其名繁多，难以记忆。雨后的夜晚你到泉边来，水声涛韵，如金声玉振，声响动人。泉水更旺，黑虎泉张着虎口，虎啸雷鸣；趵突泉涛涌若奔，一蹿老高，泉水急急地喷涌，争先恐后地倾泻，那是大地的深情，天地的吻契。泉水像硕大的绣球花，透明的质感，月光下一片惨白；花瓣披覆下来，一层层，一叠叠，瞬间凋零，又瞬间生出，纷纷然、汩汩然。暑热散去，凉意随泉涌出，夜风袭来，只觉得气爽心怡，这时夜空湛蓝，深情纯净的天宇布满星星，月亮格外晶莹、明亮，明月冉冉升上碧空，只见月在水中浮，水在月中流，泉往上翻，月往上蹿，咕咕嘟嘟，涌涌溅溅，月光被物化了，一鼎沸腾的琼浆玉液；岸上的树影落在水里，婆娑、摇曳，满池的液体树枝在蠕动。清风明月，慈祥清馨，墨蓝的天空深邃寥廓，是恒久的静谧。清纯的空气里弥漫着花香，悠远、浑厚。远处的水池里，近处的草丛中，传来蛙鸣虫吟，给这城市增添了新鲜而动人的诗意，使人忘却白天身边还是喧嚣芜杂的城市。

泉城的夏日虽酷热，并不气闷，只是这几年车辆骤增，尾气排放，空气受到污染与破坏。我家居城郊，每天黄昏散步，林荫道林木葱茏，枝丫勾连，遮天蔽日，晚风送凉，满身热汗顿消。这里远离市区，空气清新，环境幽静，路旁一片萋萋的绿草，一帘花影，坐在路旁的连椅上，饮上一杯新鲜饮料，顿时冲淡了一天的疲惫，使纵横杂乱的思想，也渐渐得到整饬梳理。

蓦然间，有片黄叶飘零而至，静静地无声地落在洁净的路面上。有些东西在亢奋的季节猝然死去，说明夏天在静静地远行，这是大地的秘密，季节在时光深处悄悄更迭。

本文选入《中学语文　漫·阅读》等多种教辅、散文选本

家乡的白杨林哟

家乡的白杨林哟，我的一页乡愁……

我常常翻阅珍藏在记忆深处的一本画册，那里面保存着我童年生活的许多画页：有的是村庄一角；有的是一湾碧波湜湜的塘水；有的是瓜棚豆架下的幽幽的荫凉；有的是场院麦草带着淡淡馨香的温暖气息……其中，最心爱、最迷人的一页，便是沙滩上的白杨林。

家乡的白杨林哟，那袅袅的雾纱里还裹着我儿时的梦幻？那青青的草地上还收藏着蹒跚学步的脚印？那蓁蓁的绿叶里还萦绕着我牙牙学语的音符？孩提时，理想的胚胎，在那里孕育，萌发；青年时，初恋的种子在那里生根、发芽。那里有我的歌声笑语，也有我的泪珠和汗水，我思念家乡的白杨林，就像思恋我的情人……

距村不远，有一片沙滩。沙滩上长满了翠绿的白杨树，那树分外挺拔，细溜溜的树身沾满白釀，像涂了银粉，亭亭玉立，千百如一。可仔细一看，又觉得每棵树都各有风姿，这棵高耸云天，俊逸挺秀，有如人正当年；那棵虽然只高过人，却也蓬蓬勃勃，昂然直上。树梢翠叶，更是多姿，有时像撑开的绿伞，迎风飘舞；像羽扇轻摇，款款摆动；像风车旋转，像孔雀开屏。阳光穿织在绿裳翠羽间，满树闪着青光碧彩，那白杨林真像一座绿色雕塑。

爷爷是护林员，一年四季劳作在白杨林里。

春天，那儿是孩子们的乐园。林间空地上长满了各种野菜、青草。荠菜、麦茬菜、灰灰菜；草儿就更多了，有抓地秧、星星草、节节草、雀儿帽，还有开着金黄色小花的猫耳朵。三月四月，草绿花发了，爷爷就一样一样指给我们看，讲给我们听，就像指导我们阅读一部大自然的普及读物。我们蛮有兴趣地听着、记着，采完野菜，就在两棵树之间系上一条绳子，荡起秋千来，一下一下，飘起飘落，腾云驾雾似的。四月尾五月初，正是暮春时节，草丛里出现许多小虫儿，那黑色的喇叭虫，白天悄悄躲起来，藏在草根下，钻进沙土里；到了傍晚，便钻出来，飞来飞去。它们挺好玩，小翅膀呈瓢形状，末端带点钢蓝色，傻乎乎的样子，甚至有点儿笨拙，飞不高，也飞不远，飞一阵，便落在草叶上、沙滩上，颠颠颇颇地爬起来，我们就悄悄走过去，轻轻用手一按，便捉住了它，放在准备好的空墨水瓶或者小瓦罐里。一个傍晚，就抓得满满一瓶子。这是小鸡们的一顿美餐。听爷爷说，那鸡吃了喇叭虫，下蛋就格外多，格外大。

夏夜，那是多么神秘、朦胧、迷离的世界。在白杨林里乘凉，更是别有一番风味了。我躺在散发着麦秸秆清香的草苫上，眼睛睁得大大的，仰望着从树叶缝里渗漏出来的一块块椭圆的、菱形的、长方形的天空。那天空深邃幽蓝，风吹树叶似乎就拂着小星星的脸儿，一会儿露出来，一会儿又躲进去，像个害羞的小姑娘，你看一眼，她就躲，不看她，就又冒出来。夏夜的白杨林真静啊，静谧得像个天国，似乎能听得出月光在枝柯间流泻的潺湲声，能听到露珠从白杨叶子上跌落在沙滩上的簌簌声，那可是白杨树的眼泪吧？……

有一天夜里，我蒙蒙眬眬刚要入睡，听见爷爷在树下唱一支古老的民歌。我说："爷爷，你在唱歌？"他故作惊讶地讲："没有呀，我没有唱歌,你听错了,那是树在唱歌吧?"我不相信,他就让我把耳朵贴在树身子上聆听,真的,清风轻轻掠过梢头,满树叶子就像一个小小的合唱团,时而浩歌长啸,时而浅唱低吟,有点儿凄凉,有点儿哀婉……我听着白杨树的歌声,望着黑森森的树林,小小的心灵里滋生着一种异样的感情。我突然问爷爷:

"白杨林为啥不开花、不结果?"

爷爷看我那憨稚的样儿,笑了笑,把我搂在怀里,给我讲起白杨仙子的故事:说白杨树原是一个美丽的公主,是玉皇大帝最喜欢的一个小女儿。她像桃花仙子一样,开美丽的花,结甜美的果子。但她不甘于天空的寂寞,要求下凡人间。玉皇大帝经不住她的软缠硬磨,便恩许了,但约法三章,"不许开花;不许结果;不许繁衍后代",为了惩罚她,只许她生活在沙滩薄壤。性格倔强的白杨仙子,一一接受了这些苛刻的条件,愉快地来到人间。可是,每到春暖花开时节,看到周围百花盛开,五彩缤纷,也难免心里有点酸楚;到了秋天,又见百树结果,儿女成群,也不时感到孤独。细心善良的土地爷爷同情她、可怜她,但又怕得罪玉皇大帝,便教她春天开一种不惹眼的绛紫色杨絮花;教她用树根在地下悄悄地繁育自己的儿女。就这样,白杨姑娘在河滩、河沟上一代代默默地繁衍起来,她虽然不能用繁花密朵点染生活,倒也用绿色美化了人间……

多可爱的白杨仙子啊!听罢爷爷的讲述,我望着亭亭少女般的白杨树,心里产生一种敬慕的感情,也激起我孩童的无边的遐想……

炎热的夏天过去了,秋天来到人间。一场秋雨洗去了溽热的暑气,接着便是秋高气爽,天空变得明净,像擦得一尘不染的蓝色玻璃;轻绵绵的白云,雪白雪白,在白杨树顶上慢慢地游来游去,像散步似的。那秋风呢,简直像魔术师手中的刷子,悄悄地在浓绿的叶子边缘上勾勒出淡黄,淡黄上面染上橘红,橘红上面涂抹着深紫,最后索性是大片的黄，无涯的黄，阳光的色泽，金子的色泽。

秋风起了，那金黄的叶子开始飘落了，开始，一两片、三五片，飘飘摇摇，带着缥缈的梦幻，有点孤独，有点哀怨，也有点浪漫，但每片叶子像一首首唐诗宋词，既完整又完美。谁能想象这落叶蕴含着艺术、生命和宇宙的奥秘呢？那是生命的旋律，是惊人的绝唱。当然还有老多老多叶子缠绵在枝头，带有"俄狄浦斯"式的恋母情结。草木有情，经历多少风丝雨片，多少夜露晨霜，能不眷恋，能不情感深长吗？生命是欢乐的，满树辉映着生命的华彩。早晨，秋风狂了，脾气大发，整座白杨林摇晃起来，腾动起来，叶子成群结队，喧哗着、嬉闹着、追逐着，纵然而下，没有哀伤，没有悲怆，而是在演奏一曲贝多芬的《欢乐颂》，热烈、沸腾、狂欢，那是奉献最后的激情。落叶的景观是整个宇宙的象征与符号，"生命是自然之神最美好的发明"，死亡"好使生命多次重现"（歌德语）。

沙滩上铺满潮水般的落叶。

每逢这时节，我们孩子们便在白杨树里钻来钻去，伸出两只胖胖的小手去迎接那一片片秋天的使者，有时接不及，便拍着巴掌，用五音不全的喉咙，比赛似的唱起来：

　　九月里，秋风凉，
　　白杨树，叶子黄。
　　你一片，我一片，
　　采回家里做暖床。
　　……………

我们的歌声伴着金黄的叶子，忽高忽低地起落。爷爷这时便从家里背来一个老大老大的荆条背篓，用一只竹笓子，把落在沙滩上的叶子搂拢起来,树叶儿哗哗啦啦地你笑我闹拥抱在一起,很快便堆起一座座金黄的小山,留在沙滩上的只是竹笆均匀的纹路……我们学着爷爷的样子,但不是用笆子,而是用铁条,或者用一根一头削尖了的木棍,一片一片地把叶子穿起来,那是在撷拾秋天的诗句,在拣起一片片被遗落的金色的梦……

眼下,窗外已是九月。秋意染透了远处的山野。一阵阵朗朗欢笑的秋风从我窗前掠过。家乡的白杨林该是金叶飞舞的时节了吧?由于来到城市,故乡的一切都化为遥远的回忆了。我多盼望着秋风给我带来一片家乡的白杨的叶子,我甚至想,早晨醒来,我走进书房,会有一片金黄的叶子安然地落在我的写字台上。若然,我会双手捧起它,用我湿润润的嘴唇亲吻它,就像亲吻从记忆深处走来的童话般的童年,就像亲吻从云雾中探出笑靥的故乡,就像亲吻沙滩上那片茂茂腾腾的白杨林……

啊,家乡的白杨林,我美丽的乡愁!

本文选入《散文选刊》等多种读物

八月的故乡——你好

我怎能不怀念呢？那里有我的亲朋，有我祖先的遗骸，有我童年海浪般的憧憬和云霞般的梦幻……还有我记忆中多彩的八月。一搭上西去的汽车，我的心就像出笼的鸟，扑扑棱棱飞去了，飞到黄河故道的臂弯里，飞到杨柳蘯翠的小河畔，飞到小小四合院，衔去一束缱绻的情愫，早早地给母亲了。

汽车奔驰着，我伏在窗口，贪婪地、忘情地阅读着平原的八月——

望不尽的莽莽苍苍，涌涌荡荡；望不尽的千顷秋色，万斛秋光——水稻黄了，微风里，金浪叠涌；棉花炸嘴，雪白银亮，宛如银河的繁星；花生秧儿、红薯蔓儿把地皮都盖严了，碧绿碧绿，如潮似海，如果不是车儿跑得快，说不定还能看到它们根部被饱满的果实顶开的裂隙呢！八月的苍穹，一天碧绿，是那样深邃、空阔、高朗，几只大雁横过蓝空，而圆圆的麦秸垛下，三五只母鸡却悠闲地刨着生活的安逸……

素素淡淡的鲁西大平原啊，浓浓艳艳的鲁西大平原啊，你把秋的甘甜、秋的色彩、秋的芬芳，像亮亮的雨丝，洒在我干涸的心上了。

故乡的八月,你那烫金的封面,彩色的插图,你那多彩斑斓、丰厚而充实的文字,曾给我童年带来多少欢欣,多少稚趣,吸附了我多少时光!

故乡啊,你还记得吗?还记得那个光着脚丫在沙路上奔跑的小毛猴吗?还记得从八月的枝头偷摘酸枣而划破衣服、扎破手指的小调皮吗?

故乡啊,你还记得吗?孩提时,我和小伙伴常乘大人不在意,钻进密密实实的庄稼地里,躺在垄沟里,透过层层叠叠的叶子,望着那瓦蓝瓦蓝的天空。大人们急了,四处寻找,满村响起母亲悠长悠长的喊声。可是,我们就是不答应,不出来,用小鼻子使劲地吸着,吸着庄稼成熟的芬芳,吸着大地的乳香,吸着母亲慈爱的、带着焦急的呼唤……

故乡啊,你还记得吗?我和小伙伴爱坐在拉庄稼的大车上,那铁轮大车,拉着一车金黄,一车喜悦,悠悠荡荡,摇摇晃晃,吱吱嗡嗡,唱着欢乐的歌。赶车的大叔鞭花甩得真响,像过年的爆竹……

车儿摇荡着,我微微困倦了,很想打个盹儿。我愿梦见母亲慈爱的朗笑;我愿梦见侄儿甜甜的叫喊;我愿梦见挂在老枣树枝上的蝈蝈笼儿;我愿梦见在玉米田咀嚼"甜秆"的童年……

车过黄河大桥,一阵钢铁的轰鸣,把我的疲倦和困意惊飞了。我睁开眼,淡淡的暮霭已罩上了原野。

哦,此时此刻,母亲是站在村头大杨树下张望呢,还是坐在灶前为她的儿子准备晚餐?是晚风吹乱了她满头苍发,还是火光映红了她多皱的脸颊?啊,再过一个时辰,我就可以乖乖娇娇地做儿子了,尽管我已是两个儿子的爸爸了……

我的心切切的。我仿佛听到故乡的呼唤——小河用它欢唱的浪花;白杨用朗朗的秋韵;藏在枝叶里的红枣用它甜甜的羞涩;挂在枝头上的石榴用它迷人的微笑；连场院里那座小草屋也在呼唤，用谷禾的馨香，用慈母的情怀……

　　本文选入义务教育课程标准实验教科书语文五年级上册同步阅读《走进书里去》（人民教育出版社2005年7月版）以及数十种语文教辅、中学生经典读本

马颊河湿地的黄昏

春天的黄昏无论在哪里都表现出浪漫美、诗性美，一种青春味儿。晚霞也许抄袭了玫瑰和罂粟，马颊河湿地笼罩在一片红光里，热血在沸腾，激情在燃烧，生命和文采也格外绚丽。

这是鲁西平原的"另类"，辽阔的鲁西大地一片沃野，密密实实的庄稼，葱葱郁郁的白杨林，哪有荒莽的湿地？全是马颊河的作品。马颊河流经这里发出几道小汊，恣肆纵横，随意流淌，野草丛生，红荆成簇，盐碱成片，这些荒原的素材，创造了一片风光旖旎的湿地。再往前便是杂乱无章的莽林。杂草、野树、流水都有着一种原始力，一种生命美，这力和美不是乡间文明培育的结果，是生命的本来面目，生命的自然状态，这里洋溢着大地的气息，是生命现场长出来的，没有经过理性和教化处理，更没有经过人类删改和修订，树、藤、草、花、水，都带着野性的味道。

据说，明清时期是官家的牧马场，一片名副其实的荒原。

我走下车，湿地沟壑纵横，水塘成片，草木间弥漫着腐败和新绿掺杂的气味。在这里，生与死，鲜活和衰老，青春的激情和衰败的颓丧，演绎出一道道生命的轮回。树成林，得以常绿；水成溪，因而幽清。林间溪畔，去年的枯草还在摇曳，它身边的春草已睁开眸子，展示勃勃生机。鸟儿在树枝上营巢，几乎每棵树上都有鸟巢，甚至一棵树上有数个鸟巢，这里是鸟的天堂，鸟的伊甸园。鹈、山鹬、白头翁、鹁鸪，还有成群的白鹭、苍鹭，群栖群飞。它们轻柔的身体，洁白的羽翅，飞起来像一曲旋律，震颤得树枝悠悠不停。如此婉约之景本应该出现在江南水乡，而今都定格在北国原野，令人惊异。

我的朋友孟波是个摄影家，他贪恋湿地的晚景，更爱百鸟唱晚的画面，举起照相机，啪啪拍个不停。白鹭、苍鹭是极有灵性，也是极敏感的鸟儿，稍有异声，便鼓翅远飞。一只振翻，百只鼓翅，好像有什么默契，信息共享。孟波将定格的镜头拿给我看，镜头里出现白鹭清晰生动的倩影，雪白的羽翅，丹红的啄，细长的腿，像芭蕾舞演员似的，踮着足尖，两只黑豆粒般的眼睛盯着树林，一颗核桃般的小脑袋歪斜着，一副淘气顽皮的模样。夕阳从云隙里打出几道光束，那形形色色的树，每一棵树都有深浅不同的颜色，每棵都集合了很多事物的色彩，所有的色彩都会唱歌，是鸟在唱，色彩才有了生命。有一束光像舞台镁光灯，恰恰投在这只白鹭上，美极了，白色的精灵，大地之诗！

春天，是鸟儿最欢乐最忙碌的季节，衔泥筑巢，交尾婚配，产卵育雏。当幼鸟孵出后，雄鸟雌鸟更是忙碌，朝夕飞个不停，叼来昆虫、小鱼小虾，喂食嗷哺的小鸟，一天要飞几十个来回。

湿地的黄昏时，一片杂乱的鸟叫声，那是天籁："嘀哩哩——嘀哩哩——"那是画眉在枝头上卖弄风骚；"咕咕——嘟咕咕——"那是斑鸠躲在草丛中恫吓同类；啄木鸟趴在树干上，梆梆地做着医务工作者的工作，它黑色的翅膀收敛着，尖硬的长喙，敲击着树躯树干，整个林子都知道外科医生来了。但它们神色自若，一副义不容辞的责任感，生命价值观流露出来。白头翁在老柳树上起劲地唱着"吉福来——吉福来——",野鸽子也不示弱,"啾——啾啾——"元音一迭连声;灌木丛中几只披红挂绿的野鸡,"椎儿——椎儿——",尖锐的声音发出让人心疼的战栗,是恋爱吗?是雄雉求偶吗?其声悲凄,难怪李商隐有"可在青鹦鹉,非关碧野鸡"之诗句呢!更可怜的是布谷鸟在"哭啊、苦啊"的喊叫不停,像苏三、李慧娘一样凄绝悲惋,叫声从黄昏到黎明,一声声,回荡在湿地林间,牵魂挂魄。我觉得每只鸟儿的翅膀都淌着晚霞的流汁,每只鸟的眼睛都斟满天蓝水碧的澄澈,每只鸟都视这片湿地为天堂!

湿地里杂花纷然,野树葱茏,野草从树根旁挣扎出来,熙熙攘攘,丝丝缕缕,缠绕着、牵扯着,像章鱼的腿、鲇鱼的头,割不断、理又乱,生命处在野性状态,你是拿他没办法的。树丛里有大大小小的池沼,菰蒲葳蕤,兼葭苍苍,有野凫在水中游弋、嬉戏,不时将头扎进水里,叼出一条小鱼,连刺带肉,不容争辩地吞食下去。

野鸭是极敏感的野禽,岸边稍有动静,或看到人影,立即带领它的团队,扑扑通通地钻进水草丛中。这时往往有一只大个头的雄鸭站在高埠上,或蹲在水中石礁上,警戒着周围一切动静,一旦有情况,便发出嘎嘎的叫声,声音威严,是警告,还是紧急通知,只有野鸭们知道。我不懂得野鸭的语言,很难翻译出这种信息密码。

我们沿着一条碎石铺砌的甬道,慢慢走着。夕阳浅金色的光芒洋溢在树枝间、草丛中,毛茸茸的,那树枝草叶也成了发光体。两股溪流在树丛间相遇,发出欢乐的拍溅声,随之分道扬镳,汩汩流淌,渐行渐远,消逝在草丛中。

新鲜的空气,自由的生命,潺湲的流水,闪烁的霞光,晚风也仿佛金光灿烂,马颊河在夕照里拨动着宽阔的旋律。这是多么美妙的黄昏,百鸟齐鸣,万类俱荣。我觉得人类应该有理智,不是君临万物之上的神祇,他们本身就是自然界的一个物种,只是与昆虫、鸟类、鱼类、兽类不同属科，他们脑袋多了些细胞，学会一种相互交流的语言，其实任何动物都有自己的语言，这语言像世界各民族的语言一样，繁富而复杂，生动而美丽，很难翻译。

我想起了美国作家梭罗，他借了一把斧头，走到瓦尔登湖的森林里，建造了一座小房子，在那小木屋里"观察着，倾听着，感受着，沉思着，并且梦想着"，孤独而寂寞地生活了两年。他的目的是"探索人生、批判人生、振奋人生、阐述人生更高规律"。其实梭罗并不孤独，他以鸟类为友，以树林为邻，与朝霞夕阳为伴，又有清风明月相随，像中国古代隐士和放浪泉林的山水诗人"侣鱼虾而友麋鹿"，野芬发而幽香，佳木秀而繁荫，荒烟野蔓，荆棘纵横。他将生命融入大自然。大自然是一部古老、丰富而深奥的书卷，他阅读这部内涵丰富的天书，才有胆量、有能力批判人生，指点人类的春秋。

农业文明是人类文化和社会文明的母亲。但人类文明也总不能躺在"母亲"的怀抱里，像婴儿一样，人类文明在成长，却又不能不赡养这古老孱弱的"母亲"。一切学者都左右为难，手足无措，提出了"生态文明"这个词。生态文明是一种共生文明，"包括社会共治，经济共赢，生命共惜，价值共识，环境共存"——这就是人类与自然的和谐。

保护湿地，打造湿地，就是实现这种"共生文明"的措施，这是人类从盲从走向理智，从愚昧走向智慧的进步。

我和孟波穿行在野草弥漫的小径，脚步轻轻，不敢说话，唯恐惊飞一池鸥鹭，唯恐撞破这甜甜的静谧。静谧是一件最易破碎的容器，像玻璃一样，万物都在静谧中繁衍、传宗接代，这是生命的秘密。

有两只叫不上名字的小鸟，快乐地飞来飞去，你衔泥我叼草，它们大概是新婚夫妻，在忙碌营造婚房，美丽结实的新屋。它们不久要做爸爸妈妈了。

继续向林莽深处走去,又一条小溪在潺潺流淌,清澈得让人心疼,小溪时而钻进草丛,时而跳出草地,它目不旁顾,自管寻找自己的路,执着、专注。身边是层层叠叠的树,乱无章法的野草,还有缠缠绵绵的烟箩,简直是一卷张旭的墨宝,气韵丰满。

我依稀听见树林上空像滚动着一个短促的声音,是谁在轻轻叹息?是树木萌发绿叶生命分娩的声响,是万物复苏的窸窣之声,还是生命舒展后轻松地叹了口气?树叶在轻轻晃动,野鸟在啾啾鸣叫,还有细细的虫吟……

这是天籁,这是大地的脉动,这是万物的胎音。这是静谧中的喧嚣,是闲适中的热烈,是散淡中的嘈杂。初春湿地的黄昏,湿润而温和。

我望着林莽、杂草、藤萝,听着百鸟唱晚,万物春天竞自由的欢悦之声,心中默默为春天祈祷,为鲁西平原这片湿地祝福。

湿地没有回应我。

本文选入《中学生魅力阅读》

微山湖的旋律

夜来宿在招待所里，黎明，一种如鼓如筝的声音叩响我梦呓的门环，把我从蒙眬中唤醒。我起身，凝神倾听，起初，那声音细微、深沉而遥远，仿佛来自地心深处；渐渐，变得强劲、壮阔而雄浑，似狂暴的风在发怒，又似夏日的雷滚过宽广的天庭；似低沉的黑管奏一曲悲壮的离歌，又似深厚的古筝琴弦下厮杀搏击的战鼓声声……这是什么声音？暗中有人答曰："这便是微山湖的涛声！"

啊，微山湖，你是没有入睡还是这么早就醒来？你这样长啸浩歌，是欢迎远方的客人还是在呼唤霞光璀璨的黎明？我走到窗前，只见星光寥落，残月已沉，霞光像巨大的翅翼似的扇动着、拉动着，沐浴在晨曦里的渔村、树林、城郭和刚刚苏醒来的土地，像水墨画似的浓浓淡淡地展现着。看不见湖的姿容，但那一阵阵激越亢奋的涛声，拍窗而入，摇天撼地，仿佛这隆隆升起的黎明是由它启动的！

我循声向湖边奔去。

离城不远，但见苍茫的天地间横着一望无涯的滔滔大湖，它鼓动着丰满的胸膛，以神异的力量，掀起一叠叠旋律般厚重的波涛，排上空中，拍击着湖岸，发出欢乐激亢的啸鸣。此刻，太阳刚刚升起，水雾和阳光融在一起,恰似熔金般灿烂,湖涛更显得激动而热情,莫不是急不可耐地向大地、朝阳倾吐积蓄胸底的炽热情感!

我是在故乡的环城湖畔长大的,从小听惯了它呢喃的细语,轻柔的低吟,我一向以为湖水是温柔的,它的情感是细腻的,就像一位恬静羞涩的少女,连同它的呼吸都是均匀细微的。可是我从来没听过这大江奔腾、大海喧嚣般的涛声,我从未感到湖水的语言和情感,竟也这般粗犷豪放!

我带着千里奔波的饥渴,带着久久思慕的夙愿,倾听着这蓝色的五线谱谱就的宏伟的乐章。蓝色的音符,蓝色的旋律,蓝色的歌声;我敞开衣襟,让带着湖鲜味的晨风将这蓝色的旋律灌满我的胸膛,我领略着它汹涌的内容,澎湃的情思,伟大而深邃的哲理……

我久久地伫立在岸边……

这时,一位老人和一位少女向湖边走来。老者六十多岁,身板结实,敞开的胸怀露出紫色的胸脯,一眼望去,就会让人想起那同风浪搏斗的老渔民的形象。那少女细眉秀眼,身着鹅黄色紧身腈纶衫,露出健美丰满的线条,显示出渔家女儿独有的丰采和魅力。湖风吹拂着她秀美的长发,像一缕黑色的火焰。

他们解开系在岸边老柳树上的缆绳,我才发现那儿还停靠着一只小船。

我走过去,问道:"老人家,打鱼去?"

"不,回微山岛。"老人抬眼打量着我。

恰好,我要去微山岛凭吊历史之遗迹,撷拾铁道游击队之逸事。我提出请求,老人眉毛一扬,呵呵地笑了,笑声也像涛声那般粗犷豪放:"你运气好,上船吧!"

我跳上小船,老人将长长的竹篙往水中轻轻一点,小船便掉转头,离开了湖岸。接着,老人又换上了双桨,那双桨像苍鹰的翅膀展开,迅猛雄健，小船劈风斩浪，向烟涛中驰去。船头激起水花，星星点点打在船舷上，打在老人的身上、腿上。

　　姑娘就坐在我身边，一经搭话，方知是老人的孙女，养鸭模范，她一个人放牧上千只鸭子。她是去县里开专业户代表大会，昨天会议结束，爷爷接她回家。姑娘热情、活泼、健谈，颇有点渔家儿女的豪爽、坦率。她的话语像一排排浪涛向我涌来。她说，微山湖有"日产斗金"之说，这里盛产鲤鱼、鲫鱼、甲鱼、螃蟹、青虾，还有誉满遐迩的松花蛋。"我们微山湖的松花蛋在国际市场上信誉很高，出口是'免检'的。"从姑娘的话语里，可以看出她对家乡的一片挚爱之情。

　　船驶过一片芦苇林，湖面显得更加开阔，浩浩渺渺，分不清哪是湖哪是天了。身旁只有重重叠叠黛绿色的波涛，水声哗哗，涛声澎湃，犹如弦管齐鸣，颇有点古战场厮杀的气氛。这一带历史陈迹，铁道游击队的逸事，也随着湖波向心中涌来，我不知不觉地轻哼起那支著名的《铁道游击队之歌》的旋律来……

　　老人回头望望我，会意地点点头："是啊，四十多年了，谁能忘记呢？"他放慢了速度，那桨一下一下地掀起一叠叠厚重的波涛，就像打开一页页沉重的历史，我的眼前仿佛出现了那血火浇铸的岁月：

　　……湖面上罩着凄风惨雾，天空笼着阴霾，千顷波涛呜咽、悲泣。微山湖，这个"日出斗金"的富庶的大湖，被日本法西斯的铁蹄，肆意践踏蹂躏，湖水被污染了，湖产被抢劫一空，连鱼虾都难以生存，鬼子实行"铁壁合围"，一次大屠杀，就有几百名无辜的渔民百姓丧生，鲜血染红了湖水……

　　微山湖哭了！那涛声里含着悲愤和凄楚，含着幽怨和屈辱……

　　微山湖，难道你只有屈辱的叹息，悲愤的呜咽，你没有咆哮吗？你没有呐喊吗？你浪涛里只有眼泪而没有雷霆和火焰吗？

我们扒飞车那个搞机枪，
闯火车那个炸桥梁，
就像钢刀插入敌胸膛，
打得鬼子魂飞胆丧。

音韵铿锵，旋律豪放，犹如战鼓咚咚，微山湖，你怒吼了——

铁道游击队的健儿在千里铁道线上，在这广阔的湖面上，同日寇侵略者展开了殊死的斗争，谱写了一曲曲壮怀千古的史诗：敌人躲在芦苇丛里，苇叶化为斩妖的长剑；敌艇行驶在湖面上，浪涛化为杀敌的惊雷；敌人藏在树林里，树枝举起除魔的利刃……被誉为"水陆两栖"的这支劲旅，他们把歌声留在硝烟里，把手榴弹扔到敌群里，他们以鲜血和生命为新生活奠基。

老人停止了划桨，用手指着雾涛中的一个小岛说："那就是鸭墩岛，当年我们曾在那儿放火烧掉了敌人的三艘汽艇，几十个鬼子汉奸被烧死的烧死，淹死的淹死，一个也没逃生，那一仗干得真叫人痛快！"老人说着，又呵呵地笑起来，笑声感染了湖水，湖水也笑了。

小船穿梭在波涛里，就像一只音符，在这历史的旋律中跳荡……

风催得浪涛如瀑，小船如飞，只觉得湖水和天空都在摇荡，船下的波流在吟唱，耳旁的风声在呼啸，我感到惶恐也感到舒畅。老人却如雕塑般屹立在船头。我这时才注意到老人的双手，那是怎样的一双手啊！粗糙、苍老、散着酱紫色的斑点。劳苦、艰辛、磨难，无穷的坚韧和力量都凝聚在这沉默的手上。那双手摇动着桨叶，节奏分明，仿佛推开湖水的不是双桨，而是他的双手，而这湖上雄浑的管弦大合奏，正接受着他的指挥。

洪波涌起，湖面澹荡，涛声自雾中奔来，在宽阔的湖面上铺排跌宕，天地间灌满了宏伟的乐曲……

姑娘告诉我："爷爷就是当年的游击队员，他参加过鸭墩岛战斗，那儿还埋葬着他的战友呢！"我们都沉默了。是啊，四十多年过去了。我们将以什么奉献先烈呢？

傍晚，我站在微山岛的礁石上。暮色，刚刚在天边涂上浓郁的一笔，火红的晚霞就充满激情地燃烧起来，那霞光执着地铺漫开来，湖水被染成火红、金黄、赤黄，又变成一片绛紫。夕阳有半个脸儿落进湖水里，若沉若浮，湖面变成一幅绚然巨大的油画。

正在这时，从霞光里，从辽阔的水面上，从遥远的天幕里传来了《铁道游击队之歌》那欢乐、昂扬、亢奋的旋律。那旋律在天宇间回荡，时而像云朵滑过蓝天，时而像湖鸥的翅翼拍打浪尖，满湖的浪涛伴奏着……

一队渔船从天幕上出现了，像剪影似的，越来越清晰，越来越近了。但我似乎感到那歌词是陌生的。陪我在岛上散步的这位渔家女儿看出我的疑惑，解释道："用老游击队员的旋律，填上新词，不更有意味吗？"

是啊，我虽然没听清新词的内容，我却理解到，一曲旋律把历史与现实，把昨天与今天，把两个时代衔接起来，意味是多么隽永，多么令人深思啊！

这是微山湖的旋律，这是历史的旋律，这旋律有着几代人炽热的情感，燃烧着他们的渴望，奋斗，热烈的梦幻和胜利的欢欣！

本文于1986年被山东电视台改编为"风光音乐片"，由王酩作曲，多次播放，后由中央电视台四频道译成英文、日文，对外播放

秋歌三章

秋风——生命乐章的变奏

秋,从哪里来?是从夜晚一眉璧月清辉中弥漫出来的?是从庭院尖溜溜的扁豆角里流溢出来的?是从竹篱上豌豆花、喇叭花的芳唇里散发出来的?是从澄澈透明的小溪里漂流来的?是从树木泛黄的叶齿里滴漏出来的?

谁知道呢?早晨醒来,只觉得一阵凉沁沁、爽净净的风吹来,那么舒贴、惬意。啊,是秋风!秋风,你从遥远的天穹吹来,可带来秋阳的芬芳,秋云的悠情,可带来成熟、希望,还有那一曲辽阔、悠远的生命的牧歌。

我喜欢秋风——当然是初秋的风了。它,明净、恬淡、清丽、潇洒,给人一种畅远、淡泊的韵味。

谁说秋风无色无韵呢?你瞧,它抚摸过小树林,小树林翠绿的枝叶便留下柠檬黄的指痕;它亲吻过野菊花,野菊花便绽开浅蓝或淡金色的微笑;它热恋过高粱,高粱穗儿便发出缠绵甜蜜的爱的絮语;它拂过庄稼人那辽阔酣沉的梦境,浸泡得鼾声也变得香醇……

秋风，你启开了夏季厚厚的尘封，使辽阔大地出现彩霓霞辉，生命的脉动萌发出新韵律——起伏跌宕、酣畅淋漓的变奏曲！

生命在开屏，大自然在开屏！

我喜欢秋风，爱山野秋之浩荡，喜天地之澄清。秋风，它搜集了春的香魂，采撷了夏的芳心，吸摄了冬的精魄，饱蕴着太阳和月亮的情愫，只要你深深地吸上一口，那日月之精华、九天之甘霖便灌入你的肺腑，让你微醉薄醺……

古人总是对秋风没有好感，仿佛它的到来是不祥之物："当年不肯嫁春风，无端却被秋风误"，埋怨荷花不在春天开放，而至秋天便花残叶落了；"共苦清秋风露……骎骎岁华行暮"，哀叹人生之短暂，望秋风而伤感；"昨夜西风凋碧树"，更是千古绝唱，把秋风当作屠杀生灵的刽子手，诅咒秋风是败家子，把树木整整一春一夏的积储，一夜工夫便踢腾光了……

其实，没有秋风，哪有成熟的色彩，哪有芬芳的果实？没有秋风，哪有梦一样甜、酒一样酽的秋色？没有秋风，哪有生命的飞跃与升华？是秋风收藏了残留枝头的金叶，免遭寒冬的咀嚼；是秋风摘下枝头的果实，给人间送来甜蜜和芳香；是秋风把种子交给土地母亲的怀抱，播下未来和希望；是秋风用它透明的手指，弹拨着季节的乐章，架起生命与生命的桥梁！

我爱秋风。我爱沐浴着秋风散步在山野小径上，一任秋风的旋律在我耳鬓吟诵、歌唱；我爱躺在故乡八月的原野上，一任秋风透明的柔指抚摸我的脸颊、我的头发，熨平心灵的皱褶，让花香、草香、果香、禾香，将我的心灌醉；我也爱坐在小河边，看秋风撩起姑娘秀气的刘海，撩起诱人的裙裾，看老人坐在岸边静静地垂钓秋天的诗句……

又是一个秋天的黄昏。

芳草有心，夕阳无语。秋风薄薄地吹，那山野的色彩斑斓极了，虽然还有青，还有绿，但已不是青和绿的一统天下，秋风，校正了倾斜的颜色——秋风作用着山野风物而酿制的景观，使我产生振奋，仿佛观赏一幅绚丽壮观的画卷。

路边的小草结出种子，那是生命的结晶，有了它便有绿色的后裔，便有了绿色的延续；身旁的果枝都像挽住了燃烧的火，挽住了灿烂的霞，挽住了一个多情的季节；远处的山也出现了橘黄、柿红、栗绛、葡萄紫——那生命之光，到处都在飞彩、飘香、流蜜……

一阵秋风吹来，我伸开双臂，敞开怀抱，秋风带着生命的芬芳，在我怀里撒娇、呢喃；我像拥抱朦胧诗，像拥抱印象派画家和迪斯科旋律，我拥抱秋风的惬意与丰采的爱情，我的心醉了……

秋意——一个成熟的谜

我常常想，大自然是一个杰出的艺术家，它构思每一部作品，都有一个严肃的主题，而且立意清新，不落窠臼，不同凡响。

我想，秋的立意是什么呢？它蕴含着什么深沉的主题呢？秋，这篇作品，有冬的构思，有春的情节，有夏的故事，它复杂繁沉，丰富多彩。它每一行文字、每一个标点符号都有深刻的意境。

秋意是萧条的吗？是凄凉冷落的吗？是悲戚，抑或是淡泊的吗？

我带着这个疑窦，走向山野。

一片浓密的小树林挡住了我的去路，我问小树林，你们知道吗？但见那柳树摇曳着婷婷的情姿，虽然不减当年风韵，叶儿却变得羞涩金黄，它似乎向我陈述生命途中的曲折和漫长；那一排排白杨，喜欢喧哗，喜欢歌唱，但此时却表现出庄严的肃穆、雄伟的丰采；而那楸树和橡树，举着圆的和椭圆的小巴掌，向蓝天默默地祈祷着什么，我望着那脉络清晰的掌纹、绿中泛黄的肤色,仿佛看到一个成熟圆满。

我走向果园,满园的苹果、山楂、石榴,还有鸭梨,你们知道吗?它们一张张红的、黄的脸靥上挂着处女的羞涩,躲在枝叶里,不肯泄露秋意的谜。

我走向葡萄架下,那一簇簇紫微微的葡萄,闪着俏皮的、亮晶晶的眼睛。我想,那该是秋的眼睛吧?透过盈盈的秋波,可以窥见秋的灵魂:晶莹、充实和富有……

我走向田地,满地的高粱和谷穗,低垂着沉重的头颅。高粱和谷穗向我讲述春和夏的故事,其中还穿插着风雨雷电的情节,我听不懂它们的语言,但我分明看到一颗颗饱实的种子,向人们献媚似的,闪烁着它们生命的光彩。

我疑惑地躺在路边的草丛里,目光穿过白杨林稀疏的枝叶,我看见一团团洁白闲适的云朵悠然地散步,轻轻地笼罩着我此刻微澜不惊的思绪,一切都是我意料中那样宁静,夕阳挂在天边林梢、云间,冉冉新雁飞向寂寞的远方……

夏的酷热和沉郁已经远去,季节便开始了自我整饬,深思熟虑的秋,便以独特的节奏,开始对春和夏的总结。

我知道秋的风格:斑斓、热烈、浓郁;秋的气质:敦厚、凝重、矜持;秋的韵味:甘甜、幽香、温馨。我却没弄懂秋的更深蕴的含义。

秋意,一个难解的谜,它在一个朦胧的清晨潜入,又在火辣辣的中午消失;它在一个迷离的黄昏蹑足而来,又在静岑的深夜遁走。它钻进果林里搅得青涩的果实不安地激动,又渗进一片高粱地掀起骚动的红潮;它盘桓在高山峡谷,逗得山花微笑,又潜入溪流,使山泉流水的眼睛更加明丽;冥冥中,它悄悄地掀开少女蓝色的梦帘,使少女发出甜甜的、微带颤悸的叹息……

春天,是充满浪漫和传奇的季节。春天里蓓蕾正绽,新叶吐绿,宣告大自然生命的复苏。而秋天却以一种微妙的方式向人们展示这一奇迹的延续，植物将未来托给籽和根，昆虫的卵和蛹贮藏着明天，生命的贝多芬已至暮年，高潮已接近尾声。

一颗松果从我头顶落下，破译出一个密码——从种子到种子，生命走过了一个圆满的圆——这莫不是秋意的谜？

秋阳——一支响亮亮的歌

秋天的阳光丰盈而隆重地铺展开来，走进秋阳洗亮的田野，一抬眼，碧如海蓝的天空映衬的大地是一片五彩斑斓，每一眼望去都是连绵不尽的色彩。

季节搭起凯旋门，秋阳奏响了一曲生命的凯歌，这是一曲辉煌的乐章。此时，每一种生命都承受着太阳庄严的洗礼，它们不是羞涩和憧憬，而是坦然地表达着期待和希冀。

一帧帧风景画排沓而来。

秋天的阳光娴雅而热烈。我坐在阳光里，坐在一帧帧油画般的小树林和草地上。那秋阳被小树林割成一块块，阳光一块块停留在我的周围，投影沐浴着我脚下的小草地。

在这里，我的感觉一下子变得轻松而清爽了，仿佛生命都浸透了阳光的光泽，仿佛每一个细胞都变得透明。

没有噪耳的喧声，没有令人窒息的燠热，周围是一片芬芳的静谧，只有一条小溪蜿蜒蛇行在丛林峰谷之间，载一路斑驳的树影，缤纷的落英，流向远方。而空气新鲜到呛人的程度，透明、晶莹，人的肉眼可以看到阳光的流动。我的每一次呼吸都感到肺叶涌进一叠叠阳光，甜馨馨的阳光。我真想把世界吞进去，不，把五脏六腑掏出来，交给这个世界……

在这一片温馨中,你会感到阳光如清茗,天空展劲地蓝,展劲地纯,纯得如少女情窦初开的眼睛,蓝得令人憧憬,令人梦幻,令人惊羡。

在一片静寂中,我听见秋天的太阳在歌唱,歌声犹如一支叮叮当当的山泉,而山泉没有它柔曼清丽;犹如一池碧盈盈的春水,而春水没有它明澈、晶莹;犹如出浴的少女一样妩媚,而少女没有它潇洒和爽朗。

秋阳的音符是金子铸成的,它的音质如玉磬,它的旋律使一千个贝多芬、一万个柴可夫斯基羞愧。

秋阳的歌声,在高邈的苍穹、辽阔的大地萦绕、飞舞、盘旋、升腾,多梦的季节,金色的憧憬,构成这天地间一曲永恒的乐章,一曲生命由幼稚走向成熟的亢奋的乐章。

秋阳的歌声洒落一方方田野,田野便变得欲望膨胀,弥漫着成熟的希冀;

秋阳的歌声溅落在芊芊草梢上,草梢上便有点点金黄,四周掩映着诗词字句,生命到处都在闪光;

秋阳的歌声落在枝头上,枝头上便有苹果红、葡萄紫、鸭梨黄、栗子绛、橄榄绿,枝头上也奏响彩色的和弦;

秋阳的音符落进了小河里,便有柔婉的清波,映出一帘山光云影,摇曳如梦,在那里会听到秋阳独特的声韵,梦幻般的吟哦。

到秋阳里来吧,闻一闻阳光的芳馨,听一听秋阳的歌,你的思想会变得成熟和庄重,你的感情会出现宗教般的庄严和肃穆。

到秋阳里来吧,用青春的烂漫,用想象的彩翼,洋洋洒洒地扩大自己的天空。

到秋阳里来吧,让我们踩着阳光和风的和弦,去收割微笑,收割欢乐,收割希望……

我觉得赤橙黄绿青蓝紫，那是太阳的七个音阶，构成光的歌，热的歌，生命的歌。我愿沐浴着秋阳的歌声，阅读秋天的传奇；我愿张开四肢卧于乡野，拥抱橘黄的地球，探索祖辈留下的宇宙之谜；我愿牵着岁月缰绳，把握"思想者"的犁铧，开垦大地沉积的黑色素……

当我倾听秋阳的歌声时，我常常想起童年，想起故乡，想起故乡金黄的黄昏——爷爷卸下犁杖，老黄牛到沟里啃着青草，长长的尾巴驱赶着牛虻，远近的田野升起薄薄的暮霭和淡蓝色的炊烟，那是一幅意象派的画，爷爷坐在新翻的土地上掏出火镰和旱烟袋，悠然地吸着烟，他那泥土一样黄褐色的皮肤，那土堡般波浪叠叠的脸颊，都跳跃着夕阳的音符。他的背已经驼了，像是背着超负荷的地球，超负荷的时空，苦苦挣扎过来的……

晚风里，这里，那里，一声牛哞，几声羊咩，像是为夕阳的歌声伴奏……

太阳的歌声终于停止了，天地间一切都静穆如洪荒时代，当你一抬头，便会看到黄昏是一种普遍的真理，宁静而朴素。

我想，秋阳太累了，它歌唱了整整一天，夜晚该是这金色旋律的休止符吧。我想，当它醒来，第一支歌一定会更嘹亮、更动人。

本文选入上海教育出版社《语文主题学习——成长的时光》

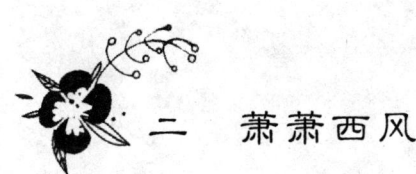 二　萧萧西风

根之魂

我读过东山魁夷的名画《根》。那是怎样一幅震慑灵魂的画卷啊！整个画面是一棵庞大无比的树根，没有躯干枝叶，是裸露的根，虬虬蟠蟠，纵横交错，你撕我咬，纠缠错节，苍老雄健，坚韧倔强，辐射出强大的生命力、磅礴的创造力和所向披靡的进取力！想象得出，它深扎泥土和岩石之荒陬，虹吸天地之灵气，支撑着一棵傲岸伧然的生命！凭着这庞大的根，这苍苍古树，什么狂风暴雨，酷霜飞雪，烈日严寒不能抵御？这是力量之本，这是生命之母，这是万物繁衍之血脉！

走进苍苍莽莽的黄土高原，走进翕翕郁郁的松柏林中，走进中华民族"人文之初"的黄帝陵，我想起了那幅名画《根》。

桥山位于渭水之北，是陕北黄陵县一座黄土山丘，这里埋葬着中华民族的始祖轩辕黄帝，使这片高原厚土更添其雄厚、壮伟和磅礴之气度！

地方志记载："上古，黄帝崩，葬桥山。"传说黄帝农历二月初二在沮水河畔的沮源关降龙峡出生，所以民间便有"二月二龙抬头"之说。他所居桥山，定名"桥国"。他驾崩时乘坐天帝派来接迎的巨龙升天，民众挥泪相送，但怎么也挽留不住，只撕拽下一片衣襟，埋葬在桥山，这便是"天下第一陵"的黄帝陵。

七月，陕北高原的阳光并不是想象中的炎热，从蒙古高原吹来的风带来大草原的清爽和潮润，给人以惬意之感。这些年退耕还林，退草还牧，黄土高原已不是昔日的荒塬秃岭，漫山遍野是苍苍莽莽的森林，郁郁苍苍郁郁，炫耀着高原厚土的盎盎激情，勃勃生机。

看黄帝陵最好先拜谒轩辕庙。轩辕庙经过整修，更显得庄严肃穆，远远望去，一座翘檐飞瓴青砖碧瓦的古典建筑，气势恢宏，巍峨于一丘土山上。石砌的台阶，一层层铺上去，像天梯似的，登上最后一层台阶，只见巨大的黑漆殿门横镶蓝地金字的匾额，笔迹端庄古拙："人文初祖"，赫然耀目。没有导游介绍，我已猜想，那是清朝某年间撰写的匾额。清代建筑，皇宫的匾额都喜欢用蓝色衬地，金粉书写，那是一种象征。

轩辕氏是黄河远古时期一个部落的首领，也就是被称为"人文初祖"的首领。大殿内除了一些碑刻，正中壁前便是一尊泥塑。头戴"朝天冠"，身着宽袍的坐像，那就是黄帝了。其实细看，黄帝像极其平凡，不像一些庙宇的神祇的形象，倒像陕北高原的庄稼老头，朴实、慈祥、憨厚、亲切。

这位中华民族的始祖，统一了黄河流域华中平原上万个部落，开疆扩土，奠定我中华民族的根基，功高于山，德深于海，成了万代敬仰的宗族祖先，神的偶像。他的身后便是一部浩浩荡荡的二十五史。

走进大殿的后院，令人震惊的是"黄帝手植柏"，那简直是世上罕见的巨柏，柏树之王！粗大的躯干瘤节累累，树皮斑斑驳驳，经历五千多年的风霜雨雪，依然苍郁蓊然，雄莽葳蕤，庞大的树冠，遮天蔽日。它本身就是一部生长着的历史，或者说是中华文明史的另一个版本。据当地百姓讲：这柏树"七搂八扎半，二十四疙瘩不上算"，那意思说七八个人都搂抱不过来。看到它，会想到中华民族崛起于世界民族之林，立于世界发展史的一座丰碑，气势雄强，冠压芳林。

这是一棵神树，是中华民族之魂。

轩辕庙大殿前面的院子里，竖着历代皇上祭祀黄陵的勒石碑碣。每当国家发生战争，或者取得历史性的巨大胜利，抑或是新皇登基，总忘不了到老祖宗陵前祭祀，祈愿祖宗保佑。辛亥革命胜利后，临时大总统孙中山亲自撰写祭陵词："中华开国五千年，神州轩辕自古传。创造指南车，平定蚩尤乱。世界文明，唯有我先。"香港、澳门回归，也曾勒石纪念，向老祖宗汇报这悲喜交加百年夙愿的实现。

黄帝究竟是人还是神？后人并不追究。在始祖黄帝时代，中华民族文明的曙光已透露出一缕苍茫的白曦，正是茫茫九派的神州大地，部落漫布，荆天棘地，天地浑蒙，狩猎、食草根、穿草衣、裹兽皮的上古时代。各个部落间战事频繁，你争我夺，打打杀杀，喧闹不已。发祥于黄土高原的轩辕氏部落在上古时期是较大的部落，酋长是轩辕氏，据说他有四个妻子，都在上古文明中做出巨大贡献。第一个妻子发明了养蚕；第二个妻子发明了骨针筷子；第三个妻子发明了镜子；第四位妻子发明了梳子等生活用品。他的臣属个个都是天才，都是很有作为的发明家。传说，祝融发明了火，钻木取火他是首创者，从此结束了茹毛饮血的历史；伯益教人掘井汲水；宁封子塑陶器，于是出现了系列产品：碗、鼎、罐、盆……后来才有秦砖汉瓦。这是一场泥土的革命、泥土的升华；风神发明了指南车，人们在这颗小小星球明晓了东西南北，苍茫的大脑里出现了初识世界方位的概念；共鼓与货狄造舟船，江河巨川不再是人类难以逾越的障碍；胡巢和于则发明了制鞋帽，原始的手工业的萌芽开始钻出僵硬板涩的泥土，展叶吐绿了；聪慧的仓颉开始用结满厚茧的手在兽皮上、甲骨上、岩石上，创造文字，于是结绳记事的时代开始落幕，一个具有文字符号的文化时代开始了；隶首应该是古时代的数学家，据说是他发明了算盘，应用数原理来探索未知世界；伶伦作乐律，于是杭育杭育的劳动号子有了节奏，狩猎归来，古人们围绕着篝火，开始舞蹈歌唱，作为人类情感的载体诞生了；杜康是酒神，是他发现树的果实、禾稼的种子，经过人工或自然的发酵，会出现芬芳的气息，挤出琼浆般的汁液，于是这种令人心醉的液体从而源远流长，后来竟然波涛汹涌地灌满华夏大地……也就是说黄帝率领他聪明能干的臣属部众在黄河岸边，在黄土高原上，于上古的冥冥之夜，点燃了农耕文明的曙光……

黄帝的部落成了强盛部落，生命的繁殖需要开拓生存的空间，于是便同牧羊人的部落——炎帝部落展开一场场战争，最后炎帝不得不率领他的部落迁徙到现在的四川盆地，巴蜀的深山老林；其他一些小部落如蚩尤部落并不甘心失败，在古华北平原上，即今天的河北省涿鹿一带，蚩尤部落与黄帝部落展开了一场血腥的厮杀：

黄帝的部众先是彩绘面首，吹牛角为龙吟，想吓退蚩尤，但并未取得效果，"蚩尤作大雾，弥三日，军人皆惑，黄帝乃令风后法斗机作指南车，以别四方，遂擒蚩尤"。蚩尤被灭后，黄帝乘胜前进，很快风卷残云，统一了黄河流域各个小部落，轩辕氏便成了开天辟地的众望所归的中华民族的首领。

离开轩辕庙，向西不远处便是举世闻名的黄帝的陵寝所在地桥山。

漫山遍野是巨大的松柏树，林涛轰鸣，如雷贯耳，苍苍莽莽，浩然壮阔。走进松柏林，更令人惊心动魄，那树根深扎于大地，树杪直薄云天，古拙、苍健、傲骨嶙峋，庞大的根系，支撑着参天巨树。看到它，你会想到气势磅礴的生命进行曲，轰轰烈烈的历史奏鸣曲！上下五千年的风云变幻，大自然的炼狱般的苦难，也经历了人寰的兵燹、战乱、天灾、人祸，而今依然郁郁葱葱，展示着顽强的生命力。

我漫步在陵前的柏树林里，呼吸着古树粗犷的气息，北国是属于树而不属于花的世界，这里蒸腾着阳刚的氤氲，弥漫着皇天后土的浑厚凝重之气。我想只有这黄土高原才能孕育峨峨巨柏，参天之木；只有这巍巍巨树才能撑起这寥廓的天穹！

那真是气吞日月，势压九州！

我走进柏林里捡不到一块阳光遗弃的金币，只有风从树隙间穿梭而来，虽是炎炎盛夏却有清凉之感。

陵冢是一个很大的土丘，陵前有碑亭，上书三个大字"黄帝陵"。亭后有明嘉靖年间镌刻的"桥山龙驭"的石碑，保存完好，笔迹雄浑苍健，大气磅礴，展示了一派王者的气宇风度。

陵前还有一座土丘，名曰"祈仙台"。传说好大喜功的汉武帝北巡六郡，十八万精骑护驾，甲戈森森，马鸣萧萧，旌旗猎猎，可谓气吞九天，威震四海。汉武帝归来，路过桥山，忽然想起黄帝升仙之事。这位气宇宏赡的皇上，日夜冥想长生不老，像黄帝那样化仙升天，便传诏，驻跸休息，祭祀黄帝陵寝，祈求祖宗保佑国运昌隆，祈祷始祖保佑他日后成仙。又命十万将士一人一担土，一夜筑起祈仙台。

那祈仙台分九层，是一座九转高台。刘彻登台祈仙，需要更衣沐浴，便脱下盔甲挂在一棵树上，那树居然就此长出通身斑痕，犹如戎衣上的甲片，斑斑驳驳，后人称为"挂甲柏"。

祈仙台依然在，挂甲柏依然在，这位威加四海声震九垓的一代霸主成仙之梦早已支离破碎，连他的骨殖也早已化为一撮泥尘融入高原厚土了。

黄帝陵修建于何朝何代？我问陪同游览的陕西朋友，朋友也茫然不知。但我知道，从汉武帝之后，历代王朝都不断修葺，并种植松柏，以防水土流失。唐朝重修扩建，宋朝开宝年间因雨季沮水泛滥侵蚀，宋太祖赵匡胤下旨将轩辕庙移至桥山东麓，即现在的庙址。以后明清至民国时期，多次修葺，规模越来越大，树木越来越多，构成这莽莽苍苍林涛澎湃的景观。

陵园管理者是一个老汉，典型的陕北高原农民的装束，他用扫帚清扫着树丛下的落叶。我坐在一块石头上，邀老汉聊起天来。

老汉说："黄帝是神啊……黄帝年轻时也是干庄稼活出身。"老汉半天又嗫嚅道："黄帝……就是黄地，黄土地呀！"老汉的话语无伦次，但一句"黄帝，就是黄土地！"却如雷贯耳，我的心战栗了。是啊，是黄土地孕育了我们世世代代炎黄子孙，离开土地，人类还能繁衍发展吗？水有源，树有根，这苍莽辽阔的大地，是我们的祖先，是我们人类生存繁衍的产床啊！

我告别老汉，行走在柏树林中，脚踏陵园厚土，眼望着这山色、水色、树色，抚摸着一棵棵古柏，好像触摸大地原始的脉搏，听见远古的呼唤。靠近它，我只觉得浑身上下一无所有，因为有一种慑人的力量，一种震撼心魄的雄势，使我感到卑微和渺小；耳听那汹涌澎湃的林涛声，顿时又感到浑身有着力的潮涌，生命的翻腾，仿佛在无限扩大，像融进大化之中……

啊，我原来就是这莽茫浩瀚中的一叶！

"人文初祖"，这里正是中华民族历史与文明的起点。几千年来，不管何朝何代，黄皮肤黑眼睛黑头发的中国人，只要一踏进这片黄土地，就像投进祖先的怀抱，你浑身就像注入一种生命的原动力，一种超自然的神力！

黄帝陵背后有一座瞭望台。我登上瞭望台，放眼四顾，整个沮河川道尽收眼底。把目光放得更远一点，那泛绿凝黄的陕北高原，起伏跌宕，浩浩漫漫，而天来之水——母亲河破峡谷穿莽原，一路浩浩荡荡奔腾而来，甘甜的乳汁滋润着这片高原厚土，孕育着古老文明的萌发生长。

朋友说，黄帝是人又是神，是天神之父，又是大地之母，是这片黄土地繁衍了我们古老的民族！

天风浩浩,流云浪浪,蓝天大地,高原厚土,在这大风景、大地貌、大境界中,五千年古老的华夏民族从这里出发,披荆斩棘,胼手胝足,双手抹去脸上的汗水,用泥土涂上伤口,血汗相伴,浇灌着初辟的瘠田,一寸土地,一把血泪,开垦复开垦……几千年,几千年的艰难开拓,艰苦卓绝的劳作、挣扎、奋斗、厮杀、搏击、繁衍、发展……终于从远古走到今天!

那莽莽苍苍的千秋古柏,不正是我们屹立世界民族之林的象征吗?

本文选入《中国文学年鉴》(2006年卷)以及多种散文选集

玉关情

一

和阳关一样，我认识玉门关也是从古典诗词里，一朝的唐诗，一朝的宋词，铺天盖地，几乎把天下的名山大川边塞雄关都压得不堪重负。人世沧桑，岁月嬗递，有的随着历史而湮灭，有的却随着诗词的流传而名垂千古。也和阳关一样，如果没有"春风不度玉门关""秋风吹不尽，总是玉关情""长风几万里，吹度玉门关"等等千古绝唱，怕是玉门关名副其实地湮灭在历史黄沙中了。而今虽然化为一片废墟，但玉门关的名字却鲜亮亮地活着，活在唐诗里，活在宋词里，活在莘莘学子朗朗地诵读声里，活在白发苍苍老教授的讲义夹里。时间难以磨蚀，风沙难以消弭，却激起人们对它更多的怀念和向往！且不说唐代三大诗人都有歌颂玉门关的诗篇，那位擅长边塞和山水题材的浪漫主义诗人王维也有玉门关的名句。诗风雄放、注重边塞和战争题材，称之为边塞三诗人的岑参、高适、王昌龄，更有大量的吟咏玉门关的精湛之作。

唐人薛用弱的《集异记》中记载着一则故事：王之涣、高适、王昌龄三人到旗亭饮酒，正遇上一群歌妓会宴。他们在一旁观看，有几名歌妓在唱当时的名曲。王昌龄说："我们都是诗人，名位不相上下，今天听她们所唱谁的诗歌唱得最多，谁为优等。"最初唱的是王昌龄的，接着唱的高适的，后一个唱的又是王昌龄的，王之涣便指着第四个说："此女如果唱的不是我的诗，我永远不再作诗。"此女果然一开口便唱道："黄河远上白云间，一片孤城万仞山。羌笛何须怨杨柳，春风不度玉门关。"可见这首《凉州词》在当时已经唱遍天下了。

诗人的情结系于玉门关，展示了他们天才的光芒。玉门关和阳关为何如此引起诗人们的关注，牵系如此众多诗人的情怀？翻阅李白、杜甫、白居易的档案，在履历栏里并无发现他们涉足玉门关。我想这除了诗人浪漫主义想象之外，应是二关皆为边陲雄关，萦系国家安危，诗人一片爱国的赤诚之心借雄关而倾吐了。玉门关已毁于风沙近千年了，至今人们不断地迎风冒沙来瞻仰它的遗容，凭吊抒怀，发思古之幽情，或涵泳斑驳的文化，或发掘厚厚的历史，或感悟古人离情别绪、一腔愁怀，抑或体验人生的种种艰辛和苦难……

二

我读过北欧古代一则神话传说"提尔的剑"，谁得到这把神剑，谁就能所向披靡，战则必胜，最后得到皇帝御座。这把剑后来就落到匈奴人阿提拉手中。匈奴人打了一仗又一仗，所向无敌，后来打得厌倦了，就在匈牙利定居下来。

在汉武帝时代，匈奴人尚未"打得厌倦"，他们一次次冒犯汉地，武帝便派张骞出使西域，联合大月氏，夹击匈奴，但计划落空了，以后几经谋略，决定对匈奴贵族展开大规模进攻——

第一次是元朔二年（前127），汉武帝派大将军卫青出云中以西，沿黄河北岸，与匈奴右贤王战于高阙，然后又沿着河套南下，把匈奴驱逐河套，夺取了河南大片土地。接着便设置朔方、五原郡，从内地迁徙十万人定居，又将秦长城加固延长，以防御匈奴反扑。

第二次战役是在元狩二年（前121）春，骠骑将军霍去病率领一万骑兵，沿河西走廊，越焉支山，一直打到狐卢河。夏，霍去病再次率数千铁骑，兵出北地，越居延泽，一直打到新疆天山。这次重创匈奴主力，迫使匈奴浑邪王、休屠王只好遣使向汉投降。连匈奴人也不得泪水涟涟地哀唱道："失我祁连山，使我六畜不蕃息；失我焉支山，令我妇女无颜色。"据说，这一仗，斩三十万匈奴首级。

然而匈奴残部在"秋高马肥"季节，积储了仇恨和力量，再次进犯汉家边境。时隔二年，即元狩四年（前119），武帝又派卫青和霍去病率骑兵、步兵几十万人，分道深入大漠南北，寻找其主力作战。卫青出定襄塞外，与匈奴单于大战，双方激战一天，伤亡惨重。夜幕降临，风高天黑，汉军左右两翼包围单于，单于仓皇突围逃遁。唐人卢纶有诗云："月黑雁飞高，单于夜遁逃"，描述的便是这一战役景况。霍去病与此同时出代郡，同匈奴左贤王作战，一直打到瀚海（今贝加尔湖）而返。此次战役之后，匈奴迁徙大漠以北，从此"漠南无王庭"，这大概才有了"定居匈牙利"的传说。

嗣后，汉武帝十分重视边防关隘的建设，决定在河西走廊先设两郡，后设四郡，对秦长城加固延伸，与此同时修建了阳关和玉门关。接着成龙配套地修筑一系列城堡、亭障、烽燧，组成了整体防御工事。

我们驱车来寻找玉门关遗址，人们告诉我：这名曰小方盘城的即是当年的玉门关。我留宿敦煌时，就听到关于玉门关的传说：在小方盘城西面，过去曾经是森林蓊郁、沼泽遍布、沟壑纵横、荒草遍野，此处被称为"马迷途"。过往商队来到这里像进了诸葛亮的八卦阵，迷失方向。商队里有一个小巴郎子,捉到一只饥饿的大雁,大雁含着泪说:"咕噜咕噜,给我食物!咕噜咕噜,能出迷途!"后来,这支商队又路经此处,再次迷路,大雁飞来,告诉富贾,留下一颗宝石镶嵌在城楼,夜里,宝石发出绿光,就不会迷失方向。但富贾十分吝啬,不舍得一颗宝石。商队一连几天走不出迷途,人困马乏找不到水源,危在旦夕,大雁再次劝告,富贾只好答应,把最大的一块墨绿玉石镶在城楼上,这才走出迷途。玉门关由此得名,而人们却忘了它的原名小方盘城。

而眼前只是一片废墟,黄土墙垣的残骸。站在高冈上,纵目天地,只见北面远山一抹,如梦如幻,缥缈天际,那是马鬃山;山之南便有长城一痕,近而远,古而今,无论从哪个角度望去,都是一行气势雄浑的边塞诗,是一曲无头无尾凄婉悲凉的绝唱。天风浩荡,大漠苍茫,这起伏跌宕的旋律,震撼古今,有一种惊心动魄的威慑力量。它融入山脉,融入天地,它是天空和大地交媾而分娩的一条巨龙。远处还有一座座烽燧,隐约的轮廓随着长城一字排开,像巨鲸浮出海面的脊梁。

雄关。古燧。长城。你怎么显得如此苍老?风也悲嘶云也悲嘶,却不闻胡马的悲嘶;沙也狂啸尘也狂啸,却不闻边卒的狂啸。

关楼里白发将军的梦,垛堞上,风吹飘动着戍卒的衣袂,静夜里,一角弯月下,那凄凉哀婉的塞下曲也都化为天光云影消弭得无影无踪了吗?

三

风沙撕去了皮,剔净了肉,烈日吸尽了血,只留下一架嶙峋的骨架,这残存的骨架曾支撑过一个巍然庞大的雄关,曾支撑过汉唐时代的尊严,曾支撑过一段用方块字垒起的历史。

我走进残垣断壁间。横竖。高低。宽窄。我凝视它们,它们凝视我。无言的交流,心灵的沟通,我仿佛沉浸在一种诗意的幻觉里:乘一叶扁舟,像李白一样溯江而行,时而停泊在大唐帝国的码头,时而抛锚在大汉王朝的港湾。朦胧中,我眼前海市蜃楼般地幻化出一座赫赫雄关:城楼轩昂,翼角翚飞,长阶如梯,垛堞绵延。戍卒们的甲戈跳荡着夕阳的余红,战袍上落满尘埃,一张木然如塑的脸,粗糙黝黑、线条绷紧、布满悲怆和凄凉。突兀的肌腱勃起雄性的勇猛,一种原始的美,一种原始的生命力。

秋风飒飒,野云乱度,雁阵横空。一个兵卒迎风展开一页信笺,双手激动地颤抖着,壮士读着读着泪水潸然而下,打湿了信笺……

寒星霜月,夜色迷蒙,孤月一轮。漠漠旷野,沉寂无声。蓦然夜色里传来一阵凄婉的笛声,是《折杨柳》还是《凉州词》?中原白发母亲泪,闺中妇人怨。山路遥遥。水路遥遥。风路遥遥。雨路遥遥。何处觅故乡?大山隔绝。戈壁隔绝。荒漠隔绝。断鸿声里,听胡笳悲切。月色里,是什么东西发出粼粼青光?是一堆白骨!可怜荒滩戈壁骨,犹是春闺梦中人。那战死的将军,白花花的骨殖抛撒塞外他乡,一缕孤魂尚游荡在这天地间。谁承想,这漠漠荒野曾是插满剑戟和鼓角的血土!

……一阵风沙扑面而来,我从梦中惊醒,睁眼一看,我思绪的小舟仍原地未动,停泊在这片废墟上。残垣脚下有一棵索索柴迎风摇曳,摇曳着悲怆,摇曳着凄凉,还摇曳着孤独。我走过去,轻轻地抚摸着那灰绿色的枝叶。憔悴的叶子无言地凝望着我,像是叙述生命的苦难,岁月的艰辛。我抬眼望望残垣,奇异地想,这些残垣断壁,就像一架古老的钢琴,只要拂去尘埃,轻轻一弹,就会奏响一片浩浩荡荡的历史回声,会释放出一曲曲悲歌、爱歌、恨歌和生命之歌。可是我用手指弹弹墙土,连点音响都没有,历史哑默了!故事干瘪了!传奇枯萎了！然而我依然感到有一股气传导给我的神经，那是汉唐的雄风，那是怆然傲岸的民族精神！

——这里本来就是一片古战场，只要你静下心来，侧耳倾听，那箭矢镞雨的呼啸，那烈烈战马的长嘶，那古燧上的缕缕狼烟，那城楼上的角鸣，那剑戈撞击的铿锵，都会从远方传来，从历史深处传来。

战争与和平是平衡人类的两块砝码。历史躯体里流淌着血与火的基因，也长满诗与歌的细胞。如果没有战争，历史的躯体会变成侏儒；如果没有诗与歌，历史之躯体也会枯涩，失去丰腴和弹性。

汉唐不是晚清。汉武唐宗都是气宇雄赡、视野宏阔的一代霸主，有囊括四海之鸿志，吮纳八面来风之襟怀。玉门关既是御敌的盾牌，又是友谊的窗口。这里既驰骋过班超、李广利的萧萧战马，飞扬过霍嫖姚猎猎旌旗，也游弋过氤氲缠绵云蒸霞蔚的释家经幡，飘扬过细君公主和解忧公主的彩幡锦帜。门开门闭，吐纳着中西文明；锁启锁落，凝聚着战争的阴云。文明与野蛮在这里厮杀，智慧和愚昧在这里格斗，友谊和仇恨在这里交织，痛苦和欢乐在这里分娩。每一道雄关都张扬着国家的尊严，每一座烽燧都燃烧过民族的浩气。然而这一切都成了哑剧。黄土凝结的巨大墙垣，高达数丈突兀在蓝天下、旷野间。身前茫茫，身后茫茫，断了驼铃，哑了羌笛，灭了篝火。是一片沉重的寂寞，即使时间落在上面也会化为无声的尘埃。周围空无一人，历史的残骸摊晒在烈日下，风在它身上任意践踏；沙在它头顶肆虐狂啸。那些守城的将卒呢？那些攻关的敌手呢？最后一个匈奴也被霍去病带到长安了吗？汉唐王朝早已沉沦了，淹没在历史的苍茫里，这残垣，这烽燧，这长城，是历史留下的遗言，还是浮出时间水面的桅杆？日月浮浮沉沉，春秋来来往往，玉门关虽死犹未瞑目。千岁滚石还睁着一只眼，断戟锈镞呢，只要擦拭一下，依然闪烁着汉唐的雄威！

四

我冒着风沙的折磨，忍受着烈日的炙烤，在大西北这荒野大漠中跋涉，溯着时间之流走向历史深处，我不知道，我到底寻找什么？是前世的因缘吗？大西北与我结下难解难分的情结？我不是历史学家，也非人类学家，我的一切探索和追求的目的是什么呢？我站在墙垣上，茫然四顾，一切如幻如梦，一切空空然，浩浩然。只见黄沙、黄雾、黄风、黄尘，只见白花花的阳光吮吸着大地的血液，也吮吸着历史的精华。这些辉煌了几个朝代的关楼、城垣、烽燧、长城，都已化为时间肚腹里的排泄物，然而不灭的灵魂依然徘徊在这风沙世界……

历史是什么？历史是一种精神，人文精神，人文情操。

不死的是唐诗宋词，不灭的是汉唐的雄气，横贯天地，漫溢史书。

纵览汉唐边塞诗词，多是笼罩着战争的阴云。而这个庞大的主题，只有两个角度来描述：一是戍边将卒的奋勇杀敌的豪气，一是思归的怨艾。这种复杂矛盾的心情，弥漫了整整一个汉朝，又整整一个唐朝。

大漠穷秋，孤城落日，横尸荒野，败卒残兵，萧萧边风，萋萋疏草，更添一抹悲凉氛围。从汉到唐悠悠千载，烽火不息，狼烟不止，战争的浩幅铺天盖地，埋尸边关的何止千千万万！高适有诗云："边兵若刍狗，战骨成埃尘"，人类历史就是在这白骨丛中，在这血水浇灌之中，拔节生长，一代一代。

然而，在历史波澜壮阔的长河巨流中，令我激动振奋的不是那些古战场刀鸣剑戟的厮杀，不是血流成河陈尸荒野的悲惨场景，也不是英雄豪杰马革裹尸的悲壮……而是那些艰难跋涉，风尘仆仆，传播文化文明，汗滴大漠的文化使者。

玉门关既是边陲重关，也是古丝绸之路的一个重要驿站。如果把古丝绸之路分为东、中、西三段，这里既是东段的终点，又是中段的起点，由此可以进新疆的伊吾，沿塔克拉玛干大漠北部边缘途经焉耆、轮台、龟兹、姑墨、疏勒、越葱岭，至安息，而可达古罗马帝国……

　　落日熔金，残霞缤纷。小方盘城——玉门关在晚照里更显得苍凉、肃穆，虽为废墟，那残缺的美更令人敬畏，一代雄关虽已穷困潦倒如此境地，仍不失威风凛凛的浩然之气，怎么不让人怦然心动呢？我们的车子已经启动了，我依然频频回首：玉门关，你穿越历史时空，并没有沉沦，作为一种傲岸怆然的民族精神，永远屹立在这天旷地阔之中。

千秋太史公

一

七月,是陕北高原万木葱茏、山川流翠的季节。太阳煌煌堂堂,照耀着千沟万壑、风骨崚嶒的黄土高原,渭河与泾河由于雨季变得丰腴而臃肿了。流水滔滔汹汹,澎湃奔腾注入黄河,浪峰鳞峋,怒涛丛簇,浑浊的浪涛拍打着黄土的堤岸,发出空洞而悲壮的声响,震山悚岳。黄河出龙门,变成一片汪洋,浩浩荡荡,沸沸扬扬。阳光溅在水面上,叠叠金涛,灼灼烁烁。中华民族的母亲河展示出一副壮美磅礴的气概。千秋太史公司马迁的故乡就坐落在黄河岸边,那时此地称夏阳郡,现在称韩城。

司马迁陵就修建在韩城北面的一座山上。山并不高峻,拔地而起,面临坦荡的田畴,滔滔黄河,就显得格外突兀挺拔。黄河浪涛不息,伴随着一个伟大的孤独的灵魂,无言地叙述着两千多年风雨沧桑的历史。

从山脚到山巅有九十九道台阶,台阶的石头凸凸凹凹,斑斑驳驳,似乎向人们讲述着墓主人坎坷蹇涩的生命经历。风雨沧桑，天地玄黄，两千多个春秋，怎能不留下悲壮苍老的皱褶呢？

九十九道台阶铸就了"高山仰止"的辉煌。

九十九道台阶铸就了"景行行止"的壮丽。

九十九道台阶铺就的全是苦难，每一道台阶垒砌的都是艰辛。

"把石块砌在一起，创造的是静默"，诗人如是说。

一层层巍峨，一层层静默。

游人不多，山是静寂的，只有风吹林木，传来萧萧的松涛声。我唯恐惊醒一个凝注的灵魂，唯恐扰乱太史公风云际会的思绪，把脚步放得轻轻，一步一步地攀登。

我想修建陵墓的设计师是很有头脑的，九十九，这是中国数字文化至高至尊的数字，再加一个数字就是"天"，那么对这位与天地同行、与日月同辉的千古英灵是当之无愧的了。

登上最后一级台阶，迎面便是太史公祠，并不显赫，也并不奢华，油漆已剥落，斑斑驳驳，碑碣的文字已漫漶，但那匾额和楹联依稀可辨：" 文史祖宗"高悬在上，两边楹联："刚正不阿留得正气凌霄汉，幽而发奋著成信史照尘寰"；另一副楹联是曾执鞭共和国文坛郭氏沫若的手迹："龙门有灵秀，钟毓人中龙。学殖空前富，文章旷代雄。怜才膺斧钺，吐气作霓虹。功业追尼父，千秋太史公。"笔迹雄健，题联也有气魄，句句道出司马迁伟岸的人格，傲骨嶙峋的风操。

太史祠里有一尊司马迁泥塑，面颊清癯，目光冷峻，凝眉聚神，手握竹笔，仿佛正在续写未竟之篇章。令人惊异的是，太史公受到宫刑，为何还长髯飘拂？我想，这是雕塑家踌躇再三而有意添加的，以此表示对司马迁的敬慕、尊崇、爱戴。堂堂天地一男子能没美髯一缕？把历史强泼到他身上的污水，重新洗刷殆净；把冤狱屈辱雪清，还圣贤真面目，不是后人的期望吗？

太史祠后面就是司马迁墓。墓是圆形，用砖石垒砌。怪哉的是墓冢上长出五棵苍松，傲骨铮铮，直迫苍穹，黛绿的叶子，幽光闪烁，一派浩气、傲气、雄气。

司马迁是西汉王朝前太史令司马谈之子。司马谈学富五车，史坛泰斗，在朝中专管天文、历法和历史文献。他在职时，勤勉不殆，收集大量文史资料，准备写一部记载"明主贤君忠臣义士"的史书。由于年老体衰，壮志未酬，只有遗托儿子司马迁。司马迁自幼聪慧，苦读史书，入朝后子承父业，也当了太史令。他发誓完成先父的遗愿，写一部像《春秋》一样的不朽巨著。

青年时期，司马迁在父亲的支持和鼓励下，仗剑远游，竹杖芒鞋，一蓑烟雨，游江南，探禹穴，涉江河，入荒陬，进莽林；足迹遍及沅湘，履痕印满中原沃土、荆天楚地、齐鲁之邦，广采山川地貌、风土民情、历史人物、遗闻逸事；求贤哲，访黎庶，餐风饮露，忍饥耐寒；路漫漫，水迢迢，上下求索，九死不悔，搜集了丰富的典籍史料，采撷了浩瀚的原始素材，为写《史记》做好了前期准备工作。

元封元年（前110），汉武帝为炫耀圣威，去泰山封禅，以震慑四夷，祈求福佑。车辚辚，马萧萧，十八万精骑护驾，阵势浩荡；铁流滚滚，长达千里，可谓威加四海，气吞日月。作为太史令，司马谈奉命随行，参与旷世难逢的盛典，深感荣幸。谁知天有不测之风云，到了洛阳，他老先生一病不起，危在旦夕。正在巴蜀民间采访的司马迁得悉，日夜兼程，赶到父亲病榻前，老先生已气息奄奄，只留下几句断断续续的遗嘱：

"我家先祖，远在周朝就当太史，更在虞舜、夏朝时还管过天官之事……你若继为太史，那就是继承祖业了。我死后，望吾儿能完成为父未竟之业……自孔子之后四百年间，诸侯兼并，战乱连年，至今无一部像样的历史书……"

司马迁听了，涕泪交流，心中却发出风雷激荡的誓言：定将完成先父之大业！

元封三年（前108），司马迁被任命为太史令。

二

我徘徊在墓前，天风浩浩，烈日腾空，望高原莽莽，看大河滔滔，山川秀丽，地貌形胜。这旷达的风景，必定造就出旷古奇才。

风云啸聚，政潮浮沉，谁知到了汉武帝天汉二年（前99），司马迁时年47岁，春秋正盛，一场血腥之灾从天而降。原因很简单，司马迁为孤军作战兵败匈奴的李陵辩白，激怒了圣威，再加小人杜周的逸言诽谤，汉武帝一怒之下，将司马迁判为"诬罪"——也就是杀头之罪。

李陵是前将军李广之孙，颇有先祖之风。他善骑射，有韬略，爱人下士，为军中难得之将才，连汉武帝也不得不称赞他"有李广之遗风"，可谓将门虎子。汉武帝命他率五千步兵与匈奴作战。时值暮秋，北国漠野已是风雪弥漫、草木枯衰了。由于敌众我寡，李陵被单于大军重重包围。李陵且战且退，虽然杀敌两千，但单于依仗兵多将广，穷追不舍。由于汉军无后援，粮草也接济不上，将士死亡甚众。汉军被单于大军追至一条山谷，李陵率众突围，每前进一步都要付出血的代价。李陵和他的部下左冲右突，前杀后砍，杀死不少匈奴兵将。正当突围有望之际，谁知，李陵刺杀匈奴一将领时枪杆折断，汉兵也已矢尽粮绝，四面全是匈奴军，矢镞如雨……李陵长啸悲叹："天绝我也！"终于被俘。李陵拔剑自刎而不能，英雄落难，悲啸苍天。

汉武帝闻悉，雷霆震怒，立即下旨将李陵母亲妻儿捕捉入狱，又召集群臣给李陵定罪。

性格孤傲、耿介而又鲠直的司马迁在这次"缺席审判会"上，为李陵辩白了几句："李陵率兵五千，抵杀敌人数万，也足以向天下交代了，最后矢尽粮绝，身陷敌阵，虽兵败被俘，但料他决不负陛下之恩，定会暗打主意，日后将功赎罪，报答皇上！"

而那些奸佞小人个个都是风向标，看汉武帝的脸色行事，见风使舵，随风扬沙，几日前还盛赞李陵，溢美之词不绝于耳，现在突然来了个一百八十度的大转弯，人人愤怒填膺，诽谤和攻击，诬蔑和斥责，滔滔而来。

汉武帝正在气头上，怎能允许一个小小史官充当李陵律师，为其辩白？汉武帝龙颜骤变，责问道："太史令如何知道李陵暗打主意？依你之言，岂非谁都可以降敌？这分明辩解，存心反对朝廷！"他怒喝一声，命卫士拿下，打入死牢！

当时汉朝刑律，可以以钱赎罪，即司马迁能拿出五十万钱即可免死；而交不上钱，即便从轻处罚，也要施以宫刑。

司马迁世代为官，清正廉洁，凭着为官的俸禄，五十万钱，那简直是个天文数字，而且限期一个月。司马迁深感负累家庭，这笔巨款是不可能筹集到的。

汉武帝念在司马迁忠心耿耿，勤勉不殆，传下圣谕：免于死刑但须受宫刑。——这就是司马迁交不上五十万钱而遭受腐刑的原因。

腐刑即宫刑。这种惨无人道的刑罚，起源甚早，相传夏代就有了。"宫，淫刑也。男子割势，妇人幽闭"。宫刑对男子就是割掉生殖器，这不仅痛苦万分，也是一个男子汉的奇耻大辱。树高千丈靠根支撑，男子汉成家立业也靠阳根支撑，去掉阳根，虽生犹死！

司马迁被关在牢里不见天日，躺在草席上，彻夜难眠，心想不如一死了之，但先父临终的嘱托，自己大半生东奔西走，遍游神州采集史料，不就是为了写出一部与《春秋》相媲美的巨著吗？现在这部著作刚刚有了提纲，更艰巨的劳作还在后面，如果死去，上违先父之遗愿，也枉费了自己大半生心血，生命诚可贵，事业价更高！

对于司马迁来说，写作是他生存的目的，是生命存在的唯一价值，是他的文化人格把他从面临崩溃的边缘，拉到展示生命顽强、坚韧、创造力极为壮烈的舞台上。天地造就山川的秀气，日月赋予人的灵气，高原厚土铸就他一身铮铮傲骨。

铁窗外是大夜弥天，星月失辉，风啸云怒！

一介诤诤之臣，谔谔之士，丹心耿耿，肝胆昭昭，将蒙受旷世奇耻，百代沉冤，有谁不万念俱灰？生命啊生命，何谓生，何谓死？世事啊世事，何谓是，何谓非？苍天啊苍天，何谓真，何谓假？人生啊人生，何谓忠，何谓奸？波诡云谲，把他从辉煌的峰巅一下推到万丈深渊！肉体的苦疼，精神的摧残，灵魂的戗虐，再加上小人蛇信般阴毒的目光，朋辈的冷漠和疏远……司马迁也曾反复想过宫刑时的惨景，撕肝裂肺、鬼哭狼嚎的惨叫，那是进了地狱，被小鬼们任意蹂躏……他真想一头撞死狱墙，但监守严密，生不得，死也不得。

草有茎，树有躯，人有骨。

天地苍莽间，一骨傲然。

三

司马迁宫刑后，便进了"蚕室"。蚕室，是养蚕的房间。这里是指一间暖房，既保持室内温度，又不能通风。受宫刑后在蚕室至少卧床一百天。司马迁昏迷了几天几夜，当他苏醒过来，只见妻子坐在床前。他泪流满面，羞辱难言，恸哭不已，劝妻子改嫁。妻子却表现得出奇地坚强、出奇地冷静，随即安慰鼓励司马迁不忘先父遗愿，不忘任重道远，更多的是向丈夫表示一片忠心：山可崩，海可枯，为妻的爱心不会变……

司马迁的妻子杨文卿最了解丈夫，丈夫性格刚直，光明磊落，不会阿谀奉承，不会见风使舵，不会落井坠石，不会变通周旋，不会世故圆融，不会弄虚作假，不会颠倒黑白，不会虚与委蛇，不会拍马溜须，不会藏锋敛锷，不会巧舌如簧，不会察言观色、两面三刀，不会趋炎附势、人云亦云……他固执、倔强、耿介、真诚，他常对自己说，写《史记》的准则，就是"其文直，其事核，不虚美，不隐恶"，秉笔直书。谁知为李陵说了几句真话，道了几句实情，却招来塌天大祸！

丈夫罹祸之前，作为贤妻良母的杨文卿总是为丈夫提心吊胆，担惊受怕，她知道伴君如伴虎，仕途险恶，官场黑暗，丈夫光明磊落，冰雪节操，说不定哪一句话得罪小人。千叮咛，万嘱咐，谁知山难移，性难改，丈夫依然我行我素……噩耗传来，如五雷轰顶，她当场昏厥休克，不省人事……丈夫被捕入狱，她更是彻夜难眠，泪水伴着噩梦，从昏到明，从冬到夏，度日如年，恐惧和悲痛折磨得她瘦若秋风，白发飘零……三年的牢狱，皇上终于开恩，免了死罪，却要缴五十万金，否则施以宫刑。杨文卿为了筹集这笔巨额赎金，拖着病体东奔西走，求亲告友，典卖家产、田土，仍然凑不够五十万，便自己在长安街头设画摊，为人绘像……世人得知司马迁罹难，每天都有很多人买画，生意也挺红火……限期已到，杨文卿将五十万金凑齐，然而丈夫怕拖累家庭，在期限到来的前三天主动接受宫刑，杨文卿的一切努力都枉费了……

当生命进入这种境界，不是灭亡，就会发生出排山倒海之伟力。司马迁便请妻子带些竹简来，病体稍稍好转便开始了伟大的创作。咬着牙，含着恨，他想到孙膑，想到韩非，想起孔丘……这些先贤先哲，哪个不是在悲痛中奋搏，在困厄中崛起？他搦管拈毫，奋笔疾书：

昔西伯拘羑里，演《周易》；孔子厄陈蔡，作《春秋》；屈原放逐，著《离骚》；左丘失明，厥有《国语》；孙子膑脚，而论兵法；不韦迁蜀，世传《吕览》；韩非囚秦，《说难》《孤愤》；《诗》三百篇，大抵圣贤发愤之所为作也。

事业，只有这道永恒的光照耀他心灵的苍穹！……只要我的肉体还在，我的生命在延续，我还尚存一脉之息，就不会辍笔，我的思想会放射出辉耀千古的光芒。一个佝偻的身影挣扎着，晃动着，凌乱的头发像狂风中的野草飞扬着，两道浓眉，一双眼睛像乌云磅礴下的闪电，他的才华、学识、人格、藻彩、德器、气度，激活他文思的锋芒，他的热血在沸腾，内心燃起熊熊烈焰，他的生命被火光照亮，灵魂在火光中升华，奋笔疾书，他不能停下来，手中那支竹笔已化为利剑，划破夜幕的深沉，直插九重宫殿，直捣历史深处，惊魂动魄！他忍着肉体和精神的双重折磨，在炼狱中，书写那个风雨沧桑的大时代。他笑傲苦难，直面惨淡人生，一盏青灯，千卷竹简，满腹怨愤，化字如金，炼句成虹；他思与星河相通，情与神灵相息，古老的汉字，放射出璀璨的光辉。那一篇篇惊星撼月、同天地共存的皇皇华章，从笔端倾泻而出：《陈涉世家》《伯夷列传》《屈原贾生列传》《高祖本纪》……十二本纪、三十世家、七十列传……上下千年，纵横万里，三皇五帝，君臣将相，布衣豪杰，都化作一个个有血有肉的鲜活的形象。这独标高格的文风，开创了"究天人之际，通古今之变"的"一家之言"。

司马迁忍辱负重，昼夜不停，文思泉涌，笔墨纵横驰骋，狂风暴雨般的激情，潮涌浪奔的力量，岩浆奔突的冲撞和吐纳……那是一种超越生命自身的力量。司马迁秉笔直书，不扬不贬……这是人格力量的宣泄，是灵魂庄严的净化，是生命的伟大涅槃。

司马迁既有历史学家的冷峻，又兼哲学家的严肃、诗人的狂傲风流、艺术家的潇洒倜傥，落笔惊风雨，墨泼泣鬼神。

愤怒出诗人，绝望出天才。人在孤独痛苦之中，心灵能包容宇宙，悲愤之情能贯穿古今。

司马迁终于完成一部千古之绝唱。

望着这砖砌的圆形坟墓上长出一棵巨松，分蘖出五根粗大的枝干，犹如五松俱荣，浩然、巍然，郁郁苍苍，直薄云天！那是太史公一吐满腹千年冤气，还是展示一个伟大灵魂的罡罡之正气？是造化之作，还是司马迁一身傲骨的物化？长风过耳，惊涛扑面，谁伫立墓前，灵魂不受到震撼？又怎能不激起后人的巨大悲剧感悟？

黄河狂飙曲

> 是李白遇到黄河,黄河之水才流进他的千载华章,
> 是黄河遇到冼星海才把自己的吼声化为历史绝唱?
> ——小序

一

诗人站在河岸上。

黄河从莽原奔来,浑浊的波涛弧度很大,一轮轮的弓着身向前奔涌着,油画染料般浓稠的流水,在夕阳下泛着光斑。风吹动着岸上的荒草,窸窣有声。黄河在这里被山峡截成两截,宽有二三里的黄河,被挤在几丈宽峡谷,人称"壶口",河水以雷霆万钧之势往下倾泻。波涛喧嚣着、呼啸着,冲下来了,一帘气势豪壮的大瀑布,是流动的莽原,浪峰峥嵘,漩涡狰狞,追逐、撞击,船被缓缓托上波峰,又呼地被掷进深渊……

这是 1939 年早春。冼星海去延安医院看望因骑马摔伤住院的光未然。他们是老搭档。光未然兴奋地向冼星海讲述着两次横渡黄河,目

击船夫搏风击浪的英勇气概。老艄公,赤脚裸背,肌腱绷起,两眼喷火,双臂紧摇着棹柄,一尊青铜般的雕像,伴着苍凉悲壮的号子,更让诗人心灵受到震撼。

冼星海听罢心情异常激动:"面对民族的灾难,我心里有着不可遏止的冲动,真想创作一部反映民族气派鼓舞民族士气的大作品。"

光未然也激动地抓住冼星海的手,连连说道:"心同此感!"光未然欠身坐起,靠在床头,从枕旁取出一沓稿纸:"这是我过黄河行军时的一些感受,新创作的长诗《黄河吟》。"冼星海看后提议改成《黄河大合唱》歌词。光未然点头同意,连夜创作,几天后,在西北旅舍比较大的一间窑洞,请来冼星海,开了个朗诵会。

> 朋友!你到过黄河吗?
> 你渡过黄河吗?
> 你还记得河上的船夫,
> 拼着性命和惊涛骇浪搏战的情景吗?……

"太好啦!"冼星海凝神听完后,霍地站起来,"我有把握写好它!"一把拿过诗稿:"我要写一曲表现民族意志,民族血性正气,和侵略者血战到底的战歌。黄河,母亲河,是我们民族的象征!"

"好,好啊!"光未然紧紧握着冼星海的手,"我们一定要成功!"

第二天,曾和光未然在宜川壶口瀑布横渡黄河的女演员小田,向冼星海详细讲述了渡河的情景。冼星海被小田的讲述震惊了,只觉得热血沸腾,他激动地说:"你讲得太生动了,生活本身就是一幅画卷啊!"

一连几天,冼星海彻夜难眠,思绪翻腾。他深知一首鼓舞士气的歌曲能改变一场战争的胜负,能改变一个民族的命运,它的巨大意义,能唤醒民众,重铸民族之魂,产生排山倒海的力量!在中国历史上,楚汉相争,四面楚歌瓦解了项羽的军心,最终使一代势焰熏天、力拔山兮的霸王饮恨乌江,只落得霸王别姬的悲惨下场。一首《敕勒歌》,使高欢的败军为之动容,军心为之振奋,凭借这支歌曲激发士气,高欢重整兵马,浴血厮杀,终于消灭了敌人。世界史上这样的例子更多,贝多芬的《英雄》,就是表现英雄与大自然、英雄与敌人、英雄与自己内心世界进行斗争的壮丽史诗。《英雄》体现了一个民族的意志,复仇的火焰,哀恸的力量,在乐曲中能听到军鼓和军号声,是一曲展示英雄气概和英雄形象的伟大乐章。还有《马赛曲》,原名《莱茵军团战歌》。法国大革命期间,资产阶级高唱这首战歌,同封建专制、封建贵族进行斗争,鼓舞民众斗志,最终成为法国国歌。这些歌曲都以寥廓深沉的音乐思维、绚丽多彩的音乐语言、狂风暴雨般的豪情,歌颂了英雄主义的伟大胜利。

诗言志,歌抒情。"只有民族性的壮气,才能启发整个民族的兴奋。歌声愈激昂悲壮,民族的前途就可以肯定愈有光明。"(冼星海语)

窑洞外传来鸡的叫声,窗纸朦胧发白了,冼星海还辗转没有睡意。他望着黑黝黝的洞顶,脑海里翻腾着中国近百年的苦难史、屈辱史、血泪史,尸骨如山,血流成河,中华民族面临着亡国灭种的危机,四万万同胞该苏醒了!黄河,我的母亲河该怒吼了!

光未然的歌词分为八个乐章,最后是《怒吼吧!黄河!》。冼星海反复阅读,不住地称赞"这真是中华民族的史诗啊!"

冼星海虽未体验壶口瀑布的腾天动地之气势,黄河的刚烈,黄河的风骨,恢宏磅礴之势,早在河南黄河岸采风时已有领略。冼星海把自己关在窑洞,闭门不出,酝酿构思,捕捉主题音调。他青春的激情,坚忍不拔的毅力,高度紧张的神经,摧毁一切的热力,伴着黄河狂澜的澎湃之声,涌动着、奔腾着。他眼前常常出现幻景:时而站在黄河岸边,看一河金涛东去,而自己仿佛是一位船工,驾船在风浪中搏击;时而身边又传来黄河岸边妇女凄婉的哭泣、悲怆的倾诉,无边无际的苦难压来,令人窒息;时而又仿佛听到老乡在岸边的对话:九一八、九一八,我的家乡在哪里……那悲愤的呼号,仇恨的烈火,若地下岩浆般呼啸;瞬间他又奔波在万山丛中,青纱帐里,英雄健儿纵横驰骋,刀光剑影的闪动,枪声炮火的轰鸣……

黄土高原的早春是非常寒冷的,塞北的风如刀割般刺人,寒窑如冰窟。夜里,冼星海脚蹬一双毡靴,裹着一件厚厚的灰布旧大衣,高耸着领子,棉帽耳朵翻垂下来,纵笔谱曲。冼星海伏在临窗的小桌上,堆满纷乱的五线谱纸,小油灯忽闪着火苗,地上有个陶盆,几粒火炭有气无力地明灭着。光未然知道冼星海爱吃糖,延安买不到水果糖,便买了两包白糖送去。糖放在小桌子上,冼星海一手不时抓一小撮白糖,填到嘴里,一手不停地在五线谱上画动。他乐思汹涌,灵感飞扬,那两包白糖也化为音符流泻在五线谱上。

冼星海为人谦和,对作品要求却非常严格。初稿完成后,《黄河颂》《黄河怨》两个独唱曲,演出队挑剔较多,他立即全部推翻,连夜修改,第二天交出新稿。光未然说:"当别人又提出个别乐句尚须改动,他又撕掉重写。"那种顽强的精益求精的精神,深受大家称赞。

二

冼星海出身澳门贫寒渔家,母亲生他在船上,头顶满天星星,船在大海波涛里摇荡,母亲给他起名星海。父早亡,孤儿寡母流落到广州,后又辗转到上海,母亲作佣工抚养他。他的童年和少年沐浴着椰风海韵,从小就生成一颗善良虔诚的心。但亚热带的阳光并没有亏待他，南国的热风风人，热雨雨人，身子骨发育得像一棵高大的红棉树，而南国的如画风光孕育了他的审美意蕴，又赋予他丰富细腻的情感。

他喜欢唱歌，是在渔家歌谣里长大的。

1929年，一贫如洗的冼星海靠朋友凑够的10元钱，漂洋过海去法国留学。10元钱怎能购买一张船票？简直荒唐！又是朋友为他在轮船上找了个杂役差事，既免了船票，又有了食宿保障。

巴黎音乐学院是世界上影响最大的音乐学府、"音乐圣地"。他不是官费生，又没有高等学历，要取得"入场券"比登天还难。他只身来到巴黎，举目茫茫，语言不通，身无分文，首先要解决吃饭问题，只得寻找一些体力活干，给餐馆当杂役，给人家照看孩子，守候电话，在理发店当小工，在澡堂帮人剪指甲，在西餐厅做侍者，帮人喂鸡养羊……几乎天天为填饱肚皮奔命。

这个勤奋的青年感动了上天，他认识了马思聪。马思聪是巴黎音乐学院中国第一位官费留学生，又是广东老乡，他把冼星海推荐给自己的老师奥别多菲尔。这位老师是个很严苛的音乐家，他觉得冼星海年龄大，音乐上不会有很高的造诣，不想收他为徒。但又被这个中国小伙的坚强意志、理想和抱负所感动，再加上马思聪的苦苦恳求，奥别多菲尔决定收留他，却提出每个月要付200法郎学费。天呐！自己连肚子都填不饱，从哪里弄得200法郎？

奥别多菲尔了解了冼星海的艰难处境，说："从今天起你是我的学生。在你有足够的收入以前，我不收你的学费。"

冼星海常常饿着肚子练琴。成名作《风》在他的"蜗居"里诞生了。一间很小的房子，四面全是玻璃窗，玻璃有的破损，巴黎的冬天十分寒冷，寒风在窗外呼啸，渗入屋内，冼星海冻得浑身发抖。他便裹着大衣在小油灯下创作，怕小油灯被窗缝钻来的风吹灭，他一手捂着灯，一手用笔在五线谱上画动。冼星海乐思汹涌，想起狂风巨浪中颠簸的渔船,想起母亲瘦削的脸庞,孱弱的身体在甲板上摇摇晃晃,被海风吹乱的花发,一切人生的辛酸、不幸、苦难……涌现心头,五线谱上铺开一曲悲愤苦难的旋律,他用乐曲抚慰痛楚的心灵。"风啊!暴烈的风!残酷的风!"这首《风》震动了巴黎音乐学院,高级作曲班接受了他。

1935年,冼星海回到苦难的祖国。他很快投入了左翼文化宣传阵营,并结识了吕骥、任光、贺绿汀等著名音乐家,成为"新音乐运动"左翼战线上的新兵。这期间他写了大量的抗战救亡歌曲。流传最广的经典歌曲《在太行山上》便是这时期的作品:"红日照遍了东方/自由之神在纵情歌唱/看吧!千山万壑,铜壁铁墙/抗日的烽火,燃烧在太行山上……听吧/母亲叫儿打东洋/妻子送郎上战场/我们在太行山上/山高林又密,兵强马又壮/敌人从哪里进攻/我们就要他在哪里灭亡。"这首歌曲,旋律从低音开始,几经起伏,如风卷波涛,又渐渐像海啸奔腾……雄壮的旋律中,仿佛一轮红日冉冉升起,磅礴的朝霞映红了山峦,映红天空、大地。进而,使你展开辽阔的想象,群山苍茫,万木苍莽,一群抗战英儿纵横在千沟万壑间……中华民族像山一样刚强,像山一样傲然耸立。

1938年10月,冼星海和妻子钱韵铃在周恩来的安排下,乘坐华侨捐赠的汽车,扮作侨商,躲过敌人的盘查,穿过封锁线,投奔隐蔽在黄土高原皱褶中的延安。

钱韵玲与冼星海相识于武汉,钱韵玲说冼星海朴素、诚恳、热情。冼星海对钱韵玲也颇有好感:"我觉得她心地很好,不仅纯真可爱,而且外表美,又能处处表现出来。"1938年1月2日钱韵玲的父亲钱亦石去世,武汉各界为这位爱国知名人士举行隆重的追悼会,冼星海为钱先生送来挽联:"不灭的火,永生的石,同垂不朽,亦血亦铁",并谱成曲,成为一支挽歌,钱韵玲深受感动。从此,身为小学教员的她,便参与"星海歌咏队",向冼星海学习抗日救亡歌曲。相处久了,两人产生了爱慕之情,于同年7月20日在武汉举行婚礼。

暮秋的黄土高原并不显得荒寒,窑洞前,沟壑山涧有松树、柳树、榆树,绿腾腾的,枣儿已经收摘,晾在坝上,一片红霞似的,窑洞门旁挂着成嘟噜的金灿灿玉米,像画儿一样,煞是好看。几头小毛驴在山坡上蠕动,赶驴人信腔野调,山岭间盘旋着飞扬着信天游和"蓝花花"。黄土高原的天空特别高远,云也白,没有南国的燠热、阴湿,空气清爽干燥,一切都那么宁静、深沉。

但延安物质条件极差。"鲁艺"精心为冼星海夫妇准备了窑洞,却也简陋狭小,除了土炕,一张小桌,连脸盆架、衣架都没有。窑洞外便是空旷的清凉山、凤凰山,沟壑纵横,童山秃岭,连绵逶迤,荒凉贫瘠。

延安物质生活很苦,平时能吃上一个鸡蛋算是最大的享受。钱韵玲养了几只母鸡,每天还能保障冼星海一只鸡蛋,但常常有客人来访,这鸡蛋便成了招待客人的佳肴。延安的晚会多,演出活动也多,冼星海白天上课,晚上又要组织音乐活动。他是乐队教练,又是指挥,一天到晚忙得饭都顾不得吃,晚会结束后,又要给演出队做总结,常常半夜方归。

白天他给鲁艺学生上课,也和同志们一起上山开荒。山野上到处是歌声、笑声,自己动手,丰衣足食,一派朝气蓬勃的景象。冼星海年富力强,浑身有使不完的劲。他不知疲倦,夜间在窑洞幽暗的油灯下创作歌曲,激情如火焰,灵感像喷泉,一写就是通宵,还时不时地敲着桌子,哼出声来,把熟睡的妻子惊醒。

延安的冬天,滴水成冰。风在窗外呼啸,摇撼着窑洞前的老榆树,拍打着窗户,发出啪啪的声响,使他想起当年在巴黎创作《风》的情景。

他还常常下乡搜集民歌,有时走在路上,听到老乡唱陕北民歌,就迅速记下来,两年间记满了七个笔记本。陕北人的声道是唱信天游和蓝花花的过程中形成的、完善的。信天游宽阔、高亢,蓝花花柔婉、凄楚、苦涩。信天游属于辽阔的大地、空旷的天空、缥缈的云、流逸的风,野得很,粗犷得很;蓝花花属于凹下的沟壑、深邃的山涧、滞涩的流水。这些民歌民谣敦厚、朴野、苍凉,还带有烟火气和黄土高原的土腥味。这片土地因饥渴而干燥,因风沙而粗糙,歌声从来未填饱过他们的精神空间,信天游、蓝花花是黄土的心,是高原的魂。白杨沙柳老疙瘩榆树,山丹丹花红枣林,没有南国美人蕉合欢树的高大健美,没有紫荆花含羞草的风姿绰约,但却也有爱的曼妙,情的缱绻。

这里的山塬和沟壑,大气磅礴,一轮轮像海啸凝固的造型,空旷的高原足以拓展人的心灵和胸襟。它包容你吸纳你融汇你,只要你住进它的窑洞,吃上它的小米、红枣,你的生命就会出现变化,你就会成为一棵沙柳、一棵白杨。你的审美视野变得寥廓、宏大,精神也会变得雄悍、豁朗、高远、深沉,这一切都是裸露的黄土和苍茫的大塬赋予了你,再造了你。

不到两年间,冼星海就创作数十首民间抒情小调,还有四部大合唱、两部歌剧、两部《民族解放交响曲》。奔放的情感,优美的旋律,丰富的想象,曲调像流水般洋溢着人性的温馨,也负载着生命的苦难,以及对新鲜事物的赞美。这是他创作的丰收季节,风格既有南国的热烈,又有北国的雄沉;既有西洋曲调的潇洒,又有民族气派、民间曲调、黄土高原的朴实。

三

冼星海在窑洞里连续奋战了六天六夜,一口气完成《黄河大合唱》八部乐章,这六天六夜他只睡了十三个小时。他的眼睛布满血丝,依然闪烁着青春的激情;脸颊瘦削了,精神却是焕发的。

　　冼星海的创作态度十分严谨,他深深体悟到黄河这天来之水的磅礴气势,浑转回荡的壮观气象,奔流到海的顽强气概和摧枯拉朽的决绝意志,每一个细节,都反复推敲,每个音符都认真琢磨。他每天都沉浸在创作的兴奋中,激情奔放,乐思汹涌,像海浪拍打着堤岸。冼星海脑海里始终活跃着三个主题:外族侵略给中国人民带来的沉重灾难;二是中国人民不屈不挠的斗争意志;再就是人民群众保卫黄河保卫祖国同仇敌忾的壮烈场景。

　　八部乐章气魄宏大,壮烈时,犹如万马奔腾,爆炸的轰鸣,冲锋的呐喊,冼星海将壶口瀑布的排山倒海之势、雷霆万钧之力谱进乐曲,展示出倒海翻江卷巨澜的壮观气象;酸辛处,又如蓝花花的如泣如诉,如怨如怒;悲壮时,又把人带进热血偾张、于无声中听惊雷的境界。

　　《黄河大合唱》只能产生在黄土高原。大汉时代热烈的八部乐章,盛唐时期庞大的九部乐章,都诞生在这片高原厚土。伴着安塞腰鼓、威风锣鼓的强烈节奏,黄河的吼声已化为中华民族雄狮般的怒吼!这是岩浆的奔突!是天火的燃烧!这是震撼人心的神曲!艰苦卓绝、英勇顽强的战斗精神把人带入激昂、庄严、崇高、虔诚、奋发的精神空间,那火一样的情感,霎时会把人带进与惊涛骇浪搏斗的情景中。

　　《黄河大合唱》包括了独唱、朗诵、齐唱、轮唱、合唱,采用了民歌、民谣、颂歌等多种情调和表现方式。始终如一的结构使庞大的史诗在逐章演出时具有各自风格,又浑然一体。

　　首演开始了,五百壮士的演出阵容是延安时期前所未有的,雄壮、庞大、豪强,充分地展示着力和美,一道不可战胜的铜墙铁壁,一座新的长城!

　　当年延安演出条件极差,要组织一支完备的乐队伴奏根本不可能。

演奏队除了三把小提琴,再就是二胡、笛子、吉他、口琴,没有谱架,没有低音乐器。他们用洋铁桶改造成低音胡琴,用搪瓷茶缸子、吃饭的勺子作打击乐器……冼星海亲任指挥,手臂一挥,这些新式乐器,噼里啪啦的响声和锣鼓管弦的吹打声,雄壮的歌声,形成强大的共鸣,造成排山倒海的宏伟气势。《黄河大合唱》气势雄壮,把人们带入黄河源远流长、曲折婉转、奔腾呼啸宏大的艺术磁场。它使你的灵魂震颤,热血沸腾,逼迫着你,顿时浑身涨溢出山呼海啸的力量!"风在吼,马在叫,黄河在咆哮!"强烈的和声语言,复杂的音调跌宕,热烈急促的节奏,醉如狂风的激情,这是黄河的力量,滔滔黄河已化为浩浩荡荡一往直前的大军,整个民族唰地挺立起来!这是山,是海,是民族情绪宗教般的兴奋!《黄河大合唱》是音乐的经典,是黄河的历史绝唱。它的思想性、艺术性、民族性,达到完美的统一;深沉、悲壮、宏伟、雄浑的旋律,奏响大时代的最强音!

冼星海身着灰色上衣、长裤,脚蹬草鞋,挥动着有力的双臂,表情激昂,犹如军事艺术家,指挥千军万马鏖战沙场。这是一幅震撼人心的场面!他魁伟的身躯跃动、俯仰,随着乐章的节奏变化,始终处于高亢的投入状态,有时达到白热化的程度,感到自己就像一团烈火。他的身子不时以最大的限度探向乐队,夸张的表情,简短的语言,生动的手势,将史诗的丰富内涵传导给乐队演奏中。在这里你可以领略到艺术创造的神秘、神奇,一串音符竟能调动人们的情绪和生命活力,异常饱满,异常热烈。小小指挥棒像魔棒,往上一挑是山立海垂,云水激荡;往下一劈似惊涛裂岸,天崩地坼,巨浪化为剑戟铿锵的厮杀……

演出结束,会场响起长时间暴风骤雨般的掌声……

黄河在咆哮!延安在咆哮!全中国在咆哮!

凭吊交河故城

一

走进吐鲁番盆地,不能不看看交河故城。每一座废弃的城郭都是一页干枯的历史,浓缩着生命的悲怆和壮烈。考古学家小心翼翼地修复的是它的残骸,诗人和艺术家是来激活它的感情、色彩和声音,用笔管做火筒,轻轻地吹燃已经熄灭的生命之火,唤醒其情感的亢奋……

我非诗人亦非艺术家,我历经"八千里路云和月"来到大西北,只是来凭吊已死去七百多年的交河故城,献出一缕心香,祭祀古城的亡魂!

出吐鲁番十公里,便看到一座庞大的城垣,是砂和土枯黄的叠加,黄土凝结成墙。墙上凝结着岁月和历史,还凝结着风和雨笨拙的痕迹。但这些残破的土墙却有着极其丰富的语言,虽然它缄默不语,却向你诉说着难以言状的悲怆、凄凉。

走进故城废墟,扫描着黄土倾颓的雕塑,历经两千三百多年岁月的侵蚀，却依然倔强地矗立着，就像勇士被砍掉头颅而身躯尚未扑倒的瞬间造型。这种坚韧和阳刚本身就令人肃穆，"天地英雄气，千秋尚凛然！"昏昏沉沉二十三个世纪，喊喊杀杀两千三百年，谁知交河故城演绎了几多悲壮惨烈的故事，谁知这片黄土饮尽了多少忠烈和无辜者的热血？一部中华多民族的历史，就是征服与被征服的历史，汉唐的雄风由南向北卷去，李白有诗云"南风一扫胡尘净，西入长安到日边"，交河故城的辉煌和苦难、光荣和悲壮也就从那个时代写就。车师人、突厥人、羌人、匈奴人、汉人……围绕着这古丝绸之路一个重要驿站，铺开了一帧帧战争的浩幅。

汉唐大风鼓荡在这广阔的空间。

一切都远去了。

沉默压碎了千年历史。

眼前是纵横交错、排列有序的土墙的方阵。土墙组合成街衢，组合成院落，组合成寺庙、府衙，组合成一座城市的轮廓。但这座城，却没有心、肝、肺、胃、肾，五脏六腑都被时光掏空了，当然看不到它的鲜红的唇、传神的眼、翕合的嘴、飞动的眉，但从这枯干的断肢残臂间还似乎听到生命的气息，一种从远古传来的气息。

阳光酷烈，天风浩浩。我斗折蛇行穿梭在古城街巷，脚步轻轻，唯恐弄出声响，撞破古城的梦，惊飞一片历史。但我隐隐感到有一种声音在胸中吟啸，那是古人的游魂吗？好像他们坐在高高的城堞上在审视风云变幻的历史，过滤传奇和故事，苦难和光荣。

据说，考古学家在城墙下发掘出许多骷髅，头骨、胸骨、胫骨、腿骨、腕骨，杂乱枕藉，重重陈叠，纵横交错，淋漓尽致地昭示着战争的残酷、死者的悲壮。那一颗颗颅骨，明亮的眼睛和鲜活的嘴巴都化为黑幽幽的洞，洞里塞满泥土和砂石，生命的光彩、青春的热烈、酣战的豪情、凛然不屈的人格，都化为无声无息的泥土。我曾想，世间若有起死回生的魔术，使他们复活，眼前顿时会腾地站起一排英武剽悍的勇士、一排热血沸腾的汉子。

——然而，他们毕竟是历史的道具，被一双无形的手轻轻一弹，便悄然无息了。生命远去了，无生命的残垣断壁依然留在人间，我们和它们生活在一起。

二

阳光灿烂。这是汉唐的阳光，炽热不减当年。风，也是汉唐的风，依然罡烈，在断墙间回旋萦绕，心事重重的样子，在寻找什么。

站在残存的城堞上放眼四顾，会发现，这里的地理形势的确险要，城池坐落在陡峭的橄榄状的土冈上，两侧是两道巨大的河谷，形成一个"女"字形。女，是女人，是母亲，这片高冈繁衍哺育出一个古城堡是自然的事了。当然，她繁衍过辉煌，也繁衍过苦难。河水来自天山，是博格达雪峰吗？两侧的河谷流水淙淙，绿荫蔽岸，清幽宜人，和这山冈上的荒城废墟形成强烈的反差。

把视线放牧得再远一点，可以看到远处的火焰山和盐山，这里是控制两山的天然豁口，自天山阿拉沟白杨沟石窑子沟等处要隘奔驰而来的铁骑，穿越这一豁口，就可直达吐鲁番盆地这一片绿洲。而盆地中心的高昌故城，北入吉木萨尔地区的北庭，或西北深入古代的游牧民族活动的草原、伊犁河谷，经此豁口，也是最便捷的要道。

因此，两千多年来，这里始终扮演了一个军事要塞的角色。

这是天意。

我并非是从荒凉和废墟中挖掘诗意和美感的诗人。我只不过想剥开落满城垣土墙上重重叠叠的时间，读读历史，读读战争，读读风土人情，读读攘攘市声，读读鸡鸣狗吠、牛哞马嘶，读读孩童的稚语、老人的叹息、少女的笑声……一座繁华喧嚣的古城怎么会变得这般枯槁、僵硬？皇天后土，白云苍狗，逶迤绵延的历史，何时在这里出现断章？

这座掩映在碧水绿树中的山城，它的街巷院落、佛堂寺庙、府衙官邸，任我们出出进进。被厉风撕扯下一道道深深的蚀痕的危墙，危墙下的积沙，星星点点散逸的陶片，覆埋的古井……这一切都曾演绎过一幅幅色彩绚丽的生活画面，也奏响一曲曲生命的乐章。

随便走进一方院落，就可发现古代车师人的聪明才华：一抔黄土，便可造出二层、三层的居室，一座穹形的窑洞成了冬暖夏凉的地下居室，既可阻挡西伯利亚扑来的寒流，又能遮拦亚细亚烈日的辐射。院内有井，清凉甘甜的雪山融水，煮一壶香茗，老者吹羌笛，狂来说剑；少年弹起胡琴，唱一曲赶巴扎小调，的确有一种诗意的美。夜色扑来，羊脂灯下，老祖母手捻毛线，编织"阿凡提"的故事，逗得孩子咯咯笑个不停……

穿过城中大街，往深处走去，迎面有一片开阔的台地，这里有一处气势恢宏、异于一般住宅的建筑，且不说主体建筑有八千平方米的广场，墙基宽厚坚实，想必那建筑也高大宏伟。据说，这是车师王府，后为官衙，到了唐代，成了首任的安西都护府。现在这里一片死寂。时间是平等的，显贵与贫贱、豪华和简陋、崇高与卑鄙，它一视同仁，统统连骨头带肉吞噬掉，然后屙出一种叫作"废墟"的排泄物。不过从残留的遗痕，依然让人想象，当年这里曾经翠华摇摇，宝车玉辇，隆隆而过，士卒荷戟，列队而立，森严肃穆。然而政潮起伏，福祸无常，在这里既接受过降表，也悬过白幡。

而南北大道的北端，有规模居全城之冠的一区佛教寺院，鳞次栉比的僧房、塔柱，宏大宽敞的庭院，高大宏阔的佛殿。大寺后面有排列如方阵的百余座舍利塔。还有方形的大坛，供着佛陀、菩萨。岁月的利剑，厉风的吹蚀，它们当年的威仪和魅力早已荡然无存，暴露在外的是草束骨架、黄土身躯，一片衰败和凄凉。这寺院始建于回鹘高昌王朝时期，它伴随着高昌王朝走完了它最后的岁月。在元代宗教叛乱的烽火中，它和交河故城一起经历了炼狱般的苦难，最终走向寂灭。还有那氤氲缠绵云蒸霞蔚郁郁葱葱的佛教文化也荡然而逝……

我徘徊在古城的街巷和庭院，用手触摸着亢燥的砂石土墙，像翻阅一页页发黄的历史。我想象得出七百多年前，或许更遥远的年代，这里是怎样一座威风凛凛、繁华昌荣的城市——城头上高扬着旌旗，路口城角有荷戟的武士，河谷里有嘶鸣的战马，经院寺庙飞檐翘角上飘荡着五彩经幡，缭绕的香烟，伴着如磬的佛鼓，羌笛胡琴从院落窑室里悠悠传来。而城外，戈壁滩头、荒漠深处，隐隐传来叮咚叮咚的驼铃，商贾、征旅、僧人，络绎不绝，向着古城走来……日暮黄昏，落晖脉脉，蓦然间，一阵急如星雨的马蹄，叩击得砂石火星四溅，传来紧急的羽檄，于是烽火一处处点燃起来，映照着古西域苍凉的夜空……

七百年的沉寂。

七百年的遗忘。

七百年的荒凉。

荒凉里透出一种凄凉。凄凉里氤氲着一种悲壮。啊，是什么声音传来？嘤嘤嗡嗡，是古城堡的叹息，还是古人幽魂的呻吟？

三

我踯躅于历史和现实的坐标上。远望是繁华的吐鲁番市区，俯视是死广的古城。历史是一位魔术师，它的一举一动，都使人眼花缭乱，留给你一个巨大的谜。我依附在大墙上，这枯黄的土墙，枯黄的街巷，是一片千古的沉默。我知道,沉默是一种痛苦,是一曲无声的苦歌、恨歌和爱歌。是什么将文明化为废墟,将辉煌化为腐朽,将苦难铸成岁月?

早在两千多年前,汉武帝时代西域就归附大汉朝。但到了西汉末年,西域三十六国,又分裂为五十五国。王莽篡位时,相继断绝与汉朝的关系。汉明帝雄心勃勃,他把内院收拾得山清水秀、海晏河清,轻轻地舒了一口气,接着把目光转向西北,凝视那片风沙弥漫、混淆躁动的土地。雄韬大略在心中谋定:是该着手梳理这半壁江山了。为了摧毁和瓦解匈奴对西域的统治,疏通丝绸之路,便命大将军班超,率中原健儿,车辚辚,马萧萧,一路西去,征尘滚滚,旌旗如云。历史的每一页都不是用墨书写的,而是刀剑蘸着热血写就的。班超的大军,风尘仆仆直插焉耆盆地,在那里屯兵戍边,积储粮秣,而交河故城一下子成了汉匈交战的前线。

战幕一拉开,就是一场持久战,前后争战五十多年,这里烽火不断,狼烟不绝。城北城南寥廓的荒原,战云密布,血雨腥风。天崩地坼的呐喊,甲戈碰撞的铿锵,战马追风掣电地奔驰,生命与生命直接撞击。交战双方将士各自展示本民族勇武强悍的精神,用血和肉塑造本民族的形象。这荒荒大原出现了何等壮烈的景观!

有一匈奴贵族开陵侯,他的匈奴名字没有留下来,这是历史的疏忽。开陵侯是汉王朝给他的封爵。在他归向汉王朝前,曾是匈奴的介和王。此人很有眼光,他感到汉王朝统一西域有利于人民的安居乐业,即率部投归汉王朝,担任了进军吐鲁番盆地的统帅。那时交河车师王和匈奴沆瀣一气,防守严密,未能取胜。时过九年,经过充分准备,开陵侯再次出征,当时已归汉的楼兰王、尉犁王也举国动员,出兵助战。汉朝的将领马通则率部从东线配合进攻。这是交河故城经历的一场最大的战役。浩大的舞台,千里的战线,为军事家提供了施展才能智慧和张扬生命力度的广阔天地。盆地也成为一幕石破天惊、威武雄壮战争诗剧的排练场。

战争的结局：匈奴败北，交河城头第一次升起西汉王朝的旌旗。

阳光如注，在土墙上肆意涂抹。古城一片死寂，空无一人。那些守城的将卒呢？那些攻城的勇士呢？都化为飞扬的尘埃、枯僵的土墙了吗？它再没有力量召回过去的一切了吗？甚至刀光剑影、血雨腥风、恨和爱全都消匿得无影无踪了吗？

四

诗与剑是历史这面铜鉴的阳文和阴文。唐代是个诗化的时代。以剑为笔，化剑为笔，编织了大唐帝国的繁荣和辉煌，铸就世界史上一座巍峨雄峰。

公元 640 年唐王朝平定高昌，统一西域，交河一度为唐朝在西域的最高军事机构——安西都护府驻地，成为联络西域，沟通安西、北庭都护府间的往来的枢纽。而现存的古城遗址，实际上是唐代的建筑，一切都按照古都长安的模式修建，当然有点东施效颦了。

我继续在古城街巷穿行。一切都是黄土的终结。断墙残垣的态势虽然蕴含着悲怆的意蕴，也展示着高傲的气质。它无语地向天地间宣告：历史的辉煌，风沙拂不去，雨雪抹不去，连狂妄肆虐的大西北的太阳也不得不施注目礼。

一阵微风吹来，抚平我初来时激动的情绪，我的目光变得沉静了，不再是迷惘和缭乱。我感到身边每一堵墙、每一洞室、每条街巷，都存在着一个强大神秘的精灵。

时间已化为遥远的东西，我越沉静，想象力越强盛，一切都变得清晰而透明。

我依稀看到那位仗剑去国、投笔从戎的诗人岑参在一个落晖斑斑的黄昏，骑着一匹瘦马，满面风尘、满面倦色走进古城，下榻一个小小驿馆。当时，唐代文人求官，投笔从戎是一条捷径，特别随军西征，那是唐王朝的一大政策。岑参也未免俗，他前后在西域服役六年，天山南北，大漠戈壁都有留下他的足迹。六年的西域生活，使他跻身于边塞诗人的行列，和高适、王昌龄并驾齐驱，历史上称为"边塞三诗人"，值得！

就在那个黄昏，诗人洗去一脸的风尘，便点燃羊脂灯，从行囊里取出文房四宝，面对洞室外苍茫夜色，按捺不住诗潮升沉，挥笔写道：

暮投交河城，火山赤崔巍。
九月尚流汗，炎风吹沙埃。
何事阴阳工，不遣雨雪来。

究竟哪座院落是岑参下榻的驿馆，已无从考究，而他留下的一笔马料支用账册，却在几年前被发掘出来。这一沉睡了一千二百年的账册，真实地记录了当年诗人活动的情况。岑参走遍吐鲁番盆地，对这里一草一木、一砂一石、一山一水、一村一城都极其熟悉，他写火焰山："赤焰烧虏云，炎氛蒸塞空。不知阴阳炭，何独烧此中？我来严冬时，山下多炎风。人马尽汗流，孰知造化工。"第二天早晨，太阳刚刚跃上火焰山，顿时天地间一片热浪翻腾，虽是九月，在故国中原已是草木凋零、寒意萧萧了，这里依然炽如盛夏。诗人站在交河城堞上，遥望天山、火焰山，茫茫戈壁，煌煌大漠，还有烽燧点点，更是感慨万千："……寒驿远如点，边烽互相望。赤亭多飘风……夜静天萧条，鬼哭夹道傍。地上多骷髅，皆是古战场。"

荒野旷漠，烟墩烽燧，白骨点点，厉风长啸，一幅古战场肃杀氛围,使诗人顿时陷进一种历史、民族、岁月、战争与和平的幽思里。

还有一位诗人名叫李颀,他是王维、王昌龄、高适的好朋友。他也曾来过交河故城,但史书上却未记下具体行踪,其诗却流传了千百年:"白日登山望烽火,黄昏饮马傍交河。行人刁斗风沙暗,公主琵琶幽怨多。野云万里无城郭,雨雪纷纷连大漠……"

唐代,这里曾是繁荣昌盛的商贸中心。大小街巷布满商行、谷行、帛练行、果子行、布行、铛釜行、菜籽行以及经营鞋靴、皮毛、布衫、饲草、薪炭、驼马、牛羊、鞍辔、药物等的摊点,还有铁匠、木匠、银匠等行当也相当发达。酒肆驿馆,商号骈列,茶房鳞比,吆喝声、叫读声,如涛如浪,伴随着寺院的晨钟暮鼓,佛烟氤氲,人来人往,熙熙攘攘,大有古齐国"举袂成幕,挥汗成雨"之繁华。至于日暮黄昏,更是戈壁大漠的一座灯塔,一片温馨的息壤。酒旗在晚风中招展,手抓肉的香味随飘逸的炊烟袅袅而来,撩拨着贩夫走卒、军旅僧人、使节商贾的辘辘饥肠,也给他们带来如归的惬意……

历史就是这样密集地堆叠在古城墙垣上:剑戈与玉帛,骷髅与鲜花,美酒与碧血,英雄会聚与诗意葱茏,搅和在一起,给后人留下一种暗谕、一种昭示。

我走下城垣,漫步在交河岸边。当年一河碧波,现已成一线细流。流水悠悠,悠悠着岁月的悠远,悠悠着时空的苍凉。两千多年它没有被风沙吞噬,依然汩汩不息,这不能说不是交河有一种多么坚韧的内在活力和执着的生命信念。

凭着一线流水、两岸绿树,足可以贮日月,藏星汉。观世事沧桑,风云变幻,览岁月长河诡波谲涛,看废墟一堆,触摸历史隐隐伤痕,怎能不感慨万千?

这河是天山博格达峰融化而来的雪水,清冽、沉碧。我想,雪和水都是永恒的,它们形态互换,往复循环,在天地间演绎出万千故事,也哺育天地万物。它从远山流来，从历史深处流来，它融解了无数将士的热血，也浸泡了他们的尸骨，当然也消融了沉沙断戟，但它没有把历史洗得苍白，却过滤了芜杂。你看那雪峰依然白雪叠叠，寒光凛凛，耸立云天。也许那千年的积雪里，曾有它的同伴落满将士的弓刀，暗洇了如画的旌旗，也飘洒在岑参的诗行里……

我无意间弄响了一掬流水，惊起一群水鸟，拍翅而起，掠岸而飞，也惊醒了古城一个幽沉的梦。

五

出交河故城，沿傍城的沟谷南行五公里，即抵达盐城山脚下。盐山高不过百米，呈东西走向，宛如交河故城一道天然屏障。这里有古烽燧遗址。烽台虽遭风沙剥蚀，仍残高四五米，突兀在冈峦上、蓝天下，尽职尽责地守望着历史。

也许一千三百年前的某一个黄昏，岑参也和今天的我一样，感时伤怀，凭吊历史，登上古燧，极目远瞩：落日沉沉，天地一线，戈壁苍苍，大漠茫茫，烽燧点点（而今已化为历史的删节号），感慨道："寒驿远如点，边烽互相望。"大漠孤烟直，交河落日圆。它给这片土地带来骚动和恐怖，也送来平安和温暖。

西风夕照，落霞缤纷。我站在土坯堆砌的古烽燧上，仰视云天深旷，俯瞰漠野苍茫。遗燧点点，白骨斑斑，已构成历史的残章。"大雪满弓刀"已成为历史的注释，画角连营、鼙鼓动地已成为古战场的画外音，骆驼队的故事已经枯萎，再也难分蘖出新的情节，戍边的将卒的角镝已沉没荒沙；觱篥和胡笳已经喑哑，再也难奏出凄婉的塞下曲；成吉思汗射落的残月又冉冉升起；班超、马通的战马踏碎的天山积雪，又被新雪喂肥了原驰蜡象；一切都被岁月遮断了，断了班超的扶剑长啸，断了岑参的纵马天山，断了塞上的烽火狼烟，也断了马革裹尸的悲壮。风沙抹去一切，沙地上只留一行脚印依稀可辨——那是玄奘大师艰难跋涉的履痕。文化苦旅绽放的花朵，永远伫立在这风沙线上。当然，还有岑参的诗依然鲜亮亮地活着，摇曳在一千多年后的黄昏和夜晚。

历史，是一种精神。历史是人类生活沉淀和净化的过程。

俱往矣，作为物质形态存在的只有废墟的残垣断壁，夕阳下，野风中，向人们传导着历史的密码，倾诉着毁灭的痛苦，惊心动魄的往事。

这是一首富有悲剧韵味的哲理诗，昭示着人类、生命、战争与和平。

本文选入上海教育出版社《语文主题学习　五年级下册——走进西部》

祝福拉萨

带着朝圣者般的虔诚,带着诗人的想象和海浪般涌涌荡荡的情感,我常常用湿漉漉的目光抚摸着地图上那片棕红色的高地,抚摸着那富有质感和色彩的名字:拉萨。我轻轻地念出这个音节,心中便洞开一片境界——八瓣莲花山簇拥的圣城,你是宗教,是文化,是历史,是神话,是朝圣者的憧憬,是藏人灵魂的息壤,你充满神秘,充满诱惑!

有时,我想念极了,便走到阳台,仰首西天的流云,真想伸手撕下一块,写一首祝福的诗篇,然后放飞,祈祷它降落你的身边……

七月,我又飞到拉萨。

正是高原最美的时节。去冬告别这片土地时是遍野白雪茫茫,山寒水瘦。而今满目绿茵,草浪漾漾,如云的牛羊,悠然游弋,不时有咿咿啰啰的牧歌,驮着片片阳光,裹着大草原的芬芳,袅袅传来。才几多时日呀,又一条新筑的公路煌煌然亮在眼前,刚铺上沥青,还闪烁着油汪汪的羞涩;压路机仍在隆隆吼叫,追赶着去碾平一叠枯皱的昨天。路旁的树林里,嫩叶在夜雨里悄然萌生,野花在晨露中默然绽放。脚下的拉萨河依然荡漾碧蓝的波涛,头顶上的天空依然深邃、明丽，犹如少女般的纯贞。遥望巍峨的布达拉宫，祥云缭绕，法相端严，浮荡着一片佛光瑞霭……

啊，拉萨！

漫步拉萨街头，更令人心畅目明。满眼青杨绿柳，胡杨萧萧，柽柳冉冉。绿荫匝地，翠意惹人。柳丝儿拂着少女的笑靥，绿影儿吻着楼房的眉额。来来往往的行人走得热热闹闹，花花绿绿的经幡舞得快快活活。从雪域高原吹来的风凉沁沁的。虽然盛夏，绿荫送我一抹抚慰，凉风染我一袖清新，街两旁花圃里，美人蕉、野蔷薇、邦锦花、格桑花、红黄绿白，绽放着浪漫，盛开着诗意，也氤氲着芬芳温馨的氛围。路面平平的，踏上去悠悠然，谁承想，这平平的路下还掩埋着昨天的坎坷，历史的悲怆，岁月的苍凉？

毕竟是佛风荡漾的宗教圣地。那些头盘红绳、身着藏袍的牧人，那些身披袈裟、手捻佛珠的喇嘛，还有手持转经筒、口念六字箴言的圣徒，他们从康巴山沟，从雅鲁藏布江的峡谷，从寂天寞地的那曲草原，从雪山冰川的阿里高原，风尘仆仆，餐风宿露，筚路蓝缕，来到圣地拉萨，倾泻满腔的真诚。一片片经幡，一条条哈达，一声声祈祷，一阵阵长跪叩头，手屦着地的吧嗒声，节奏沉缓，肃穆庄严。那色彩，那构图，那光影，那声音，都在渲染着圣城古老永恒的主题。

不过，一切都在变。在这庞大的主题下也滋生蔓延着新的情节。当你漫步拉萨的心脏——八廓街，不能不感到这古老的宗教文化和现代文明撞击而喷溅的火花，不能不感到新生活的勃勃的脉跳——你看，那如林的商店，如云的摊位，联翩相接的货棚、货台，既重重叠叠地陈满宗教祭祀用品，也满布着琳琳琅琅的民族工艺品；既有花花绿绿的内地商品，也有洋里洋气的进口货。冰箱和藏刀，马鞍和电脑，彩电和佛像，组合音响和木碗，滑稽而和谐地展示着各自的价值,编织着斑斑驳驳的富丽和繁华。更有趣的是,这熙熙攘攘的八廓街上还激扬飞溅着各种语言浪花:汉语、藏语、印度语、尼泊尔语、英语……声调各异,构成这高原圣地又一动人的插页。

陪我游览的是一位藏族青年诗人,他是牧民的儿子,在内地读完大学,又回到雪域高原故乡,说一口很流畅的汉语。令人注目的是他身着藏装,脖子上却打着领带,蓬乱乌黑的卷发有着草原之子剽悍的风采,深邃的眸子却闪烁着现代文人的聪慧。他幽默地朝我笑笑,说道:"拉萨在变,和我一样,已敞开心扉,接纳世纪文明的八面来风,不拒绝每一缕阳光,不排斥每一滴雨露,不冷漠每一片流云。"接着,他又指点着那些来自四面八方的商人、朝圣者、藏胞,说道:"拉萨的确能给人精神的洗礼,灵魂的净化。这些牧人只要在这里住上几年,粗莽的变得温雅,呆滞的变得机灵,愚昧的变得聪慧,野蛮的变得文明。他们会懂得什么是生存,什么是生命的价值、真正的追求,当然也懂得什么是真善美,什么是真正的人生哲学……"

"你看见了吧?"年轻的诗人兴奋地告诉我,"那个饭店的女老板原来是羌塘草原的牧羊女;那个商店身着西装的经理,几年前还是头盘红绳、身披老羊皮袄的强巴汉子呐!"

我也兴奋地点点头,感慨道:"古老的宗教圣地已注入现代文明的因子,这必将重铸一个民族的灵魂!"

"是呀,"年轻人目光变得深沉,口气庄重:"拉萨不再悲怆,雪域不再荒芜,草原不再孤独!"

我好久未说话,发潮的目光逡巡着,穿过熙熙攘攘的人流,穿过飘扬的五彩经幡,穿过纵横交织的高压线和重重叠叠楼房的罅隙,落在红山之巅上的布达拉宫,心里涌起一股热浪,不由得暗暗祈祷:祝

福你拉萨！扎西德勒（吉祥如意），拉萨！

  本文初发表在《光明日报》，后选入各种选本。选入高等教育出版社五年制高职教材《语文》第二册，教育部高职高专规划教材《语文》下册，中国财政经济出版社五年制高等职业教育教材《语文》第四册，华东师范大学出版社教育部五年制高等职业教育语文公共课教材《实用语文》，以及中国农业出版社、机械工业出版社、中国广播电视大学出版社、化学工业出版社等出版的高职高专《语文》课本

纵笔纳木错

纳木错湖距拉萨不足二百公里，位于当雄县境。它的北岸便是念青唐古拉山脉的主峰——念青唐古拉山峰。山是神山，湖是圣湖，这是雪域高原又一个佛教圣地。那白与蓝构成的庄严和肃穆、神秘和圣洁，总是撩拨着香客和游人的情怀，激溅起他们灵魂深处的潮涌。

时值六月，我们驱车沿着青藏公路向藏北高原，一路颠簸而去。

一出拉萨市，迎面扑来的是蜿蜒跌宕的大山。阔大而庄严的山体呈现出不可思议的赤橙黄白青，一层一种颜色，但没有绿色。绿色爬不上山岩，只匍匐在山脚下，铺开斑斑驳驳的草滩。眈眈巉岩，嵯峨峻拔，展示着旷古的沉默、岑寂的喧嚣、冰冷的热烈。远处的雪峰，素衣玉冠，伫立在高原蓝得有点虚拟的碧空中，清高而孤独，确切一点，是孤傲。这是一种大境界，大得使人肃穆而惊叹。不时有云雾飘来，在峰峦间流淌，如瀑如涛，如梦如幻。只有阳光惊醒这片宁静，扑扑拉拉的光粒子撞击在岩石上溅起一片晕眩。从峡谷不时涌来一股碧青的雪水，这是拉萨河——雅鲁藏布江的小儿子。波浪拍打着寂寞，拍打着空旷。河滩上有田畴，浓浓淡淡的油菜，直到盛夏才捧出一片羞涩的金黄。

车过羊八井,从乱山纷扰中挣扎出来,视野顿然变得开阔,横在眼前的是大幅大幅的荒旷,大幅大幅的阒凉。天空显得更加宽广和寂寞,只有几团白云陪伴着它的孤独。蓝天不语,白云无声,天地间上演着一幕哑剧。有星星点点的帐篷,有星星点点的牛羊,有斑斑点点的草滩,这一切都不过是道具,只有阳光汹涌澎湃地扑来,发出无声的吼叫。走进这赤裸裸的自然里,扫描着荒原、旷漠、远山、草场,天之遥,地之远,山之高,水之长,我一下子涌出泪来:啊,这才是大风景,大地貌,大场面!我长年生活在市廛喧嚣的都市,生活在钢筋水泥的禁锢中,心被挤压得如拳状;来到这天旷地阔的高原,心灵一下子膨胀起来,铺展到无边无垠的远方。我真想用一腔热血,掀起风雪覆盖的山巅,用满怀激情去拥抱高天厚土的空旷!

车子在砂石间跳荡,不时发生头与车顶相撞的惊惧。不知走了多少公里,只觉得地势越来越高,高原缺氧,我的头有点晕眩。念青唐古拉山还在远处肃穆排列,如仪仗队般地迎接我们。

突然,眼前出现一片白光闪烁、阔大而苍茫的湖泊。那波光在远处凝聚、折射,好比冰清玉洁的心音。我顿时心潮澎湃,诗浪升沉。同车藏族青年诗人巴桑说:看,那就是纳木错!

啊,这就是纳木错,万顷碧波的纳木错湖!藏北高原的骄傲,蓝色星球上的一片圣洁!

寒波涌动,横无际涯,迫天遏云,阻断山的狂想,也远离尘世的玷污,颤动的心房,澎湃着千层波涛,交织成灵光弥漫的水花浪朵,还有永无休止地唱给蓝天白云的歌……

我们的车子靠近湖畔,一股肃清之气扑面盈怀,竟使我这俗间来客不禁踉跄倒退了几步。何其芳说,高洁是一种寒冷的形容词。纳木错湖没有杨柳岸晓风残月的诗意,没有烟雨霏霏的浓妆淡抹,没有芳菲铺岸的缠绵,没有亭阁楼榭的点缀,是一片天质丽色的纯净。纯净得使我们意识到：不能不承认，我们的目光也曾受过污染。只有这种肃清之气，可以洗涤我们的灵魂，净化我们的视线，净化出诗的意境。

诗人说：纳木错和它对面的念青唐古拉山在苯教神话里，在当地牧羊人和狩猎民族的传说里是生死相依的情人和夫妇。念青唐古拉山因纳木错而英俊，纳木错湖因念青唐古拉山而温柔。

藏民族的神话传说中，念青唐古拉山神是世界形成时九尊大神之一，又名唐拉雅秀，曾受藏王松赞干布和赤德松赞的供奉和祈祷。念青唐古拉山神也是藏王崇信的大神。

陪同我的这位藏族青年诗人，在内地读过大学，汉语藏语说得十分流畅。他会用两种语言写诗，他的诗有点后现代主义。他写过许多歌颂神山圣湖的诗篇，还自费出版过一部诗集。当然那诗行间弥漫着雪域高原的浓烈气息，牦牛味、羊膻味、芳草味，还有邦锦花的清香。他善于演说，讲故事，不过我听起来倒觉得故弄玄虚，是诗人的想象和古典神话的结合。他会弹琴，一边弹一边唱，情绪亢奋时，在草滩上打着滚儿弹唱。据他说，他的先人曾是说唱《格萨尔王》的艺人。雪域高原之子总有一种放纵不羁的秉性，又奔腾着民间艺人的基因，这更丰富了他热情豪爽的外向型性格。我们坐在湖畔草地上，听他神吹海聊。

念青唐古拉山是一座银装素裹的雄峰。那山顶上有一座神秘的水晶宫，宫门上镶有各种宝石，光芒四射，宫底是甘露之海，中部缭绕着虹光彩霞，宝石般雨露时停时落，多姿多彩的鲜花盛开在它的四周，高高低低的雪峰，像水晶之塔烘托环绕着这座神圣的峰峦。

念青唐古拉山神右手拿着蓝灰色的宝石拂尘，左手挥舞着白色飞幡，威武的身躯，闪烁着金刚石光焰。右手持剑，斩断魔王命根；左手托着魔王之心，骑着一匹黑色骏马。

纳木错湖是他的皇后，似仰卧的金刚亥母。昂曲河和直曲河如亥母手持弯刀的右手在空中挥舞，湖中有三个小岛恰似圣湖的眼睛。岛上有许多自然形成的岩洞。传说，这里曾经是佛教高僧大德的修行地，至今洞中还可以清楚看到他们修行时留下的手印和足迹。

…………

我们无暇去岛上寻觅大师们的遗迹，只好望湖兴叹。放眼视野，天地间一片缥缥缈缈，浩浩荡荡的靛蓝，浪声涛语，犹如千百万僧徒在诵经。

高原的阳光如瀑如浪，泼泼溅溅地倾泻而注。湖水、草滩、远山近岭都沐浴在阳光的激流里。我倾听着这美丽的神话，不禁惊叹雪域高原游牧民族丰富的想象力，留给后人如此难解的秘结。这片神奇的土地上，每一座山，每一方水，每一片草场，甚至一鸟一兽一石一木都蕴含着丰富的文化内涵，都渗透散发着浓郁苍凉的远古文化气息。

我眺望着神山圣湖，这阔大、雄浑、厚重神秘的自然风景，随意剥开一层都会发现一种秘密、一种新奇，层出不尽。传说纳木错湖原是仙女洗浴的地方，一个九头妖怪想借此鬼混，仙女很生气，便把它赶走。妖怪再来恳求仙女施舍点水洗澡，仙女便用手捧出几捧，洒到处，那里便出现一个小湖，人称鬼湖。

…………

念青唐古拉山卓然超群地耸立云天，像一朵莲花，错迭出一层层丰润晶莹的叶瓣，半透明的膜质，明霞骨，沁雪肌，闪烁着珠辉玉丽般的圣光。它耐千古孤寂，忍万世冷酷，独傲天宇，超凡脱俗，成为永恒。

山是孤傲的，湖是清冽的。孤傲和清冽有着共同的精神内涵。孤傲是对红尘万丈的蔑视，清冽是对世俗的冷若冰霜。只有这种孤傲和清冽，方可守住一方宁静的心境，守住一种超然物外的淡泊，守住灵魂的高洁和神圣。

这时，湖畔出现一群转湖的信徒。他们风尘仆仆，筚路蓝缕，脸上刻满真诚，目光掬满迷茫。他们摇着摩尼轮，口念六字箴言，步履沉缓地围绕着湖滩，一步一步地走着。

传说，马年转山，羊年转湖，猴年转森林。这是佛的旨意。纳木错湖是身、语、意之圣地，胜过其他一切隐居处，在别处修行一百年，而在此地修行弹指间便能成佛。如果绕湖而转，便能得到渊博的知识和无量的功德，并舍去恶习和痛苦，最后获得优良人身。如果不信此言，慈悲佛将使众生变得愚昧，大地贫瘠，植物枯萎……

然而转湖一圈需要二十多天到一个月。朝圣的人们背负帐篷、灶具、糌粑、干肉，路上遇到暴风雪，或穿越冰河，有不少人饿死、冻死，或病死在路上，而信徒们认为死在圣湖转经的路上，是一种天意、一种吉祥和幸福，说明他们很快会转世，来世不再受苦受穷……

望着这虔诚的朝圣者，我心里有一种说不出来的滋味翻腾着。这个强悍而又柔弱的民族，对大自然的崇拜和神交，使他们性情粗犷、豪放，高扬着生命的旗帜。然而他们又畏惧自然，有一种本能的恐惧，压抑着生命的欲求。这种强烈的反差，在心中常产生多种感情的风暴。

苍天茫茫，雪山茫茫，寒波茫茫。这没有污染和喧嚣的世界，给人的思维提供了广阔的空间，使人产生一种回归生命之初的感觉，一种佛在我心、我心即佛的宗教哲学。

诗人突然问道："你见过湖水开冻的景观吗？"

废话！我初来藏北高原，何曾见过湖水开冻的景观？

他不等我回答，便用他那诗人的语言向我描绘出大自然雄丽宏伟的风景，那简直是一幅创世纪的"浮世绘"——

四五月间，那转捩性的高原风，使天空骤然变暗，而湖便从风中吸取力量，要翻身，坐起来。先是从冰面撕开巨隙，接着便是陨石坠落般的轰鸣，像山峰走过大地，像地壳播放熔岩奔突的高歌，顿然一方方冰块破裂崩溃,被飓风高高举起,又猛然砸向前面的冰层,轰隆隆,咔嚓嚓,天崩地坼,万物震悚,流云躲匿,飞鸟惊逝。像阿喀琉斯远征军鏖战的厮杀,像秦始皇的虎贲之师横扫六合之凶猛——新的破碎,翻腾不已,咆哮怒吼,狂跳蹶蹦,伴着水浪沉稳有力的夯歌,陨落前方。无数冰块的狂舞,摧枯拉朽,一种力与力的较量和冲撞,巨大的无数的冰块,大起大落,分娩出一片骚动的世界……

这悲壮的开湖,实则是天地间一种生命庄严的涅槃和新生,是格萨尔王悲壮史诗的展示!

听罢这位诗人的描述,我对圣湖更添了一种想法——西藏的山山水水,太阳刚、太贞烈了。

本文选入人民文学出版社《中国现代散文名家经典书系》、华东师范大学出版社《中文自修》等多种选本

达坂城的夜晚

五月的一天,我结束在塔里木长达二十天的采访生活,乘车返回乌鲁木齐,陪同我的是塔里木石油天然气开发公司的工会主席。我们的车子沿着312国道沙沙地奔驶着。道路漫长,通直,史诗般穿越南疆大地。车窗外是赫赫昊昊的荒野、喧嚣的阳光、无边无际灰黄的戈壁滩,没有树木,没有村庄,不见人影,飞鸟和野兽都不见踪迹,一片苍茫的沉寂,一片枯涩的空旷。

我的眼睛疲惫了,困倦了,昏昏欲睡,不知行驶了多长时间,王主席摇醒我:"喂,前面是达坂城!"我睁开眼,只见窗外出现一片浓浓的树林,在这荒凉得有些残忍的戈壁滩出现一片绿色,着实让人振奋,而名扬天下的达坂城又是那么撩人。这是王洛宾的达坂城,是马车夫的达坂城,这是达坂城姑娘的达坂城。

五月的南疆,已如盛夏,连空气都是热辣辣的。走进戈壁滩这巴掌大的绿洲,顿感到一股清凉气息扑来,又高又密的胡杨林、粗壮苍老的"左公柳",嫩黄的叶子在风中翩翩起舞,又像呢喃细语。那左公柳用栅栏围着,虽树躯老态龙钟,但叶子依然生机勃勃,一条小溪从树林里探头探脑,怯怯流淌出来。这里的胡杨以经典的西域风情摇曳着，路旁的杂花也带着古西域情调的微笑，热烈、放朗。小城很静，狗蜷卧在树荫下打瞌睡，听到陌生人的脚步，睁开眼，只冷漠地打量一眼，懒得吠叫几声。这小城本来是一个驿站，它们见多识广，不管谁来，也不会大惊小怪。

达坂城历史上称"白水涧道"，位于天山博格达峰南部，东临吐鲁番市，北接吉木萨尔县。这是通往南疆的要塞，是丝绸之路的必经之地。

达坂城历史上归属高昌县管辖。1865年发生了一场震惊历史的战争，左宗棠大军进军新疆，驱逐凶狠残暴、野心勃勃、侵略成性的阿古柏匪帮。阿古柏是在英帝国主义的支持下建立的割据政权，妄图割裂大清王朝的版图。他们大肆攻城略地，先后占领南疆和北疆的部分地区，天山南北一片腥风血雨。1870年又攻陷了吐鲁番，并在吐鲁番、达坂城、托克逊部署重兵，与清军对抗。

那时左宗棠大军驻扎在酒泉，新疆传来谍报："禀报大帅，前传闻，中亚回教王国浩罕陆军司令阿古柏率兵进入南疆，并自立为汗，建立了哲德沙尔（七城之意）汗国。沙俄和英国都极力支持他。事关我大清版图，十分紧急，请大帅定夺。"左宗棠听罢，啪的一声，将笔掷入笔筒，大怒："可恶！这个强盗，黄鼠狼咬死病鸡尚知拖走了吃，这个恶棍连黄鼠狼都不如，在我国土地上，称起什么汗来，是可忍孰不可忍！"左宗棠剑眉紧蹙，嗖地抽出锃亮的腰刀，哈哈大笑道："阿古柏，阿古柏，你想在新疆称汗，要先问我左某这把刀答应不答应！"

左宗棠奏请朝廷，发兵新疆，并抬棺随军。

在击溃阿古柏残军中，有一个英俊的青年，他是阿古柏裹挟充当士卒的维吾尔族青年，驻守达坂城时爱上一位达坂城的姑娘。小伙子长得英俊潇洒，姑娘美丽动人，长长的睫毛下，两只大眼睛，像蒹葭苍苍的两汪秋水，白皙的鸭蛋脸上一笑绽开两个酒窝，苗条婀娜的身姿像临风摇曳的细柳。阿古柏匪帮被击败后，这个维吾尔族小伙子不得不跟随匪帮逃亡，从此，便出现相爱的人儿生死离别的悲剧。小伙子离开达坂城时，痛苦地唱道："我看啊看，却再也看不见她，达坂城也渐渐远去，我真是个不幸的人啊……"歌声凄绝哀伤。这就是《达坂城的姑娘》的原创版。本来是一首凄美的恋歌，怎么演变成一首热烈、欢乐、幽默、诙谐的情歌了呢？

是后人的改编，是西部歌王王洛宾的功绩。没有王洛宾，这支恋歌也许湮灭于时间飞沙中，达坂城依然是默默无闻的绿洲。经过音乐家的再创作，它成为一首蜚声中外的经典情歌。

艺术的力量是神奇的。

艺术的翅膀是不受地域和国界局囿的。

时间来到1938年，青年音乐家王洛宾来到兰州，准备去新疆，恰巧遇到苏联援助中国抗战物资的车队路经兰州，王洛宾带着他的抗战剧社慰问远道而来的司机们，组织了一场联欢晚会。

晚会即将结束时，一位青年司机跳上舞台，唱了一首风味殊异名叫《达坂城》的民歌，旋律优美、诙谐、欢快。王洛宾听罢情绪振奋，小伙子是用维吾尔语歌唱的，歌词一句也听不懂，但他被这欢乐优美的旋律震惊，夜不能寐。第二天一早，他找来那位唱歌的青年司机，另一位司机稍懂汉语，求他当翻译，他让青年司机反复歌唱，匆匆地记录旋律，遗憾的是那位翻译只译出几个词组：达坂城、姑娘的长辫子、要娶她当老婆，这歌词本身带有俏皮味，是一首轻松、幽默、自由、奔放的情歌，是一首穷苦的马车夫美丽的向往和憧憬之歌。在寂寞、空旷的大西北，孤独的马车夫只能用自编的情歌抚慰苦难的灵魂，丰富寂寞的精神空间。

王洛宾连夜改编为《马车夫的幻想》，在晚上演出时，一下子轰动了会场。演唱者又歌又舞，用两束假胡子插进鼻孔，没有维吾尔族小帽，他们用纸做个小纸帽。这歌曲有着强烈的西域风味和浓郁的生活气息，一遍遍重复的旋律，感染了观众，令人兴奋、欢乐。场下爆发出热烈的掌声、欢呼声、口哨声，连那位青年司机也感到震惊，伸出大拇指："亚克西，亚克西！太神奇了，你把我们维吾尔族民歌改编得太好了！"

那时，王洛宾才二十五岁，他根本没有去过达坂城，但达坂城却随着王洛宾的歌声风靡传开。达坂城的姑娘也成了男子们心中的偶像。

> 达坂城的石路硬又平哪／西瓜大又甜哪／那里住的姑娘辫子长啊／两个眼睛真漂亮／你要想嫁人不要嫁给别人／一定要你嫁给我／唱着你的歌儿／带着你的嫁妆／赶着那马车来……

世上哪有这么便宜的事！达坂城聪慧漂亮的姑娘，赶着马车，装满嫁妆，嫁给你一个穷流浪汉一样的马车夫？想得太美了，这真是马车夫的"梦幻曲"。

后来王洛宾到了新疆，去了达坂城，方知道，二百多年前，清政府施行移民定居后，经民族的融合，繁衍的后代，男子健壮、魁伟，女孩漂亮，迷人的大辫子拖到地上。他们在天山脚下这片绿洲男耕女织、劳作生息。歌声也从这片绿洲中飞出。

越是荒凉阒寂的地方，越易产生美丽的歌曲。天广地阔，人的想象力极易飞翔，为了排遣寂寞，心灵最易喷发灵感的光芒，欢快或忧愁的歌声会随口而出。是民歌、情歌，滋养着他们饥饿的情感和枯窘的精神世界。

小城街道两旁店铺联袂，酒肆胪列，咖啡馆、歌舞厅、瓜果店，应有尽有。街上奔驶着轿车，也有毛驴大板车，人来人往，却看不到长辫子大眼睛美丽的姑娘。她们在哪里？司机师傅笑道：可能出外打工去了。

黄昏已降临。西部落日也辉煌，天边弥漫着气势磅礴的晚霞，惊心动魄的绚丽、璀璨，使人想起一个流行词：铿锵玫瑰。如火如荼的霞光涂在平顶黄泥的小屋上、新建的楼房上，倾泻在城外的戈壁滩上，还有浓密的胡杨林里，迸溅出火星、火花，一片浓艳的美。五月的晚风温柔得像羊毛卷，拂拭着肌肤，一种亲切感、幸福感灌注心头。

我们在一个饭馆里吃了一顿地道的西域风味大盘鸡和馕。

西部的黄昏是漫长的，已经十点钟了太阳才落山。暮色中的小城可爱极了，树枝、树叶、屋檐都落了一层薄薄的夕晖，仿佛风一吹，就消失殆尽。夜色初降的小城热闹极了。不太宽敞的街道，人来人往，茶铺、商场、饭店、酒吧、歌厅、咖啡馆、大排档、服装、烟酒、糖茶、大盘鸡、手抓饭，更有西域的烤羊肉串，那肉块、香料，味道极佳，拿钎子的师傅很会掌握火候，羊肉烤得滋滋流油，香味弥漫开来，香了一条街。犹如远处瀑布倾泻的声响，人声嘈杂，广场和小街蠕动着人影，笑声、喊声、牛吼、羊咩、大板车、汽车的轰鸣声，还有戴着小花帽的维吾尔族小伙，驾着崭新的摩托车游鱼般地穿过人群，钻进小巷。这些混沌和散漫构成西域古城斑驳陆离的画卷。路灯亮了，王洛宾的半个月亮升起来了。你见过西域的月光吗？你见过达坂城的月亮吗？那月光纯净雅致、高贵、华美，银铤铤的亮，光鲜鲜的明，有金属般质感，又有流水般的动感，你伸手就能抓一大把月光。无边无际的苍穹在月色里膨胀起来，绿洲、戈壁、草场都沐浴在月光下，显得安静，似乎发出均匀的呼吸声。风带着几丝凉意，但充满安适的乐趣。黑森森的胡杨林似乎也安静下来。

小城广场上传来歌声和舞曲的节奏，我们急忙地走去。只见一群女人，大多是三四十岁，也有少女，但没有长长的辫子，她们都有点现代

达坂城的夜晚

主义,虽然少了青春女子的活力四射,但多了成熟的健美,依然热情奔放。她们高高的鼻梁、高高的胸脯、细长的胳膊、细长的腿,服饰鲜丽,有的还穿着黑缎子坎肩,坎肩上缀着银饰。她们腰肢虽不苗条,但风韵犹存。录音机里播放的是男中音,随着舞曲的节奏,她们整个身体舞动起来,旋转起来,飘飞起来。她们舞姿优美,一双细细的白皙的手指翻转、扭曲,时而如剑指蓝天,时而又弯钩如月。她们的腰肢会说话,她们的眼睛会说话,她们的手指也会说话,连她们扭动的脖颈也会说话。衣裙飘飘,随着肢体飞旋,舞姿健美,舒展大方,真如白居易描写胡旋舞的诗句:"左旋右转不知疲,千匝万周无已时",诙谐的唱词,欢快的曲子,优美的旋律,她们唱得荡气回肠,舞得诗意酣畅。这是广场舞给人带来新鲜的朴野之风和真善美的艺术魅力。《达坂城的姑娘》是西域文化富有野性的自由之花、生命之花。

曲子反复演奏,歌词也重复着,不给人重复感,恰恰是舒畅感、欢快感,这些风韵蕴藉舞者的激情,像汩汩的山泉涌溅着。然而谁能相信,它的周围是风沙肆虐的戈壁滩荒漠,不远处便是寸草不生的火焰山呢?我总觉得这小城是个"悬浮物",或是宇宙的一个精美的空间站。如果你乘飞机在高空俯视这莽莽苍苍的枯黄中有那么一点儿绿,简直不可思议,这是老天的疏忽,还是着意给大地一抹抚慰?

达坂城的夜晚是迷人的,月光被胡杨树叶子割成碎片,似乎发出吱吱啦啦的声响,洒落在地上,风一吹就摇曳着、跳跃着,边疆的夜晚也摇摇晃晃起来……

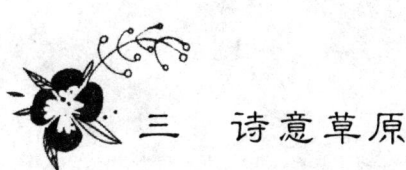 三　诗意草原

我在草原上追赶落日

汽车在奔驰。驰过苍苍的绿,驰过莽莽的绿,驰过起伏跌宕凸凸凹凹的绿,驰过缠缠绵绵浓浓稠稠的绿。车轮在绿浪翠涛上轻轻碾过,留下两抹浅浅的痕,风一吹,那痕便无影无踪地消失在绿浪的辽远和苍茫中了。车前苍苍,车后茫茫,茫茫苍苍莽莽。我们在绿中挣扎、翻腾。偶尔出现一棵树,耸起一尊绿的雕塑,想打破平庸吗?想创造传奇吗?但是,在这偌大无以匹敌的背景上,那树显得极渺小,很寂寞,像一缕孤魂、一声轻轻的叹息,给荒荒大原只留下一缕如烟的苍凉。

汽车依然奔驰。

草浪汹涌着、澎湃着、呐喊着、喧嚣着,扑扑啦啦。连绵不断地向车窗扑来,溅我一身草绿、草香,一股浓浓的蒙古味。我有点惊惶,又难以躲闪。眼前的风景一卷卷铺过来,铺开来。铺成一曲敕勒歌,铺成一首古乐府的意境,铺成汉唐边塞诗人一行行壮美凄怆的诗句。

车轮追逐日轮。日轮在远处山梁上喘息。车轮撵过去,眼看追上,日轮又俏皮地跳到更远的一道山梁上。我们的汽车累得气喘吁吁,又吼吼乱叫,仍不甘心,又追赶上去。我们犹如夸父,但也重复夸父的悲剧。夸父与日逐走,虽九死而不悔,那是追逐光明和希望,追逐生命的原体。太阳,这古老而年轻的恒星,给茫茫宇宙,给小小寰球创造了多少繁复的故事、多彩的生命和浪漫的情节?它的精神和魂魄创造了生命的历史,人类的历史!

我们毕竟比夸父聪明,干脆停下来,徒步走向一个小山包,用目光追逐落日。

山包、山洼、山坡都是草场,丰茂的青草,蛮蛮野野荒荒,葳葳蕤蕤葱葱。空气很醇,草香浓得呛人。我深深地吸上一口,整个草原都吸进肚里了。像牛一样,草原在我肚里反刍。

塞外草原初降的黄昏,很浪漫,很诗意,也很古典。西天边随意地拖着几缕橘黄、瑰红、绛紫,其他地方依然很蓝,蓝得纯真,蓝得寂寞,也很苦。那色彩尚未浸淫草原,草原依然苍绿。草梢上细风的脚步蹀躞,草丛间虫蝶扑翅浅浅,天地间万籁无声,偶有牧笛和牧歌轻轻滑落草丛,又被无边无际的静湮没。一切都袒露着,袒露着生命,袒露着情感,袒露着自然的爽真,也袒露着草原永恒的主题——荒凉和空漠。

在天和地分界的地方,有几点墨渍,那墨渍会动,越来越近,是一群鸟雀,在这茫茫荒原上,它们群飞群栖,那是百灵——草原上的吉卜赛。

一切凄凉得像凉州词。

一切悲壮得像屈子赋。

一切浪漫得像爱情诗。

夕阳沉重如山。金色的光芒砸在我身上,我的肩膀上印满了落日的齿痕。

随着巨大日轮缓缓滚动,天空的色彩也益发浓郁,红、黄、紫,成团、成块、成卷、成片,这些色彩的集团军,忽然不宣而战,刹那间，鼓角齐鸣，旌旗翻滚，万马奔腾，雄雄烈烈。红色集团军，犹如一代天骄的铁骑，汹涌地、所向披靡地向黄色营地扑来，冲杀、呐喊、嘶叫，纠缠在一起；而紫色军团也不甘寂寞，跃马扬戈，从云隙间杀出来，犹如异军突起，和红、黄色扭结在一起；顿时，刀枪剑戟，铿锵声、撞击声、哀叹声、叹息声……响成一片。它们杀得难分难解。它们拼命地扩张自己，强烈地表现自己，争夺每一寸领空，半个天空都洒遍了它们斑斑点点、淋淋漓漓的血，还有凋零的败鳞残甲——使人想起遥远的古代，草原上各个部落厮杀混战的场面。这是历史在天空的返照吗？然而，你只要静心观察，仔细分辨，那红可分为粉红、枣红、桃红、苹果红；那黄可分为橙黄、橘黄、柠檬黄；那紫又可分为茄紫、茜紫、绛紫、葡萄紫。这些色彩的乌合之众都浸润着野性的荒蛮和雄性的剽悍，莫不是，大草原把它的秉性情感以及遗传基因也赋予了天上的光和色吗？

　　在这浩瀚旷博的草原上空，色彩依然演奏着方兴未艾的狂飙曲。随着日轮的转动，那红色集团越来越庞大，越战越猛，犹如火山爆发，江河倒悬，天空变成一片火的海洋，红浪翻滚，殷红万里，使人想起不可一世横扫千军如卷席的一代天骄和他的铁骑雄师，而那黄和紫被吞噬，被淹没，被驱赶到更远的天边，瑟瑟缩缩地躲在白云下，或张皇失措，或苟延残喘……

　　天空变成一个冷战场。

　　色彩在天空鏖战的同时，大草原却一反白昼的粗犷、荒凉和落寞，变得极其温柔而恬静。那光与色极富有层次感、质感。液态的光流，浓浓稠稠、轻轻淡淡地涂抹在草原上。草梢、叶、野花都失去原色，像饱饮了玫瑰酒，醉醺醺地涨溢着一种情愫，展示出一页蓬勃的富丽、辉煌。这里，那里，从渊薮中、海子边、山坳和牧人的帐包里升起薄雾和牛粪烟，淡淡的，若梦若幻，若艺术家的虚构、诗人的想象，又似情人飘逸、颤抖的眼波。让人真想躺在这绿被金褥的眠床上,打滚翻腾,或像诗人一样嗷嗷一阵,宣泄胸中成吨的情感。然而当你冷静之后,发觉置身于这巨大的时空里,会感到自身的渺小,像一粒昆虫、一瓣野花,甚至会激起离恨万缕、乡愁无限!

当太阳接近遥远的地平线时,天地间悬起一帘肃穆。凝重。沉重。庄重。草原失去醉酒后的浪漫,红颜渐褪,脸色变得灰暗,我目睹着太阳蹒跚的脚步,像一个饱经沧桑、大智大勇、大慈大悲的老人,一步步走向圆寂,走向灵魂的栖息地。我心里突然涨起一股酸楚、一股悲怆。太阳辉辉煌煌、坦坦荡荡地走完了它的一生,它无憾于宇宙、苍穹,无憾于大地万物。它的智慧和精神、它的生命和情感都留给了世界。

太阳,终于无声无息无怨无恨地沉落了!寥寥长空,荒荒油云,莽莽大原,这博大的舞台也徐徐拉上帷幕,宇宙降下灵旗,远山在默哀,天空也须臾变得惊人的铁青、骇人的诡蓝、吓人的青黛,还有令人沮丧的死灰。那旷古未有的静汹涌澎湃铺开来。这辽阔的静、庄严的静,一切都静如太初,静如幻景,静如一个巨大的谜。只有残霞在剥落,像给落日送去的冥钱。

我坐在草地上看这悲壮的风景,远处的草浪一起一伏,犹如一曲无声的旋律。草原失去了绿色,但草原的律动依然雄沉磅礴,当霞光的鳞片凋落殆尽时,天空变冷,变得陌生,于是草原的夜晚来了。

本文选入《中华百年散文诗经典》等数十种优秀散文选本、北师大版义务教育课程标准实验教科书《初中自读语文》第九册

戈壁有我

大草原的尾声便是戈壁滩。

戈壁滩是死亡的草原。

七月流火,我们的汽车在热风炙浪的夹击下,气喘吁吁地挣扎爬行。

大戈壁汹涌澎湃地席卷而来,车速很慢。我的目光在前后左右的车窗外,以三百六十度的大视角纵横驰骋——这是纯种的戈壁,没有一点杂质,没有山阿,没有河流,没有背景。旷达的蓝天,缥缈的白云,一目荒旷的沉寂,一目宏阔的悲壮。粗莽零乱的线条,恣肆奔放的笔触,浮躁忧郁的色彩,构成浩瀚、壮美、沉郁、苍凉和富有野性的大写意,一种摄人心魄的大写意。成片成片灰褐色的砾石,面孔严肃,严肃得令人惊惶,令人悚然。这是大戈壁面靥上的痣瘤,还是层层叠叠的老年斑?

沉重的时间压满了大戈壁。戈壁滩太苍老了,苍老得难以寻觅一缕青丝,难以撷到一缕年轻的记忆,仿佛历史就蹲在这里不再走了。昨天,今天,还有明天,都凝固在一起。

但是,我们并未停下。车子从戈壁滩僵硬的面靥上碾过,而它无动于衷,一阵风轻巧地擦去轮痕,前面依旧是起起伏伏、莽莽苍苍的戈壁沙丘,疯长着亘古洪荒,铺满百代旷世的岑寂。

据说,我们的车行路线是古丝绸之路。在人类历史上,影响最深、持续时间最长的四大文化体系——中国文化体系、印度文化体系、伊斯兰文化体系、希腊罗马西欧文化体系的交汇点,就是这条古丝绸之路。它是历史的通道和罗盘,它导引过心灵史、文明史以至于生物史。至今,敦煌宝窟的画壁上还生活着两千年前用骆驼贩运丝绸、茶叶和陶瓷的商人。想当年,这路上骆驼成列,驼铃叮咚,车马喧阗,驿站如珠,该是一片多么繁华的景象啊!而今丝绸之路荒芜了,湮灭了,罗盘生锈了。

汽车在奔驰。

又是一片僵硬的雷同化的灰褐色砾石,大大咧咧,蛮蛮横横。星星点点的芨芨草和三两墩红柳,像垂危的老人,它的青春和生命被风沙和干燥榨干了,它的灵魂也扬弃得无影无踪。炽白的蜃气把地球表面固有的绿涤荡得一干二净。

大戈壁貌视生命,嘲弄生命。我不知道它吞噬了多少如花的青春和如雨的血泪。这漫漫古道咽饮了多少驼铃的悲怆和戍边将士的悲绪;这浩浩风沙摇落了几多闺妇的春梦和相思树上苦涩的青果;这重重叠叠的沙砾下面又埋葬着几多累累白骨?而今,这里是死神盘踞着。鸟雀罕至,人迹罕至,天空是阳光恣意的泛滥,眼前是风沙的狂歌,亘古的蛮荒肆无忌惮地袒露着它的高傲和雄悍——这一切都像野兽派画家的杰作,不,这是宇宙之神的雕虫小技,完全按照它的意念任意涂抹。我想,宇宙之神在创造这戈壁巨幅时,肯定是情绪惶惑,思想苦闷,而又体力强壮,精力过剩。

这惊心动魄的苍凉和浩瀚,可以驰骋想象,既无高山的阻挡,又无噪音的干扰。我放飞思绪的小鸟,穿越时间的屏障——我看见飞将军李广、汉家大将军霍去病的萧萧战马，猎猎大纛，迎风踏踏而去；我看见汉武帝的使臣张骞、大唐一代佛宗玄奘的驼队，昂首行进在戈壁荒漠。风沙浩浩，星路遥遥，驼蹄踏碎星夜的寒霜，驼铃摇落戈壁的黄昏。一曲折杨柳的哀吟，三两声阳关三叠的古韵，使这寂寞的氛围更添一抹凄凉，几缕悲怆……生命的漩涡，人类的梦幻，而今都化为一种历史的难堪和风沙卷逝而去又卷来的喟叹。

你看，那一丛丛骆驼刺，被阻拦的沙尘形成一个个小丘，像坟墓似的，莫不是那里真的埋葬着戍边将士的遗骨？"醉卧沙场君莫笑，古来征战几人回？""坟丘"排列成一个个方阵，没有纸幡，没有花圈，没有墓碑，只有萧条和凄凉相伴，只有漠漠的阳光的抚慰，只有浩浩长风的哀吟。风过草梢唑唑作响，那是一代代古魂在悲泣吗？

汽车穿行在"沙坟"中，索索柴、骆驼刺向我讲述着一幅幅战争的惨景——甲戈森森，旌旆烈烈，战马萧萧，厮杀声、嚎叫声、呐喊声、呻吟声，血染沙碛，尸暴荒野……这里原是一个古战场，战争的悲剧曾轰轰烈烈地演出一幕又一幕。目睹这漫漫戈壁，谁说这里是不毛之地？戈壁滩曾长出二十四史一页页的辉煌，曾长出唐诗宋词的悲壮，曾长出阳关三叠的凄怆，也曾长出过"劝君更尽一杯酒，西出阳关无故人"的黯然神伤……

前面出现一座古城的废址。我们停下车来，走进废城。只见一堵堵被蚀的沙墙，默默地矗立在阳光下，似乎向苍天昭示着什么，祈祷着什么，也许是回忆昔日的丰采，哀叹今日的冷落。我不是考古学家，但从残垣断壁上，也能读出几个世纪前，这里曾是歌舞声喧，车流人浪，爱的疯狂，情的轻佻，茶的香馨，酒的浓醇……眼前却是一片死寂。轻轻拂去浮沙，那墙垣下部还有烟熏火燎的痕迹，也许是戈壁驼队曾在这里躲避过风暴，孤独的戈壁之旅曾在这里做过几缕温馨的寒梦。那驼队遗落的驼铃呢？那胡琴丢失的音符呢？举目四望，依然是雄风浩浩，飞沙漫漫，依然是裸体的黑褐色的砾石，几棵红柳和骆驼刺点缀着古道一千七百年的荒凉。还有一堵被风蚀的沙柱，像纪念碑似的矗立着庄严和孤独，向历史宣告，这里是一处神秘、恐怖、狞厉而又以慈悲为怀的密宗天地。

一切都被风沙埋没了，被时间的巨浪吞噬了。

人类是难以征服宇宙的。人类只是在宇宙的缝隙中默讨着生活的偶然幸存者。在宇宙面前，人类是孤独的。几千年来，人类在这里播种的文明和文化、繁荣和繁华、恩爱和愁恨、美丽和丑恶、善良和罪孽……都化为了乌有。只留下这类似月球地貌似的灰褐色宣言，只留下太阳孤独的鸣唱，只留下漠风唱给死亡的挽歌！

一位哲学家说过：人类的悲哀与宇宙的存在是两个极端，人类的意识大于他的存在，宇宙的存在大于它的意识。

宇宙之神啊，你对生命永远保持着那种高傲的淡泊、冷酷的仪表和狂妄的自尊。在宇宙眼里，人类不过是黏附在地球表层的微生物，宇宙的尺度从来不须衡量人类的行程和人生的历程，即使对秦时皓月汉时关，对五千年华夏历史的辉煌也不屑一顾。但是，在这狂风的起跑线上，在这起伏跌宕的瀚海潮头，在这无边无际的空旷和寂寞中，宇宙之神也是孤独的，是那种无法宣泄的悲哀和难以倾诉的孤独。

我在戈壁滩上漫步。太阳已西斜，热浪开始退潮。

身前是戈壁，身后是戈壁，左边是戈壁，右边也是戈壁。我浑身长满戈壁意识。我不是随着戈壁走，而是戈壁随着我走。

荒凉，荒凉！荒凉得残酷、残忍！然而在这荒凉之中，我却看到一切都是平等的，废墟比之灯火辉煌的大厦，瓦砾比之繁华的商业区，穷鬼乞丐比之亿元豪富，庶民百姓比之达官贵人，体现出更多的平等精神和民主意识。这是一切都处于湮灭中的平等，是一种无可奈何的平等，是宇宙之神随意创造的一种平等。

蛮野的豪风，粗粝的阳光，宇宙的宏阔，史前的苍茫，构成大戈壁的庄严和肃穆，构成一种不屈不挠地创造无数激越与奋争的瞬间的永恒。

四维空间只剩下一维。不，还有我！有我在，大戈壁便增加了二维。我正处在洪荒炽情的拥抱中，我正处在亘古沉寂的热恋之中，我和宇宙之神肩并肩地站在遥远的地平线上，四周弥漫着"古从军"乐曲的那种迂回悲壮。此时此刻，只有我和宇宙之神在谈心、聊天。宇宙之神伏在我的肩头，悄声说："大戈壁最美的风景是晚霞，不信，你等着瞧。"

宇宙之神并未说假话。当大戈壁的黄昏降临之时，的确是一帧美丽悲怆的大风景。且看，远处那一道道起伏跌宕的沙梁，那是夕阳点燃的一条条火龙。火龙在晚风中飞跃腾动，发出一种萧萧的鸣叫，给大戈壁增添无限生机和壮观。而遍地的砾石，红光灼灼，热烈动人，像是谁遗弃的无数元宝。至于那阔大的天空，则开满绚丽的血红的野罂粟花——那种美丽的带有毒性的花！那是献给大戈壁热情的吻吗？大戈壁也似乎年轻了，到处是深深浅浅、迷迷茫茫的金碧辉煌，而那骆驼刺和红柳也开出星星点点的红花，结满星星点点的红果，更添一抹斑驳富丽的景观，给人以庄严、神秘的感觉。

夕阳沉去了。我站在暮色中，只觉得自己也化为一朵花，向大戈壁倾吐着爱恋之曲；化为一棵草，一棵树，向宇宙颂扬着生命之歌！

本文选入《百年游记精华》《大学语文》、高中语文新课标读本以及近百种中学生读物、优秀散文选集

浪漫的草原

初来草原,缘山走岭,放牧视线,满目荒草漫漫,绿翻翠涌。仰视兀鹰傲空,胡雁阵横,俯听牛羊哞咩,马鸣萧萧,天籁之音与自然之趣,交相组合,形成多方位多层次立体美。匆匆趱行中,我领略了胡天塞地的雄浑旷莽,畅饮了大草原的潇洒浪漫。

——小序

干枝梅——草原爱的诗篇

在草原上漫游,绿纛翠帜中,不时会看到一种小花,纯白如云,纯贞如玉,清丽如雪,幽雅如梦,不,它简直是一个女才子,充满灵气秀气和温柔,高擎着圣洁的情愫,于荒莽粗犷之中,宁静、平和而又惊心动魄——这,就是草原上的干枝梅。

青紫色花藤,没有叶片,拦腰折断,也不枯萎;没有水分,照样开放。一簇簇小花,面对着荒原微笑,面对着苍天微笑,痴情地绽放着青春,顽强地炫示着生命的魅力。秋阳朗照,临风摇曳,闪烁着天国的光辉,闪烁着它的精神、它的思想、它的情感。它有什么期待吗?

期待美丽的诗句？期待深情的顾盼？期待蝴蝶的爱恋？还是期待多彩的憧憬？

没有叶片陪衬，却有辽阔的荒原背景；没有群芳为邻，却有荒草相伴。不慕繁华，不慕青睐，只是默默地扎根，默默地生长，默默地绽蕾，干枯的枝茎里浓缩着生命的力量和坚韧的信念。团团簇拥的花朵，吟一路风霜雨雪的经文，饮一杯苦涩的太阳酒，向雄性的荒原画一道雌性的风景……

更令人惊奇的是那花儿，根衰茎枯不凋零，罡风烈日无奈何，不改芳姿，不失香魂，向天地间炫示一种虔诚的美。

草原的干枝梅，梦在草原，爱在草原，生在草原的丹田，死在草原的怀抱——啊，这是大草原爱的诗篇！

草原上的河流——浪漫主义大师

你见过草原上的河流吗？它有独特的个性，流得很慢，像一支被遗忘的歌，像晚祷时清教徒的冥顽，像民谣浅浅的忧愁，像踽踽趑趄路的时间。

草原的河流，流得很下意识，仿佛没有目标，没有红色或蓝色的三角帆。有时，她像任性的少女，左顾右盼，东张西望，柔灿的眸光一闪一闪，时而沉溺于克氏草的缠绵里，沉溺在马兰花的缤纷里，沉溺在牧歌和童话的浪漫里；时而驮一片百无聊赖的白云，一条弯弯曲曲的蓝天；玩够了，赏够了，腰肢一扭，便揣一抱花影、草影、云影，信腔野调地唱着向远方走去……

但是，草原上的河流，又是个流浪汉，懒懒散散，蹒蹒跚跚，跟跟跄跄，三分酒醉，七分浪荡，随物赋形，浪漫得很，洒脱得很，蛮野得很。浪花里衔一片无语的黄昏，波涛里夹一页冰冷的清月，无意间淋湿一叠厚厚的岁月，淋湿一段长长的历史……

草原上的河流，是怀素的狂草。那位书圣一日灵感忽来，神笔一挥，借整幅的草原写下一行天书。谁认识呢？只有星月和太阳能诠释它吗？

草原上的河流并不寂寞，也不孤独。

那天早晨，我看见一个牧羊女来到你身边，临流照影，掬一捧清水潮上脸颊，摘一朵萨日朗插在鬓边，于是水流中便长出一支萨日朗，萨日朗的心房里也奏响爱的喧哗……

那天黄昏，我看见牧马小伙骑着暮色归来，在你身边蹲下，摘掉毡帽，俯身饮一杯清凉，润开嗓门，于是小河边长出一曲歌来，那歌声也分泌出草原的粗犷和雄浑，还有男子汉的剽悍……

啊，草原上的小河，你也动情了，我看见你盈盈的明眸，亮起新潮期的骚动……

百灵鸟——草原上的唱诗班

你见过草原上的百灵鸟吗？那是大草原的精灵！

当黎明第一缕年轻的风亲吻大草原时，当淡奶汁似的晨曦泼向发绿的草尖时，百灵鸟便醒了，从草丛里飞出来，迎着晨光，双翼拥抱着蓝色的风，亮开圆润的歌喉。它们的歌声是那样婉转，串珠似的长音，像小提琴的弓弦，在 E 弦上高音快速摩擦，抖出一曲清越的旋律，旋律里裹着阳光，裹着花香……

那歌声时而从地面上升起，时而从空中抖落，像春天一样清丽，像秋天一样纯净。是它把大草原之歌载到空中，还是把天庭之曲撒向草原？它们为什么不知疲倦地歌唱？是它们对草原爱得深沉，情涌如潮？是它们对草原充满梦的憧憬，抑或是它们生来爱唱歌，歌声组合了它们的生命？

　　百灵鸟不是候鸟。草原哺育了它，它便把爱和祝福撒给草原。无论是碧空舒展着双翼而自由地歌唱，或是飞行中潇洒而轻快地奏鸣；无论因受惊而冲天飞起留下短促成串的颤音，还是倏然飞落时倾泻热烈急促的呼叫，都是一首情歌，都是献给大草原的爱。当春寒料峭，春草初萌时，它们这样唱；当赤日炎炎、大地焦渴如火时，它们这样唱；当秋老风寒、草枯鹰疾时，它们这样唱；至于冰封雪骤的冬天，它们的歌声依然那样嘹亮，它们歌唱着同风雪搏斗，度过严酷的岁月。

　　在天空和草原编织的五线谱上，每只百灵鸟都是一只音符。也许只有这样广阔的舞台，才使它们的音域那样宽广、嘹亮、豪放！

　　啊，百灵鸟——草原欢乐的唱诗班！

牧羊狗——大草原的忠魂

　　猛狮般凶狂，牛犊般雄健，麋鹿般捷柔，血管里还流淌着狼的基因——牧羊狗，大草原的一代忠魂。它的叫声，空洞洞的，充满大草原的雄浑和崇山峻岭般的庄严；它腾跑起来，像一道闪电，像一缕旋风，还有那双眼睛，整夜整夜醒着，凝视着荒原古夜，监视着荒原的宁静和骚动……

　　早晨，当启明星刚刚凋零，牧羊狗便冲天吠叫几声，唤醒草原，唤醒牧人和羊群。于是缀满晨露的小路上，雾气弥漫的草场便奏响牧歌和笑语。牧羊狗依然不忘重任，赳赳然，凛凛然，领前押后，两只大耳朵雷达般地收聚着异声怪音。黄昏，牧羊狗伴着牧归的羊群，伴着一曲蒙古长调，欢乐地跟随在后，蹦蹦跳跳，时而与那只老母羊戏逐，时而和小羊羔亲昵，谁说这凶狂的生灵缺乏温情呢？

　　那是一个暴风雪的夜晚。

一只饥饿的灰狼闯进了"哈夏"（羊栏），牧羊狗听见了异音，呼地蹿出来，如闪电，如霹雳，向凶恶的灰狼扑去。饿蓝了眼睛的狼是一个亡命徒，它耸起身来，迎接牧羊狗的袭击。狼和狗都发出凄厉的嚎叫——那声音充满雄性的悲怆，四只充血的眼睛涨满野性的愤怒。它们纵跃，扑跳，撕咬，搏击，纠缠在一起，血淋淋的嘴巴沾满对方的皮毛……当黎明雪霁，"哈夏"外，一只被撕裂胸膛的狼僵死在地上，牧羊狗也伤痕累累地躺在那里，身上落满雪，血染红了雪。

为了羊群的嘱托，为了草原的宁馨，一只牧羊狗就是一座醒着的城堡。

孤独的树——大草原的绿神

草原上树极少，偶尔在山坡或草场出现一棵两棵。

孤独的树，你傲然地挺立在荒荒大原上，犹如低缓的奏鸣曲中，蓦然跳出一组激昂亢越的旋律；在平庸和单调中竖起一尊立体风景，渲染着大自然的灵性和奔跃。

多少年前，你这倔强的汉子，暴怒地揭开大草原的地皮，横空出世，像一尊绿神，耸立在天旷地阔荒凉苍茫的背景上，于是，绿色的灵魂便熊熊地燃烧起来。

泰戈尔的飞鸟没有在你枝头筑巢，谢逸的蝴蝶没有对你产生爱恋，更没有秦少游的紫燕为你祈祷祝福。所有的叶子都吟诵一篇古老的风霜雨雪的《离骚》。

雷的怒吼，风的嘶鸣，闪电的狞笑，暴雪的虐狂，花的梦被冰雹击碎，草的憧憬被霜雪冰冻，唯有你在风霜雨雪中展示一派雄性的悲壮——树躯斑斑，斑斑着累累伤痕，斑斑着叠叠岁月，如同黛褐色的礁石，遥望着地平线上野性的风景。

你是站着的期待。

你是漂泊在凄风苦雨中的航标灯。

你是披发行吟在大草原上的三闾大夫。

一棵充满激情的生命，一棵大自然的绿神。

草原上的鹰——黑色的抒情

如同一道黑色的闪电划过长空，如同一首黑色的抒情诗写在碧笺上，草原的鹰，你负载着大草原古韵悠悠的苍凉，负载着几千年斑斑驳驳的历史，冷峻的目光透过沉沉的云层，辐射着遥远的冷风景……

任暴雨冶炼，任浩雪肆虐，任狂风啸嚎，任沙尘蔽日，你巨大的翅翼如同满月的弓，你的眼睛如雾海灯塔，因为你有一颗清醒的心。

啊，草原上的鹰，你时而低空盘桓，时而傲击苍穹，你要寻找什么？是成吉思汗的弓弩？冒顿单于的箭镞？高适、岑参断落的诗行，还是王昭君琵琶的遗韵？你是寻觅草原新生长的童话，还是老牧人马头琴上古老的传说？

你看，一只鹰飞来了，高傲地飞翔着。钢剪似的翅膀剪着蓝天、白云。云被剪碎了，飘落下来，化为一群咩咩的羊群；蓝天被剪碎了，化为一汪汪碧幽幽的淖儿。当你看到牧羊女脸上幸福的红晕，老阿爸、老额吉脸上的笑容，你也笑了——因为那一只只吞噬草原的硕鼠被你击溃了，草更绿了，花更艳了，大草原更年轻了！

牧歌——大草原天国的乐章

牧歌是草原的乳汁哺育出来的，是牧民用感情喂养大的。

牧歌的巢搭在马背上，搭在哈夏里，搭在马头琴弦上，搭在牧人的心灵上。牧歌从草丛里孵化出来，便一抖翅膀飞向蓝天，飞过山冈，洒向辽阔和苍茫里。

老阿爸用牧歌牵来一个个晨曦初透的黎明，歌声像晨露一样滋润着醒来的草原。

老额吉用牧歌缠绕着一个个发绿的黄昏，于是青灰色的牛粪烟里飘来奶茶的馨香，奶锅里也煮熟了一个香喷喷的夜晚。

小伙子用糖和蜜喂养牧歌，牧歌飞到很尼（姑娘）的心里，于是在那里筑巢，繁衍它的儿女——又一首蓝色的爱情。

很尼的牧歌羞怯、缠绵，像一朵玫瑰色的云，像一片明媚的阳光，在小伙子心里飘荡、停泊，于是哈那的夜晚便生出多彩的梦，缤纷的情节。

一场细雨淋湿了草原，花和草都亮出妩媚和鲜艳。你听"啊嗬——咦哟——"一声粗犷的长调，透出一股好浓好浓的野味，好浓好浓的蒙古味，还有好浓好浓的阳光味。当你骑上牧歌的翅膀，你的灵魂也会在大草原上飞翔，在蓝空中遨游……

一曲曲牧歌充实了空旷的草原。

一曲曲牧歌是天国洒在草原上的乐章。

本文选入《小学生分级读本》《新理念语文读本》

秋日草原

是黄金雕镂的季节。是阳光凝固的季节。是诗和童话的季节。是用奶茶和马奶子酒浸泡酝酿的鲜亮亮、甜馨馨、浓酽酽的季节。秋日的草原啊!

走出锡林郭勒城,沿着锡林郭勒河到草原上看看秋天吧!

最好是骑马。锡林郭勒有名的三河马,那是国宝呢。骑着它,又快又轻又稳。耳边是絮絮秋风,头顶是浪浪流云,眼前是苍苍阔野、阔野苍苍,踏踏的马蹄,敲响古典的浪漫,敲开汉唐边塞诗词的意境,使你走进梦里、幻里,走进历史的苍茫……仿佛王之涣、王昌龄、高适、岑参,还有那个名字叫白乐天的老头儿也伴着你一起旅游呢!

秋天的锡林郭勒河疏朗、明净、清澈、宁馨。岸边的杨柳和灌木丛将满身的姹紫嫣红注入河里,河水漂着幽碧、湛蓝、翠绿、橘黄。生命和阳光在这里沉淀、净化。那河水微澜倦慵,细波澹澹,浪花脚步儿轻轻,默然而神秘地向草原深处流去。偶尔有几只水鸟和野鸭出现在河里,叽叽嘎嘎啾啾,鸣叫一阵,更衬托出这草原河流的静谧和清穆。

这就是名气大得惊人的锡林郭勒大草原吗?(锡林郭勒和科尔沁、

呼伦贝尔是我国保护得最好的三大草原，是最纯净的草原）天高地阔，四衢无阻，旷达的蓝天，蛮荒的草莽，自由的风和云，还有自由的想象。你完全可以策马纵驰，那匹油汗生光、肌腱勃怒的三河马，奔腾撒野，草原轰然向你扑来，蓝天白云轰然向你扑来，你可以把衣襟交给风，把心肺交给风，你可以享受秋天大草原的潇洒、风流和浪漫，尽可以体味"我欲乘风归去"的豪情，你这种亢奋的情绪，王维、高适那帮老头子绝对无有。

不过，我劝你千万不要策马纵驰，要像那首歌嘱咐你的那样："马儿哟你慢些走"，你要欣赏草原秋色迷人之美，最好采用电影的慢镜头。

当你的马儿踏上一道冈峦，你可立马纵目：辽阔的锡林郭勒会向你涌涌溅溅扑来，又从你脚下涌向紫微微带着影子一样宁静情调、朦朦胧胧的远方，那是天和地的衔接处，像拱顶那样笼罩一切。在没有高山没有树林的草原上，秋色像浪漫主义大师，挥动着巨笔，恣肆汪洋地在草地上涂抹着橘黄、柠檬黄，即使那些性格顽强的或是温情缠绵依依眷恋夏日丰采的野草，也不得不举起淡黄的旗帜，迎候秋天的到来。色彩浓浓淡淡浓浓，你很难想出一个恰当的词汇来形容草原秋色之美，但所有属于秋天的色彩似乎都是明亮的、耀眼的，令人意兴飞扬的，一切灼热和烦躁都沉淀下来，凝固成秋天的柔润和清丽。而被秋色染成浅黄、淡黄的小草，并不给人一种衰老的印象，而像春天的鸡雏、鸭雏、鹅雏，一群活泼的小精灵，给人一种充满生机的感觉。

如果你想停下来，就感到那山水、草原和蓝天、白云也停下来，太阳和秋天也停下来，连爱动的时间也停下来，一切都融入无声无息的一幅绝妙的无与伦比的宁静的图画之中。

其实，大草原的秋天是一部综合体艺术作品，既有油画般的凝重浓重，又有水彩画的明丽清淡；既有音乐的旋律感，更富有诗和散文深湛优美的意境，向你展示着无边无际丰富的内涵，向你展示出一幅幅辽阔而深沉的哲理。

且不说那明净的流水多么浪漫袅娜，那野花的色彩多么明媚艳丽，但见那起伏的冈峦（那是立体的草原），恰似一曲旋律，静悄悄地飘荡在天地之间，似乎谁用手轻轻一弹，整个大草原就会唱起一曲豪迈的秋之歌……

果然，从草原深处传来歌声，那是牧羊姑娘和牧马小伙在歌唱，一阵阵牧歌冉冉袅袅地飞来，那牧歌渗透了太阳，渗透了花香、皁香和浓浓的野味，悠扬得如缕缕柔丝，如淡淡云烟，从牧歌里，你深深地领悟草原诗的意象和散文的抒情韵味。

前面不时地会出现一片被铁丝网围着的小草场，那是草库伦。草尖上结着蜘蛛网，百灵鸟和云雀在草场上空盘桓歌唱。阳光溅在上面，漩成一个个涡儿。那草极丰美、茂密，虽已着秋色，但不减夏日丰采，它们没有被牛羊啃噬过，既有处女般的贞洁，又有成熟少妇的丰腴。

如果你想下马休息一下，最好选择一处山坡。这时会有一片绮丽的美景跃入你的眼帘——干枝梅，一片潇潇洒洒、素素淡淡的干枝梅，那洁白的花朵，呈现出一副女才子的灵气和温柔。草地上还会有许多野花，红的、蓝的、紫的、粉红粉白的。但是没有菊花，因为你面对的不是陶渊明的东篱。那些花儿各自呈现出生命成熟的辉煌，向秋天炫耀着最丰满的情愫。这时你身边依旧有絮絮秋风，风里有花香，淡淡浓浓，香在你心里，在你心里向你讲述草原秋天的芬芳，描绘秋天的诗情画意，你尽可和花香和草香谈心。不过，你别忘了，你身边还有王昌龄、高夫子（高适）、白老头（白居易）……他们的心境绝非如你那样闲适，甚至和你争吵起来，因为他们眼里边塞草原的秋天依然是"饮马渡秋水，水寒风似刀""大漠穷秋塞草腓，孤城落日斗兵稀"……

不管他们吧，境由心造。这时，如果你躺在花丛草丛里，尽情地吮吸着花香草香，在这黄绿漂染的画布上，你可任意挥洒你激越的感情和奔放的想象……

不知你注意到了没有，大草原秋天的一大特产——阳光！它是那样丰盈、充沛、纯净而美丽，它又是那样富丽堂皇，豪华而慷慨，它用无边无际的温柔，抚摸着每一棵小草，每一棵野花，每一道流水，每一座冈峦，每一片山洼。给它们光泽，给它们色彩，让一切有生命和无生命的都光辉灿烂，明媚而充满灵感，似乎你随手可抓一把放在鼻前吮吸它的芬芳和清馨！啊，你何曾见过这样鲜美的阳光！在你的故城，阳光是那样吝啬，且污染的变了味——重重叠叠的楼房跳着高儿，拼命地争夺着阳光的施舍；一页页窗户张着饥饿贪婪的嘴巴，嗷嗷待哺似的抢吃那一缕可怜巴巴的阳光；咫尺之间的阳台上苍白的盆景乞求阳光的恩赐；那湿淋淋的衣裳和尿布伸着胳膊、仰着脸儿渴望着阳光的拥抱……这时，你会想，草原的阳光若能购买的话，你准发狠心，不惜重金，购它几车皮带回你的故城！

还有白云，你从娘肚子里爬出来，长这么大，何时见过这样鲜美的白云呢？那云缥缈而文静，温柔而潇洒，婉娈而轻俏，高雅而恬淡。那云也有灵性吗？它们是仙子的化身，还是行吟在天国的诗人和哲人？让你惊讶，让你景仰。而白云又是那样纯净，纯净得像孩童的心灵，像少女的初恋，纯净的像你中学里背熟的那些数理公式一样难以置疑。这时，你若放歌一曲"蓝蓝的天上白云飘"，你整个身心也会飘浮起来，飘进那自由的王国、白云的故乡，化为蓝天的骄子……

好啦，当你赏够了草原秋天的阳光和白云，踏着绿中泛黄的牧草，继续走吧。

啊！你看到前面那群牧马了吗？多像一幅红锦缎，和淡黄青苍的草原相映衬，展示出一种富有诗意的图案。马儿个个膘肥体壮，不时高昂着头，竖起耳朵，又不时低下头啃吃肥美的牧草。它们甩着尾巴，显得悠然自得。当牧马人手握套杆，向马群奔驰而去，马群立刻骚动，马儿撒开四蹄狂奔，不住地嘶鸣。这时草原上又组合出跳跃的画，奔腾的诗。你看到那牧马人追踪那匹红鬃烈马了吗？像一团火追一团火，两个火球在草原上翻腾、滚动。你真担心这火球会把草原美丽的秋天点燃。其实，不必担心，剽悍勇猛的牧马人很快降服了烈马，于是草原依然进入静寂的画面。

如果你有兴趣的话，可以到蒙古包里和老额吉、老阿爸聊天，当然，他们会请你吃奶豆腐、手扒肉，或用镶银的蒙古刀割烤羊腿，那淋漓着油脂、黄蜡蜡的烤羊腿真香啊！你不必客气，尽管放开肚皮大块吃肉，大碗喝酒，喝得酩酊大醉，他们才高兴呢！当你三杯二盏进肚，他们会为你跳起盅碗舞。古老优雅的舞蹈，优美动人的民歌，更添一番风味、一种情韵，使你醉上加醉，如梦如幻了。

大草原秋天的黄昏，也是极其动人的一章。浓艳的晚霞，把橘黄、赭红、淡紫、青灰涂满天空，草叶草梢上都滴沥着淋漓的霞光，像闪烁的火星。任性而激动的晚风，挟着干燥的芬芳，从赭褐色的冈峦上一掠而过，又无影无踪地消失在丰密的草丛中。随着太阳的沉落，远山变得模糊，青灰色的雾霭从低凹处或者水湄边丝丝缕缕、团团卷卷地弥漫过来，归牧的马群、羊群、牛群也驮着晚霞、牧歌向嘎查（牧村）奔来，马的嘶鸣，小羊羔银铃般的颤音，老母牛沉闷的哞叫，运草的拖拉机的突突声……这一切只能使博大的草原颤动几下，接着又被巨大雄沉的宁静吞没了。随之而来的是雾纱一般的暮霭，草原陷入一种虚无缥缈之中，你在草原上行走，就像走进一个梦境，一个永远醒不来的梦。偶有蒙古包前亮亮的牛粪火和缓缓飘逸的牛粪烟的火星，使你感到这旷莽苍茫的草原还有人类生存的气息……

当你饱尝了草原秋天明艳的一面，最好再阅读它凄美的另一页，那是秋雨淋湿了的草原。

浓浓的秋,斜斜的雨,倘若你披一件雨衣,踏着润黄湿绿的青草,向草原深处走一走,你会发现秋雨中的草原是一幅忧郁的画,一首感伤的诗。

雨浓一阵的白,淡一阵的白,白蒙蒙的草原,漓漓漫漫的水雾。那草静静地接受秋雨的浸淫,叶子微微下垂,带着缠缠绵绵的忧伤和湿漉漉的凄迷;花开始凋零,花瓣窸窸窣窣落下来,带着怅然的无可奈何的叹息,而这一切又被淅淅雨声所淹没。空气凉沁沁的,雨丝凉沁沁的,鼻子里、肺里也凉沁沁的,草腥味雨腥味,浓得呛人,满眼一片扑朔迷离,倒是很写意。可是,被雨淋湿的草原,那些犹如纷纷黔首、芸芸黎民被秋雨任意欺凌的花和草,其苍凉、凄清,如不身临其境,谁能体验到这种悲剧韵味的美呢?

如果有一两只苍鹰在云中盘桓,天阔云低,草枯鹰疾,更添一抹边塞诗词的古意悠远的韵味;不过,鹰是很少见了,百灵鸟却到处都有,几只百灵在飘摇的雨丝中飞旋,围着湿沥沥的草原追逐,一会儿拍动着翅膀把身上的水珠弹掉,一会儿又钻进草丛,半唱半叫,是眷恋微雨的爱抚,还是哀叹秋天即将远行?

雨中看鸿雁南飞,那是草原秋天的一大景观呢。你看,横风斜雨,彤云低垂,一行大雁,扶老携幼,艰难地跋涉在雨空。远望征程,迢迢万里,回首故园,云霭迷离。无奈,雁唳声声,洒下一路悲歌,一路湿湿的哀鸣。睹景生情,你怎能不想起甘州曲、凉州词、阳关三叠的悲怆和凄婉?

秋雨淋湿的草原也静得出奇,只有雨打草叶的窸窸窣窣声,只有昆虫短促而喑哑的哀鸣,那是它们生命的绝唱,还是为草原秋天的落幕而唱的挽歌?远处依然是墨一样的草原,天空变得很低、很沉,也很忧伤。

"悲哉，秋之为气也，萧瑟兮，草木摇落而变衰。"几场寒籁过后，草原短命的秋天就寿终正寝了，怪不得岑参老头儿说过"胡天八月即飞雪"呢。北方的第一场雪来得那么急，那么突然，让人难措手足，而锡林郭勒大草原秋的尸骸就埋葬在这雪里了。

本文选入人民文学出版社《中国现代散文名家经典书系》《百年美文》（季羡林主编）等多种选本以及多种中学生课外读物

穿过荒原之夜

太阳畏罪自杀之后,天空和荒原洒满斑斑块块、淋淋漓漓的血,暮霭匆匆赶来,胡乱地收拾着,随即,夜晚便汹涌澎湃地扑来,带着一种巨大的神秘和恐怖。天与山,山与荒原在融合,人与物在融合。头顶上的乌云也趁机作乱,迅速地膨胀,狂妄地扩张。在云与云的罅隙中,不,在乌云尚未吞噬的蓝色荒岛上,星星停泊在上面,孤独地战栗着。远天闪烁着一道苍白的光,这光也怀揣着沉重的忧患和无可奈何的惶恐。闪电,像躲在乌云背后的魔鬼,不时恶狠狠地伸出一把长剑,舞动几下,又仓皇匿去。

路,延伸在夜暗中,呈现一道微茫的痕,如同荒原一根裸露的肠子,一条醒着的神经,汽车碾过去,荒原发出咯吱咯吱的怪叫,是刺疼它的灵魂了吗?车灯冷静而沉着地切割着夜幕。谁知,汽车闪过,那黑血淋漓的伤口立即愈合了。黑色的神秘。黑色的恐惧。黑色的诱惑。黑色的浪漫。那夜色很纯,很真实,伸手即可撕下一块。

这荒原的夜呀!

山,蹲踞在遥远的晚天,像卧驼,像蛰龙,像睡狮,山顶上的树、草、灌木丛都成了几抹黑色的写意。河流在夜暗中闪着冷冷的光,呜呜咽咽，是祈祷还是诅咒？谁也听不懂，但声音粗犷、浑厚，一种远古创世纪时代的苍凉和悲壮。风躲在山坳里睡着了，天空、大地、山脉、草和树，都处在涅槃之中，等待着一次新生。但从它荒旷的躯体上，依然弥漫着一种磅礴的生命力，一种雄性的悲怆之气。

汽车缓缓行驶。

大夜如盖。白天看到的奥博辽远的大荒原恢宏的地平线也模糊了，我们钻进一个巨大的迷宫，钻进一个深沉的黑夜里，又像撞在一个无比坚硬而又硕大无朋、还带点滑腻腻的物体上。时间凝固了。我们处在荒凉夜色狂热而冰冷的拥抱之中，处在远古洪荒时代神祇生活的世界。我想女娲和盘古眼睛中的世界也定然如此。盘古却能挥动神斧，横砍竖劈，让清明之气上升为天，让混浊之物坠落化为地，我们却无可奈何。

一只夜枭被惊醒，从车窗前飞掠而去，嘎嘎的鸣叫声，刺得人头皮发麻。远处飘忽着蓝色的火星，是磷火，还是荒原狼的眼睛？

白天听人讲，这里是王昌龄的古战场，是成吉思汗纵横驰骋的舞台，曾上演过一出出雄雄烈烈凄凄惨惨的悲剧和壮举。溟蒙中，我眼前总幻化出一轴轴战云密布、鼓角齐鸣的巨大的战争浩幅——战马萧萧的悲鸣。戍楼刁斗凄婉的边声。烽火狼烟的苍凉。落日大旗的悲壮。月夜羌笛与觱篥的互动。浊酒万里的乡愁。醉卧沙场的凄凉和绝望……可是纵目四野，怎不见孤城守更的灯火？不闻报警的刁斗，胡笳悲怆的旋律，《关山月》幽怨的音韵呢？……孤独的狼已经老去，忧郁的马头琴已经老去，老猎人的故事也长满苍苔。宁静无息。天地融入虚无，万物都无法在时空的意义上分解。只有荒原通过无数的启示和暗示，把人与自然沟通，把历史与现实沟通，把灵与肉熔铸在一起。

我曾经漫步故乡八月田野的月夜，芬芳温馨的夜气使我如痴如醉，衣襟上也沾满了禾香、果香；我曾经穿过树影婆娑的山林之夜，淋淋漓漓的月光给我带来凉沁沁的抚慰；我也曾领略过海边的夜晚，无边黛色的海水带着犬牙交错的节奏，拍打着感伤的人生和寂寞的命运。而眼前是荒原，身后是荒原，车左是荒原，车右是荒原。四面八方都抖擞着野性和荒蛮，弥漫着雄性的远古气息。古老的荒原，古老的荒原意识，这就是一切。

不知怎的，我想起英国画家老克罗姆来，他就喜欢荒凉，他认为荒凉比繁华、比文明更真实、更接近自然。他总是以极大的热情，以轻快奔放的笔触，淋漓尽致地画出诺里奇的荒凉景观……

汽车抛锚了。

我跳下车，独自向近处一座小山包顶上走去，在闪电的辉耀下，举目环顾，尽是荒凉覆盖着荒凉。蓬乱的野草和纠结盘桓的藤萝，像魔鬼爹着的头发，一汪泡子似的野水，犹如这荒原之神浑浊的眼睛。一尊巨石矗立着，光秃秃的，无论从哪个角度看，都难以寻觅四季轮回的印痕。这是女娲补天遗留下的魔石，还是人类始祖亚当驾鸾时天崩地裂溅落在此的怪物？

风醒了，从山坳里窜出来，时而像狂怒的雄狮长啸，时而像受伤的野狼呻吟。被夜风捉弄的灌木丛犹如披头散发的巫师手持刀剑，狂舞疯蹈，口里念念有词；乌云受惊，烈马炸群似的四处乱窜，天空裸露出斑斑驳驳的黛蓝，黑绿黑绿的星星恰似怪兽的眼睛向荒原扫描，起伏的山冈犹如花斑黑蟒在蠕动。一棵孤独的树，盲目自尊地耸立在黑暗中，野草或奴颜婢膝，或麻木愁苦，或凶残狡诈地蛰伏着，时而发出虚伪的喧闹——这是一种大境界，浩浩荡荡地显示着一种磅礴之气、苍茫之气。浅浅的水吟，低低的草啸，神秘的咒语，虔诚的祷告，混成一片宇宙的全息。荒古的悲凉，史前的苍茫，使我感到惶恐，仿佛魔鬼们在黑暗中给生命举行热热闹闹的葬礼。

我没有资格责备荒原，也无权批评这荒凉，因为我懦弱而浮浅，我却有觊觎这荒原的好奇心。我弯下腰，摸起一块石子，小心翼翼地向黑暗掷去——想测试一下夜的浓度和深度，但黑夜并未被砸破，荒原之神却有了回声——草丛中倏然蹿出一只小兽，是狐狸还是野兔？一跳一跳，遁入更浓的夜暗中。我心里一惊，许多荒诞的传奇和古怪的传说便纷沓而来……

剪径的强盗。火拼的马贩子。莽汉大碗豪饮的狂嚎。披头散发女人的淫笑。弱者被杀的惨叫。逃犯。情妇。恶棍。英雄和丑类。恩人和仇人。生与死。爱与恨。残虐的厮杀。凶悍的亲吻。美丽的暴力。野性的温柔。令人发指的愉悦。白骨累累。血污斑斑。孤鬼幽魂。悲悲切切，凄凄惨惨，从四面八方漫溢过来、铺排开来，展示着人类从童年到暮年的天真、善良、狡诈和凶残……

荒原旷世的悲哀深深刺疼了我密如蛛网的大脑神经，我的眼睛变得迷离和迷茫，我的身子也轻轻地浮了起来，仿佛穿越时空，走进生命的远古时代：那凸起的峰峦、凹下的沟壑、耸立的怪石、毛发纷披的树木和混乱不成章法的灌木丛都幻化了——是古代埃及法老的巨墓，还是荒原大神的陵寝？是宇宙巨大的祭坛，还是白垩纪生命起源的纪念塔？是张牙舞爪的腊玛古猿，还是引颈长嚎的恐龙？是创世纪竖下的标志，还是洪荒太古留下的固定资产？我茫然不懂，但我依稀看见：辉煌和屈辱从荒原上轻轻走过，野蛮和邪恶从荒原上蹀蹀躞躞走过，大喜和大悲从荒原上踉踉跄跄走过，献身于繁衍的雌性和献身于创造的雄性从荒原上步履沉重地走过……

荒原用它的躯体孕育了生命的悲壮和豪迈，用它的巨手托起了沉重的历史和人类赖以生存的宇宙空间。

荒原是一个自由自在的神。

荒原是古典宗教和现代哲学的注释。

……………

汽车修好后,我们继续行驶。

我们在荒原上奔驰,夜色却前堵后截地追赶我们。

不知何时,远处天际出现一片亮光,是灯光,月光,还是晨曦?只见荒原夜色踟蹰不前了,继而缓缓后退,撤退时仍不失那种恢宏豪迈的气度。

本文选入多种散文选本

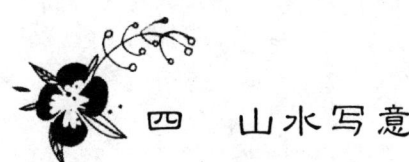 四　山水写意

诗 城

一

凡文化名城，大都有名楼古塔，残碑断碣，也应该有荒寺古刹，斜阳一抹，衰草蔓烟。走近它，一股苍凉的意蕴扑面而来，使你顿然感到时光的幽邃，岁月的悠远。读读石碑上被风雨侵蚀而漫漶的字迹，再翻一翻纸页发黄的地方志，你眼前总会幻化出几个文化名人的身影来，飘然的衣衫，浪漫的诗情，使你感到小城文化底蕴的丰厚。

宣城是一座诗城，它浑身上下都挂满古代诗人的残句断章。

皖南是一朵花，宣城是花之蕊，妍丽、芳香，引得唐宋诗人纷至沓来，把满腔的诗情、哀怨、喜怒哀乐倾泻给这片山环水复的土地，无意间还弄出许多千古绝唱，使这片山水扬名于世，人称之"自古宣城诗人地"。

从南齐至明清的文人雅士游历羁旅宣城者不下三百余人，或览胜怀古，斗酒赋诗；或寄情山水，低吟浅唱；或相互酬答，挥毫泼墨；或寻访旧踪，发思古之幽情，留下诗篇数以百计。试问夐夐华夏，有几处山水能使这些风流人物如此心驰神往？有几处风光能使文人雅士如此缠绵迷恋？

终于来到宣城。

一走进这座皖南小城就隐隐听到苍老的吟哦之声："江路西南永，归流东北鹜。天际识归舟，云中辨江树……"这是谢朓的声音，沙哑、低缓，透出一种淡淡的苍凉，长期压抑后得到释放的舒畅啸然之气。

谢朓是宣城最老的诗魂，他在南齐明帝建武年间来宣城任太守，政绩卓著，为官清廉，世称"谢宣城"。谢朓留下的诗不多，薄薄的一本《谢宣城集》，其中四分之一的诗篇写于宣城。他的诗被认为有"继汉开唐"之风，他的同代人沈约赞扬道："三百年来无此作也"，连诗仙李白也佩服得五体投地："一生低首谢宣城"。宣城因谢朓而辉煌，历代名士贤达，慕名纷然而至，因此也诗化了宣城，宣城的山山水水也成了他们诗词歌赋的载体。

谢朓"高斋视事"成为宣城一带的佳话。谢朓在宣城任太守时期，在治所之北自建一室，取名"高斋"，为起居理事之用。后人将高斋改建，取名"谢朓楼"，成了流韵千古的一大景观。

谢朓公余闲暇就在高斋吟诗弄文。登楼远眺，临风抒怀，首先扑入眼帘的是敬亭山，"兹山亘百里，合沓与云齐"。在观山观水中，在与大自然对接中，他超越了时空，也超越了自我，因此成为这座城市的文化符号。自谢朓以来，先后直接写宣城的诗歌有六百多篇。无论你的视线在何处停落，都有一页清纯的风景。脚下的宛溪水，吸收了多少幽谷兰露，接纳了多少桃花流水、碧波澹澹。山花落水时，鱼鹰惊梦；青鸟点足处，尺水兴波。紫燕掠过楼头，撒一天呢喃；柳絮飞落槛格，敷一方清雪。远眺山景白云悠悠，丘壑中雾岚袅袅，从深山峪谷的寺庙禅院传来的晨钟暮鼓，穿过葱茏林木，深深白云，一声一声，悠长而深远，带来清新和宁静。

中国官场有个奇怪的现象，古代诗人都曾经雄心万丈，自诩有经天纬地之才，一旦仕途蹇涩，官场不得意，便寄怀山水，放浪江湖，而且似乎越不得意，诗越写得好。

而谢朓的老叔谢灵运正是这种山水诗的开山鼻祖。他不同于陶渊明吟咏在自己一亩三分田，"结庐在人境，而无车马喧""孟夏草木长，绕屋树扶疏"，他的视野一直拘囿在自家的房前屋后，瓜田秧圃，栖身垄上，日出而作，日入而息。这是典型的耕读人家，是封建农业经济社会最完整的一个细胞。人生归道，以求自安，这是陶渊明隐居之后，能够抵御世俗的诱惑，安于贫困，与田园相伴终身的人格之源。"暧暧远人村，依依墟里烟。"充满这一画面的是宁静与自满自足，而这一切皆来自诗人超然的情怀。

谢灵运则不然，这与他是纨绔子弟、贵族出身有关。他生于东晋王、谢两大门阀世族的谢家，曾叔祖是东晋宰相谢安，祖父是名将、淝水之战的总指挥谢玄。十八岁的谢灵运就袭封康乐公，食邑三千户，从小就养成一种放浪、奢靡的生活习性。谢家的庄园也相当恢宏壮观，且不说丹阶玉墀，琼楼高阁，亭台水榭，一应俱全，而且风景极佳："左湖右江，往渚还汀。面山背阜，东阻西倾。抱含吸吐，款跨纡萦""山纵横以布护，水回沈而萦渟"，这是一座极富匠心的园林。园内园外之景相连在一起，构成深远、苍茫、缥缈之境，他从小生活在这种诗天画地之中，能不与物俯仰，神思焕发，诗潮澎湃？可以说既有士族居住之地必有的园林，也有文人生存的人工之境，所以谢家旺族，不仅出宰相、将军，也必然出诗人作家。

王、谢两族是东晋王朝门阀世族的领袖，谢灵运处在门阀、军阀激烈的矛盾冲突中，官运时起时伏，再加上他本人的门第优越感和个性的特别强烈，一生仕途迍邅，后来外放永嘉做了太守。

这位风流太守童仆成群,婢妾簇拥,常常不事政务,浪迹山水,染上一种狂热的山水癖。每次外出,"四人挈衣裙,三人捉坐席",恃才傲物,臧否人物,指点江山,狎山戏水,达到嚣张的地步。有一次,他为游玩竟然从上虞始宁的南山伐木开道,一直到达临海,所带奴仆达数百人之多。临海太守王绣起初以为是山贼抢劫,大为惊恐,后来知道是谢灵运,才放下心来。谢灵运一玩起来,往往几十天不归,既不报告、不请假,也不怕弹劾。他到处探奇访胜,排遣政治上的不满情绪。他还发明了一种"谢公履",为防登山打滑,上山去其前齿,下山去其后齿。

谢朓虽不及他叔叔放诞,但山水诗却继承了他叔叔的衣钵,青出于蓝而胜于蓝。谢朓生活的时代是山水诗走向成熟的时代,也是最狂热的时代,玄学思潮弥漫士林,人们对世界乃至宇宙的思考出现了质的飞跃,诗歌作为"哲学的表象"自然承受了这种辉煌,也就是说进入了哲理的时代。谢朓的《始之宣城郡》《游山》《游敬亭山》等明显地带有这种痕迹。但是谢朓的诗又超脱了山水加情理的模式,把山水诗写得更加"流转圆美",融景情于一炉,开拓了山水诗雅致淡远、引人遐思的审美空间。所以李白对小谢极其崇拜,"蓬莱文章建安骨,中间小谢又清发",他常自比小谢,更流露出对自己才华的自信。

我去谢朓楼正遇雨天。江南的春雨,霏霏、沥沥、淅淅,如烟似雾,扑朔迷离,如梦似幻,勾人魂魄。公园正在维修,因雨又停工,没有游人,也没施工的工人,一片静寂。谢朓楼不知何时修建,已破败不堪,油漆剥落,木质皲裂,瓦当也有破碎。冷落,萧条。

一个谢宣城引来三百多位诗文大家前来吟山咏水,这是一种人格的魅力,还是一种艺术的魅力?李白是心绪烦苦、忧愤悒郁来到宣城,寻找前贤倾泻心中块垒,倘若谢朓地下有知,也该出来会见一下这位后世大名鼎鼎的诗仙,痛饮三百杯,一浇万古愁!

诗　城

二

　　我穿行在宣城"九街十八巷",小城四月,到处弥漫着青春的朝气,生命的元气。街道旁古樟新桐,青翠欲滴,家家庭院竹影斑斑,绿意惹人;水阳江犹如一匹绿绸束在宣城的腰部,又如一枚银簪插入小城的云鬟雾鬓。城郊是逶迤蜿蜒的山浪。山苍苍,水茫茫;树苍苍,云茫茫。莽莽苍苍茫茫,一种寥廓、深远、缥缈的意境。走在这大街小巷,在高楼大厦林立的罅隙里依然露出徽派建筑粉墙黛瓦马头墙的一角,显示出小城的古典、沧桑。我走遍大街小巷,除了雷同化的店铺、酒肆、茶坊,还有歌舞厅、咖啡馆,但却不见大唐帝国诗人们的踪影,连宋朝文人骚客的衣袂也难寻觅!我茫然四顾,恍恍惚惚,觉得李白就应该在前面的小酒馆狂饮浪醉,嘴里念念叨叨:"江城如画里,山晚望晴空。两水夹明镜,双桥落彩虹。"还有那浪荡公子杜牧,像是刚从哪家秦楼楚馆走出来似的,衣衫不整,步子趔趄,一脸酒气,也是这烟雨四月,嘴里不经意地吟道:"千里莺啼绿映红,水村山郭酒旗风。南朝四百八十寺,多少楼台烟雨中。"寥寥几句,把江南的风光写得如此淋漓,成了千古华章!

　　唐朝的诗人最先追寻谢朓足迹来宣城的当数孟浩然。孟浩然也是李白最尊崇的诗人,他曾称赞:"吾爱孟夫子,风流天下闻。"孟浩然一生不仕,是唐朝为数不多的几个不拿工资的专业诗人。四十岁前,他隐逸故乡,吟山咏水,四十岁进京科考,结果名落孙山,铩羽而归,从此心境更加灰暗,仕途更加渺茫,这就注定了他只能放浪山水、浪迹江湖。孟浩然于开元年间有吴越之游,曾来宣城。那正是大唐盛世年华,诗化的大唐帝国,往往一首好诗能使大地抖颤,朝野震惊。他认识李白时已是名满天下的山水诗人,他长李白十二岁。李白赠诗孟浩然，最有名的是那首"故人西辞黄鹤楼，烟花三月下扬州。孤帆远影碧空尽，唯见长江天际流。"太平盛世，又是物阜繁华的扬州，又是烟花三月，从黄鹤楼到扬州，必定一路繁花似锦。孟浩然沉浸在"烟花三月"扬州的春色里，一时拔不出腿来去浪游宣城，他只到过宣城边界便匆匆而回。随后便是李白，接着大唐帝国"国家一级作家"纷沓而至。连那爱写边塞诗的高适，那位放浪不检、以山水诗见长的"韦苏州"——韦应物，唐宋八大家之一的韩愈，以写竹枝词而名著于世的刘禹锡，还有白老爷子乐天先生，放浪不羁的杜牧，都一一光顾。唐以后，历代诗人络绎不绝，欧阳修、王安石、曾巩、梅尧臣，词国皇帝李煜也驾临宣城，极言赞叹这里的乱山、烟江、浩浪、轻舸。光荣啊，宣城，华山夏水，有几处引得如此众多的文学大师们的青睐？

这是一片充满灵性的土地。

山是宣城的主体化。

水是宣城的液态化。

万物的排列，有序，整齐，跌宕有致，一轴苏醒的大地和山水的感性画卷。

你走进宣城的山山水水、村村巷巷，处处都是一片令人动情的风景：远山雾岚，近水烟村，村野山径，断桥残垣，蛮鸣鸟语，落日夕照，风丝雨片，山泉的鸣咽，溪流的歌吟，还有雨落草叶令人悸动的一阵阵战栗，风过林梢小鸟一声声让人心疼的叹息，一切都蒸腾出一缕诗意，令你沉思，令你想象，让你心驰；你若将耳朵贴近大地山野，你会感到温热的气息，听到大地血管热烈的脉跳，听到无穷无尽的诉说。

水阳江是长江的一条小小的支流，虽然平静、安详，当你俯耳静听，汩汩的涛韵依然传导着大江巨澜的轰鸣声，一种神秘性，一种私密性。这平静的土地依然蕴含着灵性的骚动，丰沛的激情。

在这里，阳光晒干你心灵的霉斑，雨露会打湿你的梦呓，风会启开你的心扉，时间在这里已改弦更张，消失而又生长无限。

宣城，是诗人的伊甸园。李白写宣城诗七十余首，杜牧写宣城诗四十首，许浑二十二首……一个个诗人把这么多的感情倾泻给了一个小城，可见这里的艺术魅力了。这正中了王国维那句话："因大诗人所造之境，必合乎自然，所写之境亦必邻于理想故也。"

纯真来自天道自然。

宣城是视觉的抽象，是艺术和诗的具象。宣城，已经成为诗性的文本。

三

春雨洗过的树、草、竹格外鲜绿，像涂了油彩，使这个古老的文化名城格外年轻。我在一个古色古香的茶坊里品茗，碧翠翠的茶叶在杯子里缓缓舒展，悠然飘落，使人生出由躁到静、由俗到雅的感觉。

我脑海里随意翻阅着宣城这部线装的古书，许多人物从书页走出来，或唐或宋，或明或清，衣着异样，脸靥不同，但却有着文人落拓不羁的浪漫、潇洒。

李白年轻时期，裘马轻狂，纵酒狎妓，结交僧道，浪迹江湖。到了晚年定居皖南。他七次来宣城，七次登上谢公楼，临风长啸；他七次走进敬亭山，相看两不厌；他七次来到开元寺，聆听晨钟梵音；七次过五溪游历新安江，观赏江山美景，赋诗言情。皖南大地留下他重重叠叠的脚印，皖南的山山水水收藏了他多少散落的残页断章。

李白一生尊崇的是谢朓，向往的是魏晋风度建安风骨。魏晋风度中最富于美丽诗意的就是审美精神。魏晋时代是人性解放、个性张扬、文学走向自觉的时代。任性不羁，高扬自我人格，追求个性自由，正是那个时代文人高擎的旗帜。《世说新语》说嵇康"风度卓卓""岩岩若孤松之独立",随之而来的是山水诗的蓬勃兴起,纯粹老庄玄言逐渐转变为借助山水的得意忘形,哲思开始向审美感悟转化。

游山玩水已经积淀为诗人们获得永恒自由的愿望,消释对现实的不满情绪。

李白愤世嫉俗,恃才傲物,对现实生活中为常人所习惯、适应的一切,均投以不屑和迥然不同的眼光,决意追求一种与世态人情相悖的超越。他选择宣城,其重要原因是这里的青山秀水。这里山温水暖,这里竹风樵雨,这里佳木繁荫,这里泉声溪韵,很像他的故乡四川绵州昌隆县。"蜀国曾闻子规鸟,宣城还见杜鹃花。一叫一回肠一断,三春三月忆三巴。"看到满山遍野的杜鹃花,怎能不思念巴山蜀水?

李白对敬亭山如此钟情,在他大量诗作里实属罕见。是敬亭山那苍苍松柏、婷婷竹篁撩拨着他缠绵的情思?是那汩汩山泉溪流滋润他灵感的原野?是那山峰一缕孤云袅娜在他的诗心?

敬亭山因李白"看不厌"而雀噪于世,名扬天下。

大诗人白居易在宣城度过最浪漫的青春时期。白居易二十八岁时,在他大哥幼文和叔父季康(宣城溧水县令)引荐下来到宣城拜见了时任宣歙观察史的崔衍。崔衍很赏识他的才华,对他很器重,于是白居易便居宣城。当年秋季,崔衍举荐白居易参加了宣城州试,不想,这小子被举为应贡进士。宣城是白居易人生的转折点,是他命运飞黄腾达的起点,是他走向仕途的跳板。他非常怀念宣城,直到他六十九岁任太子少傅时,还写诗怀念宣城:"再喜宣城章句动,飞觞遥贺敬亭山。"

白居易从水阳江乘舟拔锚起碇,开始了他人生的远航,京官、地方官,做了一大堆,偏偏没有到宣城来做官,也未曾再来冶游宣城山水,一去音信杳无。

诗　城

　　唐宋时期诗人来宣城吟山咏水的文人墨客如过江之鲫。诗人们云集名山胜水，放歌咏唱，并不为奇，中国文学史有一半的章节是山水赋予的，中国文人，特别是那些仕途蹭蹬、官场侘傺，在政治舞台上经不起狂风骤雨吹打的凋零者，往往来到宣城，神交古人，放浪山水，汲清风，餐明月，在这风光旖旎的地方，一吐胸中块垒。虽然得到短暂的喜悦，却是生命的超越，他们的灵魂得到自然之光、天光、云光、化境之光的烛照，分泌出一些很美但很伤感，甚至带有病态的诗。

　　这些人官没做好，却点化了名山大川，使之名垂千古。

　　杜牧与宣城缘分很深，感情也笃，他写宣城的诗就多达四十余首，仅次于李白。大和四年（830）九月，他随江西观察使沈传师来到宣州。这是杜牧第一次来宣州。这期间，杜牧文学创作年表上头等大事是给李贺诗集作序。在《李贺集序》里，他一连用了九个比喻称赞李贺的诗，最后指出李贺的诗词有独到之处，但内容不足。

　　杜牧刚直有节，敢论大事，但行为放达，风情不节，为当世不容。一生壮志飘零，人才落魄，只得以空文自见。杜牧作诗不依傍古人，也不矜于时尚，而是独辟蹊径，善于用拗峭之笔，见俊爽之致，创造出一种清新峻拔的艺术风格。他题宣城开元寺："六朝文物草连空，天淡云闲今古同。鸟去鸟来山色里，人歌人哭水声中。深秋帘幕千家雨，落日楼台一笛风。"又题道："溪声入僧梦，月色晖粉堵，阅景无旦夕，凭栏有今古。留我酒一樽，前山看春雨。"

　　杜牧十年幕府生涯，在宣城就长达六年。

　　我来寻觅撷拾唐宋诗人的踪迹，不见了李白的狂放恣肆、诗酒风流，不见了白居易的忧郁愤懑，不见了边塞诗人高适的豪放雄旷，山水田园诗人韦应物的诗情细腻、含蕴幽远，更不见刘禹锡的气骨高迈，连许浑那小子醉卧谢朓楼的狼藉醉态也不见了，他本来设宴谢公亭为友送别，客人走了，他还酒醉如泥，鼾声如雷，当酒醒后才发觉"日暮酒醒人已远，满天风雨下西楼"……历史远去了，唐风宋雨里只留一些断韵残章，一串珠玑华赡的诗文，这就是文化，这就是人文精神。没有文人墨客的诗词、歌赋、题咏，再美的山水也是野性的山水、纯自然的山水。注入了文化流韵，山才显得巍峨，水才显得丰盈；山有诗的晨夕，水有书的春秋。

　　我漫步在敬亭山山野里，徜徉诗山画水中，不管视线扫描到何处，都是一片清纯的风景：云雾起幽谷，如梦如幻；风吹松涛声，如箫声琴韵；古树千章，沉静如神；白云一卷，息于潭心。悠悠。幽幽。禅意顿生。

　　走近一条山溪，我掬水洗尘，坐在石头上，忽感清凉沁人，清风绕膝，仿佛进了陶渊明的桃花源。这里只有诗，没有长剑和战火；这里只有画，没有杀戮和奴役；这里只有美，人世间的丑恶和肮脏，都得到水的过滤和山的隔绝。

　　宣城，这里锦山秀水丰腴了多少诗人骚客的精神，点燃了他们灵感的火光，激起他们才情的惊涛狂澜，他们激扬文字，长歌当啸，临风抒怀，留下了大量的诗词、歌赋、绘画，璀璨辉煌，光照千古，为逶迤跌宕的中国文学、艺术史增添了多少熠熠闪光的篇章！

　　　　　　　　本文选入高中语文教辅《语文地图》（江苏教育出版社）

天堂之水天上来

庄重而肃穆的线条,若隐若现在海水般的青蓝之中,冰川雪峰道道白光凌空腾起,和辐射而来的阳光迅速融合,很快分娩出一种惊心动魄的透明物来……那是雪山之父的精华,点点滴滴的篆坎镗鞳之声,在涅槃般巨大的静寂中显得厚实深沉。这是为大地撰写的历史,还是为人类谱写的力量之歌?那点点滴滴汇成流苏般的小溪,向荒旷的大地寻找他生命的乐园。干涸的大地上腾起股股沙烟,宛若飘浮的世纪的衣袂。

这景象使我惊呆了,我的大脑一片空白,记忆消逝了,时间凝固了,甚至连我身边的季节也僵枯了。空旷的四野只有风不时发出几声战栗的凄惨的啸叫,像被什么野物咬了一口。好半天,我的大脑才开始启动思维的齿轮,缓缓地转动。我冷静地打量着远方,睁大眼睛扫描着眼前这阔大的冷漠的雕构:刀法粗犷,棱角尖锐,雄健苍劲,山顶上凝固着白云,白云上面是冷漠的蓝天,高渺深远。我听到白色半透明的液体在大放厥词:"我是欲望之神,今晚谁敢为它划定疆界!我是哲人心里的暴力,今晚谁敢为它圈定范围!"尽管它出言不逊,但一条河流还处在发育期,它还没有资格嚣张。它的生命是孱弱的,它的梦还是缥缈的。

　　蓝天、白云、冰川、雪峰、草甸、荒原，还有苍老的太阳、苍茫的风，一切都显得肃穆、庄重、坚实，而又透出点虚幻。

　　我到过青海，游过塔尔寺，穿过日月山，纵情青海湖，经过柴达木到达格尔木，再行驶入苍莽雄浑的大野，再远处就是三江源吧？在地平线的尽头。

　　这就是诞生我们民族第一大河的各拉丹冬雪峰吗？哦，巍巍然，一尊天神；峨峨然，一把倚天长剑。这种大气象、大境界，必然会有大手笔、大造就。谁站在雪峰冰川脚下，能不觉得晕眩、心悸、惶恐，又有点木木然呢？西部的盛夏，原始的太阳，很古典，却依然充满激情，阳光辐射在冰山雪峰上，闪烁着冷漠和孤寂；风用很古老的方式摇撼着荒原，荒原沉默不语。我站在荒原的阳光和风里，心里涌动着一种生命的苍茫感和精神的孤独感。我突然感到人类是何等卑微。改天换地，让高山低头，让河水让路，人类发出此等狂嚣是多么荒谬，面对渺渺苍天、茫茫大地，人，你只能感到敬畏！

　　万籁俱寂。

　　天地间是一种涅槃般的静寂。

　　听到了吗？那万古荒凉的静寂里，有簌簌的声响，微弱缥缈，像疲惫的贝多芬无意间抛下的一个个透明的音符，像黑格尔一粒粒"精神的种子"，晶莹剔亮，那是阳光之父和雪山之母交媾分娩出来的……那是千万年梦幻，千万年憧憬，千万年积累和创造啊！

　　冰川、冰塔、冰窟、冰舌、冰柱、冰碛、冰笋，千姿万态，娉娉然，婷婷然，巍巍然，如剑如戟。它吮吸天地之灵气，日月之精华，博大宏丽中渗透出一种凛然之寒气。

　　你如果能站在各拉丹冬冰崖下，站在姜古迪如冰川前，那点点滴滴，涓涓细流，潺潺湲湲，慵懒、散漫、松懈。你怎么也想象不出，这就是奔腾嚎啸、叱咤风云的长江？是！这就是楚辞"望涔阳兮极浦，横大江兮扬灵"的长江，这就是《江赋》"极泓量而海运，状滔天以淼茫"的长江，这就是唐诗"不尽长江滚滚来"的长江，这就是宋词里"惊涛拍岸，卷起千堆雪"的长江！

这里是一片原始的鸿蒙，一片野性而又冷酷的土地，是一片雄悍而又孤寂的土地。偶有稀稀落落的牦牛草、羊草，星星点点，斑斑驳驳，点缀着万古荒凉。寥廓，旷博，夐远，高古，还有令人觳觫的肃穆。巨大的静，气势磅礴的静，富有质感的静，笼罩在天地间。这静给人一种悲壮感、恐惧感。仿佛走进时间的童年、历史的开端，你根本想象不到，一条驰骋万里、雄涛澎湃的大江巨川的根竟然扎得这么深远，这么高危。

长江是神圣的、伟大的，是千古英雄的悲壮之地。在这里地理大于历史，在这里做梦也充满豪气。

在这寂天寞地里，你会体验到什么叫时间。时间是一部幽深博奥的哲学。时间有声有色，有角有棱，有质量，有重量。时间，你看不见，摸不着，但时间就在你身边。你必相信时间，依偎时间。时间有着巨大无比的创造力，时间能造就一切，毁灭一切，又包容一切。谁都无法逃脱时间的爱抚和追捕。

走进这赤裸裸的大自然，夕阳中，我站在一座高埠上，驰骋视线，远观这冰山、雪峰、流水、荒原：天之遥，地之远，山之高，水之长，我一下子流出泪来……

大山大水大苍凉，

大天大野大苍茫！

青藏高原啊！你大有大无，大贫大富，大丑大美，你最古老，又最年轻，你远离尘寰，遗世独立，安然、寂然，与世无争，与事无争，孤独而寂寞，陪伴你的只有沉默的时间。

苍山如海,残阳如血,这大风景、大地貌、大空间是我精神之旅的一种超越。常年被各种窘迫所困惑,被各种因素所拘囿,被各种庸俗所缠绕,我能走进这风光博大宏丽之境,我觉得我的灵智像"开光"一样——不是佛光,是天光、云光,是大自然之光。"笑夸故人指绝境,山光水色青于蓝。"这里上天的原创还未遭到人类的删改和艺术加工,一切都处在原生态、原始态。凡是人类涉足的地方,大自然都会感到讨厌的。人类的聪明和强大是大自然的悲剧,更是人类自身的悲剧。

天真是童年的代名词。

来到这里,你仿佛感到时间正处在童年。

童年最富有天性,没有被陈规陋习制约,没有被名缰利锁束缚,没有被世俗红尘所污染,没有被灯红酒绿所诱惑……童年是生命中最纯净、最灿烂、最富有生机的篇章,是花的季节,是诗的年华。

各拉丹冬,藏语,意为尖尖的山。

各拉丹冬的西南侧是大型冰川,冰川的冰舌由阳光和风雕塑成壮观的冰塔林。晶莹、空明、清丽……那细细的冰牙,倒挂的冰凌,壁立的冰墙,蘑菇状的冰崮,幽深的冰窟……鬼斧神工,是一个冰雕玉琢的世界。那是西王母苍苍白发凝结的冰封,是伏羲的白髯飘逸而凝固的冰川,是千丝万缕的寒光和太阳金线交织成的灵光弥漫的冰川。

有生于无。此时你真正体悟到这种大哲学的真谛。原来,这条莽莽苍苍的大江巨川竟然是在这里发育、生长出来的。这一切都没有规则,那晶莹的水珠犹如夜露镀亮的黎明,像被玫瑰花映红的爱情,圣洁、华贵、幽美,令人心旌摇曳,在这高天远地间巨大的宁静里,呈现出一种生命的萌动,撞击命运之门的声响,从空宇浩渺中传来……这是一曲气势磅礴、宏大的乐章的前奏。

上天赐予的最初的一粒粒水珠,是按照神祇的旨意,汇聚在一起的,抛掉自身的渺小、卑琐、单薄和孱弱。当它们的躯体被赋予了一种精神，赋予了一种信念以后，它们的灵魂开始升腾了，它们的血液开始了喧哗和骚动，它们自由地碰撞、融合，你拥我抱，你牵我扯，于是它们形成一个集体，或者是一个小小的部落，于是荒原上出现一条条银蛇般的小溪，自由自在，无拘无束……

我静静地倾听着生命临盆时的那种美妙的乐章，白色的精灵从冰山母体上脱落，蓝色的梦在荒芜的土地上撒欢歌唱……

金灿灿的阳光把一切都变成发光体，肉眼不敢看。那锋利的光芒犹如钢针，会把眼睛扎瞎，会把皮肤刺伤。在这里阳光不是虚无，是物质的、有形的。这里一切与生存有关的事体，甚至养育人类的大自然也变得邈远、空幻。

天地无言，冰川不语。只有浮动的梦，一枚透明的初恋，羞涩而又异样地执着，异样地坚韧……

那是个充血的白昼，阳光狂欢的夏日，太阳雄健而狂妄，气势磅礴而又大度豁然。阳光下的草甸是一片偌大的沼泽，斑驳的水洼，构成了一幅畸形的图案，闪闪烁烁，光怪陆离。这是一种怪异的和谐，冷漠的明媚。那水洼像写满了明亮的颂词、晶莹的祝福。随着欲望的膨胀，灵魂的躁动，水面产生了眩晕的舞蹈。于是大地的沉默破裂了，它们用透明的触须探寻新的世界，蹒跚地寻找生命的通道。

于是最初的水滴，终于成了领队，率领着它用天文数字排列的兄弟姐妹形成一条条河流，一条条阳光下野性的自由自在的河流，孤独的跫音渐渐远行，清澈的浪花自言自语，向冰川雪峰举行庄严的告别仪式……

但是这些野性的河流——严格地说是溪流，它们还未形成真正意义上的河流，但它们本能地知道团结的力量，集体的功能，下意识地汇聚在一起，形成最初的溪流。

千秋纸墨是精神

一

茫茫神州，物华天宝。每一个地域都以自己鲜明而富有特色的文化瑰宝，热情地、踊跃地奉献于华夏文明的发展，为此做出积极的贡献。皖地表现得更为突出。

这就是笔墨纸砚，这也是皖地的名牌，享誉海内外。

几千年来，中华民族几经以夷变夏的风狂雨骤，却没有改变华山夏水的基因——古老的象形文字。大江南北，尽管方言口音相异，但仓颉创造的古老的文字把中华各民族紧紧地凝聚在一起。欧洲蛮夷南侵，古罗马文明一蹶不振的主要原因便是拉丁文被肢解了。一代天骄成吉思汗和他的子孙们，高举上天之鞭，裹雷挟电，纵横驰骋，欧亚四十国衮衮王公，王冠落地，身首异处。成吉思汗建立了横跨欧亚大蒙古帝国，版图之辽阔前空千古。后来，当他的孙子忽必烈定鼎中原，狼烟俱静，烽火熄灭，以胜利者的姿态威风凛凛地站在大都城头上，欣欣然、陶陶然之时，他的目光触及华山夏水，蓦然间倒抽了口冷气：

乖乖，茫茫中原大地，到处浸满了儒家文化的汁液，甩不掉、洗不净。他心怵了，胆怯了，南宋可灭，古老的方块字不可灭！这横平竖直、一撇一捺，简直像魔方似的弄得你神魂颠倒。无可奈何，他只好乖乖地洗去手上的血垢，恭恭敬敬请来汉族太傅太师，教子孙从小学生启蒙开始，老老实实地坐在案前，规规矩矩地一笔一画地描起红来。

大清帝国的金戈铁马，踏破长城雄关，推翻了庞大的大明王朝，最后把南明的小皇帝赶进大海，溺水而死，但却赶不走一个方块字，文房四宝，他动不得一宝。同样遇到麻烦，爱新觉罗氏的子孙们那双握长剑、拉强弩的手，十分笨拙地握起一管小小竹笔，面对洁白如雪的宣纸，两眼茫然，不知所措，不得不在汉族大臣指点下，歪歪扭扭地批示奏章。于是放下架子，年年月月磨炼。笔磨人，人磨笔。笔墨纸砚终于征服了这喝马奶子酒、吃手抓肉的北方强悍民族，使他们在横平竖直中规矩起来。由浮躁变得沉静，由蛮野变得文雅。他们尊崇儒学，师承汉典，苦读线装书，护荫翰林院，诗才书艺，风骚朝野。他们的野性被象形文字束缚起来，他们的悍气被笔墨纸砚收敛起来。一个漂泊的民族秉性发生变异，白山黑水间女真人后裔的生命和灵魂得到了洗礼和升华。

笔墨纸砚代替战刀和长剑。一个疆域辽阔的大清帝国成了汉字纵横、笔墨驰骋的天下，诗书经史成了这个风雪里出生在马背上长大的民族的启蒙课本。

楚辞、汉赋、唐诗、宋词、元曲、明清小说，汹涌澎湃的二十五史，中华文化发展史，灿若群星的文人骚客，哪个不是用笔墨纸砚创造的辉煌？他们笔飞墨舞，满纸烟云，写下震撼千古的华章，完成了光照千秋的人格造型。

甲骨文不说，自竹简绢帛（这是纸的前身）以来，五千年的汉语文字就用一管竹笔一砚墨汁，写出千秋华章。莽莽大野，荒荒大漠，皇皇戈壁，到处都眠着用笔墨纸砚书写的古老故事。

笔墨纸砚写下了风雨苍茫的千古春秋。老子、庄子、孔子一代圣贤圣哲，君子好述的《诗经》，魂兮归来的《楚辞》，半部《论语》治天下，渺渺的汉宫秋月，高山流水的琴韵，魏武的老骥伏枥之志，无韵离骚的《史记》，书圣王羲之的《兰亭序》，草圣张旭的狂草，李太白"天生我材必有用"的自信，苏东坡"大江东去"的豪情，岳武穆面对潇潇江雨的仰天长啸，文天祥的丹心汗青，名垂青史的《永乐大典》，前空百代的《四库全书》，还有十年寒窗苦，一把辛酸泪的红楼梦痕……哪一部不是笔墨纸砚的歌飞色舞，淋漓尽致的疯笑癫哭！

再看那一幅幅书画，开拓了精神世界的广阔空间：滴露研朱点《周易》的冷哲庄严；风雨痛饮《离骚》的激烈浪漫；三百篇《关雎》之唱孕育化衍出诗的狂想、诗的天真、诗的激情；文人雅士"度白雪以方洁，干青云而直上"的飘逸和悠远，将诗心托付于翰墨，寄兴肝肠于纨素。笔锋在撇捺之中，横平竖直之间，纵横驰骋，孕育出炎汉盛唐文化的璀璨，隆宋治明的华彩乐章，为古今开万世之繁华，为泱泱中华续五千年绵绵之烟篆。

浩浩翰墨铸就了一个民族的心灵史、文化史。

唐代女诗人薛涛曾吟咏笔墨纸砚："磨润色先生之腹，濡藏锋都尉之头，引书媒而黯黯，入文亩以休休。"

浓墨塑铸的风景，矗立地球东海岸的古大陆上，托起华夏一轮煌煌的精神的太阳。与其说笔墨纸砚是书写文化的工具，不如说笔墨纸砚是一种精神，是它的涵养培育了一个民族的儒雅、大气、刚毅、庄严而蓬勃向上的精神，中华民族正是凭着这精神，开掘了夐夐华夏文明之巨流，汹涌澎湃，涛飞浪卷。东方古大陆不沉，方块文字不老，笔墨纸砚将伴随一个民族走向永远。

二

我走进宣城，走进笔墨纸砚的故乡。

宣城造纸业历史悠久。早在唐代就用檀树皮和稻草捣制纸浆，制成宣纸。所谓青檀，是一种落叶乔木，系榆科，只在皖南的泾县（古属宣州）、宣城等地区生长。

在进入五代后，宣纸纸质比起蜀纸尚有差距。南唐二主李璟李煜父子，酷爱诗词书画，自然酷爱笔墨纸砚，在意书画工具的精良，便派纸工去蜀学习，或请蜀地纸工来皖南传经送宝。这种"走出去，请进来"的方法，大大提高了宣纸的质量。"得蜀工，使行境内，惟六合之水与蜀同，遂于扬州置物。"经过改良的宣纸，纸质有了很大的变化，光洁柔软，极富有弹性、韧性、吸水性，顿时名声大噪，成了市场的名牌、抢手货。李后主倍加喜爱，每当宣纸进贡，他都用手细细抚摸，仔细辨识，爱不释手，赞不绝口。李煜是个风流才子，读书很多，擅长诗词歌赋、琴棋书画，不是同和尚道士谈诗说文，就是沉溺后宫，与嫔妃吟诗作画，歌舞朝暮。

看到这洁白如雪、柔软如帛的宣纸，我眼前总幻出一千多年前的一些镜头：在红烛高照、暗香浮动的宫殿里，李后主散发着一身才气、灵气和帝王的潇洒之气，似乎还染有一身江南文人雅士孱弱阴柔之气，握一支御笔，饱润徽墨，任情挥洒。得意之时，吟哦出声，立在两旁的太监、宫女用赞美之音、阿谀之词把个李大才子搔得美滋滋的。春宵之夜，良辰美景，或玉兔在天，满庭清辉，如烟雨霏霏，雨打梧桐，更富有一番诗情。李煜纵情任性，一首首艳词丽句，随着兔毫宣笔倾泻在如云似雪的宣纸上："一曲清歌，暂引樱桃破""花明月暗笼轻雾，今宵好向郎边去""晚妆初了明肌雪，春殿嫔娥鱼贯列"，全是艳冶、喝香醪、敷檀香粉的风流丽人。李后主偎红依翠，沉醉翰墨，什么百姓死活，什么军国大事，什么赵匡胤屯兵江北，鹰视虎瞵的目光，投鞭断流的雄势，早就置若罔闻。

李后主《书评》云："善书法者，各得右军之一体：若虞世南得其美韵而失其俊迈，欧阳询得其力而失其温秀，褚遂良得其意而失其变化，薛稷得其清而失于拘窘，颜真卿得其筋而失于粗鲁，柳公权得其骨而失于生犷，徐浩得其肉而失于俗，李邕得其气而失于体格，张旭得其法而失于狂，献之俱得之而失于惊急无蕴藉态度。"可见李后主书法的艺术鉴赏力。在国家生死存亡之际，他仍然陶醉在艺术如梦如幻、美丽的氛围中。

古史记载仓颉造字，而"天雨粟，夜鬼哭"，可谓惊天动地而泣鬼神。

中国的象形文字，有许多文字从结构上看来匠心独具，本身就是一种超绝的艺术品，这是千年古国的国粹。譬如"静"就是极美的字，一旁是"青"，一旁是"争"。"青"者蕴含着激情洋溢的生命力，"争"又体现出夸父追日、刑天舞干戚的奋斗精神。"静虚""静能致远"，阐述了天地间一个大哲理，似乎自然和人生充满了催人奋进、腾天跃地又不事张扬的神秘力量：奋斗和超越，希冀和信念所凝结成的感悟，一种庄严肃穆的精神，崇高的诗意。

宣纸上燃烧着诗人的灵感。

宣纸上奔腾着艺术家的激情。

宣纸上有着皇帝老儿威严的圣旨。

宣纸上有封疆大吏六百里的"加急"。

…………

画之神韵，诗之灵性，民族之文采，古国之风貌，皆现于尺素。

千秋纸墨，是中华民族有声有色的历史，从汉魏两晋时代"博哉四庚，茂矣六郗，三谢之盛，八王之奇"的壮观场面开始，无论浪漫的风流雅士，狂放的文章俊彦，落魄的士子，还有失意的皇帝，漂泊的隐者，得道的高僧……都借助纸墨，释放他们的才情，驰骋他们的灵感，放牧他们的思想。思接千载，神游八极，昭示他们内心世界的高远和幽深。这是中华民族文化发展史上永恒的风景。大汉的朴拙粗犷，两晋时代的典雅秀逸，盛唐的放浪任性，宋朝的潇洒风流……他们的得意和失落，怪诞和卓荦，悲歌和欢欣，或生与死，苦与难，沉与浮，意志和信念，曲曲折折，蹀蹀躏躏，一路走来，形成一个民族的精神财富和生命符号。

纸墨铸就了一个民族灵魂的伟岸和庄严。

李后主将宣纸命名为"澄心堂纸"，这怕是中国商业史上比较早的商品注册。

而宣笔又是宣城一大瑰宝，是宣城人超越时空的骄傲。

这是上天的恩赐还是天地之造化？正是一管兔毫笔，柔软如泥，又坚硬如铁，或刚毅奔放，或妩媚婀娜，或朴拙雄健，那一个个汉字因它们而精神了，潇洒了，灵性了，有了生命和灵魂！

宣笔产于泾县境内，迄今已有两千多年历史，被历代誉为"硬软适人手，百管不差一"而驰名中外。中国的历史是毛笔书写的历史。毛笔原比欧洲的鹅翎笔不知先进多少倍。当欧几里得在羊皮上演算几何习题时，当塞万提斯用鹅翎笔描绘堂吉诃德挥动着骄傲的长矛，为梦中情人同风车大战的故事时，当莎翁用鹅翎笔写出罗密欧与朱丽叶经典的爱情悲剧时，中国已用精制的狼毫笔、兔毫笔书写山河了。宣笔与宣纸一样成为宣城值得骄傲的名牌。宣笔的制作迄今已有两千五百多年历史了。据韩愈《毛颖传》记载，公元前230年，秦大将蒙恬南下时，途经中山（今泾县一带山区），发现这里兔肥毛长，便以竹为管，在原始的竹笔上改良毛笔。到了大唐帝国，泾县成了全国制笔中心,自然皇上用的御笔也产自这里。泾县就是被李白称为"桃花潭水深千尺,不及汪伦送我情"的皖南小县,属宣城郡,也就取名宣笔。

毛笔在中国古代称谓不一,说法各异。据史记载:战国时期,楚国称笔为"聿",吴国称笔为"律",燕国称笔为"弗",直至秦始皇统一中国后才统称为笔。史称"恬笔伦纸",即蒙恬造笔、蔡伦造纸。笔字拆开,上头为竹,下头为毛,秦定为笔,这是中国造笔史上一大革命,它奠定了中国毛笔生产的根基。毛笔文化从此揭开了辉煌的篇章。

中国宣笔传至汉代,制作技艺得到进一步发展,笔身装饰十分讲究,据清代唐秉钧《文房肆考图说》:"汉制笔,雕以黄金,饰以和璧,缀以隋珠,文以翡翠,管非文犀,必以象牙,极为华丽矣。"魏晋时期,中国宣笔制作工艺又有所改进,此时对名家制笔取毫、制管、镶饰均有严格要求。主要是采秋毫之颖,削文竹为管,从而达到"写文象于纨素,动应手而从心"之奇特效果。

宣笔,那么一绺平平庸庸、纤细柔弱的兔毫,当它们化为不足盈寸的笔锋时,便能落笔起风雷,墨泼润天机;便能书写千秋文章,一管小小的竹笔能卷起万重巨澜,能搅起九天狂飙,能点燃狼烟滚滚,战火纷飞,能使万家墨面没蒿莱,能使大江东去浪淘尽千古风流人物。一管弱笔能胜十万戈矛,能运筹帷幄,决胜千里。笔伴丝竹舞,意随翰墨香。它以摇曳的千姿百态,浓墨重彩地绘出东方古大陆的历史大风景,这是人类文明的奇迹!

墨的发明大约要晚于笔。史前的彩陶纹饰,商周的甲骨文、竹木简牍、绵帛书画等到处留下原始用墨的遗迹。文献记载:古代的墨刑(黥面)、墨绳、墨龟(占卜)也均曾用墨。经过漫长的岁月,终于出现了人工墨品。这种墨大多是松烟和水胶的混合物。据史料记载,早在汉代就有人用松煤制墨,到了唐代制墨水平有了很大提高。色泽黑亮有光泽，以纸墨为载体的中国独具特色的古老书画，从汉代就覆盖了两千多年来中国文化发展史。文人书画把东方哲理、人文、诗学精神涵盖其中，在中国漫长的农业社会条件下，这种文化精神涵养和滋润了一个民族的灵魂，这是一种古老的文明，一种严谨优雅的人生。书画家利用笔墨纸砚挥洒自己的激情，他们的笔墨造型、情趣、笔线的力感和韵味，墨色的层次和变化，在洒脱与豪放中，在婉约与细腻中，在点、擦、皴、染中，尽显自己的真性情。

唐朝末年，战乱频仍，狼烟弥漫大地。河北易州一位著名墨工奚超携子廷珪徙居歙地，南唐李后主见他们制造的墨"坚如玉"，兴奋之余，赐姓李氏。李廷珪的墨顿时名噪江南。

据记载，李廷珪墨的配方是："松烟一斛，珍珠三两，玉屑一两，龙脑一两，和以生漆，捣十万杵，故置水中三年不坏"，所以"坚如玉"。

李廷珪墨被视为珍品、国宝，能得一方廷珪墨，往往是文人的幸事，束之高阁，舍不得用，只有文朋诗友来时，才一瞻其容。自然李廷珪的墨作为贡品源源不断地送进李煜的澄心堂。南唐散骑常侍徐铉"幼年尝得李超墨一挺，长不过尺，细裁如筋，与弟共用之，日书不下五千字，凡十年乃尽。"可谓"惜墨如金"！

到了宋代，李墨益发难得，秦少游得其半锭，质如金石，潘谷见之而拜。有称"至宣和年，黄金可得，李氏之墨不可得也"。

我想，那位书画大师，自创瘦金体的宋徽宗是怎样以娴雅的心情在金碧辉煌的皇宫里作书绘画，萧散雅正，"不徒素练画秋鹰，笔态冲融似永兴。善鉴工书俱第一，宣和天子太多能。"（清·王文治《论书绝句》）。他的行、楷、草书，笔势挺进飘逸，瘦硬通神，有如切玉，世称瘦金书也。所谓瘦金书，是美其书为金，取富贵义，亦以挺劲自诩，与李后主谥其书为"金错刀"同一义。宋徽宗和李后主一样，用宣纸、宣笔、徽墨、徽砚作诗赋词，书法绘画，游弋在艺术的海洋，沉醉在梦幻般的世界里，结果丢了江山，一个死在宋徽宗的祖宗手中，一个父子双双被俘，魂断在北国的冰天雪地。翰墨本是文人的立世之根本，而以"治天下为己任"的天子皇上过于沉浸其中，必然会误国误天下。

南唐李后主、北宋徽宗，是中国历史上最尴尬的皇帝，一个宋词开山鼻祖，一个书画艺术大师，一生和翰墨打交道，结果如出一辙，这是命运的巧合，还是历史的嘲讽？

南唐李廷珪之后出现了很多制墨名家。但由于宋代文化教育事业的蓬勃发展，李墨自然供不应求。我国制墨代有人才，北宋有潘谷，元代有胡文忠，明代有程君房、方于鲁，清代制墨名家更多了，曹素功、汪近圣、汪节庵、胡开文等四大制墨名家，但都视李廷珪墨为墨中极品，难有超越者。他们各有绝技，各执牛耳，各领风骚，驰名大江南北，冠压九州。胡开文墨成了徽墨的代名词。

我去胡适故乡上庄采访，一进村便有路标指示：胡开文纪念馆。便有乡人向我推销胡开文墨。

到了清末民初，胡开文墨参加巴拿马万国博览会以后，更是名盛天下。胡开文墨独步天下，尽开徽墨制造销售风气之先。

胡开文墨制作工艺和包装设计都十分精良，要求十分严格，配料一丝不苟。其墨坚如玉，纹如犀，色如漆，落纸不晕，余香满纸，万载存真，是中华一大瑰宝。

徽州多山多水，"水墨徽州"四个字最能概括徽州人文地理、风物民情。徽州不仅产名纸、名笔、名墨，还生产名砚。天公有偏爱，造化独钟情，一股脑儿把文房四宝都赐给这方水土。这不能不令人惊异，一部浩瀚的二十五史，楚辞汉赋，唐诗宋词，千古绝唱，锦绣华章，都是借徽州四宝书写下来的，小小徽州，为中华民族文化的传承、文化的发展，贡献何其大哉！

据史料记载，唐开元年间，玄宗赐给宰相张文蔚、杨沙等人的"龙鳞月砚"，就是歙县所产的一种名贵的"金星砚"。龙尾砚原产于皖南婺源（今属江西）的龙尾山，"其石坚劲，大抵多发墨，故前世多用之，以金星为贵"。由于歙砚石包青莹，纹理缜密，坚润如玉，磨墨无声，深得南唐元宗喜爱，在歙州专设砚务官，负责开采石料，精工制作砚台，称为官砚。

古代文人钟情于文房四宝，视之为生命。书圣王羲之的坟墓在浙东兰渚山下，这里不仅埋葬着王氏家族，还有个"退笔冢"。那是王羲之的后人智永法师平生用过的毛笔堆积处。笔成冢，墨成池，据说智永和尚用过的毛笔头就有五箩筐。那种勤奋，那种孜孜不倦的精神，真是感天动地，泣鬼惊神。宋代书画大师米芾酷爱名砚，见一方名贵砚台抱之三日不松手，由此而发展为见石头必衣冠整洁，行三叩九拜大礼，称之"石兄"。人称米癫。文化史上这样的逸闻趣事不胜枚举。

南唐是江南经济发展的黄金时期，徽州堪称南唐的经济特区，地位特殊，是徽商发展链条一个十分重要的环节。

徽州山多田土少且瘠薄，但造物主并不薄这方百姓，给他们带来这么多特产，供以养家糊口。这是一片神奇的土地，这里每一撮泥土、每一块岩石、每一棵树木，都为民族的发展、国家的兴旺，争先恐后地做出自己的奉献。

走进宣城，走进徽州，漫步城镇街巷，穿行山野村乡，我仿佛走进诗里画里，吮吸着艺术的芳菲、翰墨的幽香，心中激荡着一种文化的潮涌，诗情的浪涛。"水墨徽州"，道出皖南这块风光宝地的精髓和神韵。

三

泾县的朋友邀请我去泾县，我提出要参观制笔厂、造纸车间，泾县的朋友却谢绝了：这是国家一级保密单位，绝不许外人进去。见我不解，朋友只好介绍了制笔造纸的几道工序，以释我的尴尬。我并没有怨艾，只是对宣纸宣笔增添了一种神秘感，还有一份神圣感。比如毛笔吧，一管兔毫，笔锋至柔，怎能抒写出浩然大气千古春秋？怎能笔下出现雷惊电闪，惊天地、泣鬼神的华章绝唱？又怎能寥寥几笔能使山河壮色，江山易主？刚则易碎，柔则难摧。寓刚于柔，刚柔相济，乃创造出至仁至义至诚至信至怨至敬的民族道德。

小小竹笔消磨了一江南北多少英雄豪杰？

笔墨纸砚足以令愚者为智，蠢者为聪，弱者为强，懦者立志，器小者为大胸怀，短视者为高瞻远瞩，扭转乾坤，抟扶宇宙。足以动亿万芸芸之众生，化乖为祥，化粗野为文明。

我一度认为，是"五四运动"取消了文言文，硬笔书法取代了毛笔文化。而今电脑泛滥，网络风靡，硬笔面对小小鼠标，如临大敌，瑟瑟缩缩，惶恐不安，一副甘拜下风的萎靡。是的，鼠标一点，苏东坡的一轮明月腾空而起，千里共婵娟了；杜甫的家书连八分钱的邮资也不值了，有谁用毛笔小楷书写情书，对方不把你当作堂吉诃德，也视为冬烘先生，信没看完便拜拜了。笔墨纸砚老了。笔墨纸砚是农业经济的产物，它会否像犁耙锨锄一样，陈列于博物馆里成为"农耕文化"的废墟？

我下榻的宾馆坐落在青弋江岸畔。涛声拍窗，我辗转难眠，披衣出室，独倚江南千顷月色，看月笼烟纱，听涛声浪语。青弋江是长江的支流，夜阑更深，从远处隐隐传来大江的雄韵。我凭栏放眼四野，月色下群山逶迤，对岸的丛林黑魆魆的，若隐若现，若即若离，朦胧迷离。我心中也迷惑不解，面对后工业文明的滔滔之势，面对着传统文化遭到风狂雨骤的摧残，我真想大声呼叫：问群山，问江河，问天上的星月，问千年列圣列贤的魂灵，笔墨纸砚作为中华文明史的承载者、传承者，真的衰老了吗？

山河缄默，星月不语。

青弋江本来性情娴雅，由于一连几场春雨，江水激情四溢，涛飞浪卷。我想，我们的民族五千年文明史，江河日夜浪淘而始终无法漂白，难道又有什么能淘尽中国传统文化的日月精华？

不信你问问：《老子》老了吗？《庄子》老了吗？《论语》老了吗？孔孟的仁义礼智信老了吗？《春秋》《史记》那些褒贬抑扬的故事老了吗？《离骚》一腔忠愤老了吗？唐诗宋词华章绝唱老了吗？韩柳欧苏的人格才华老了吗？……恰恰相反，即使在商品经济喧嚣尘上的今天，在后工业文明势炎炽盛的时代，无论繁华的都市，或是偏僻的乡村，无论在雅斋，或是陋室，不时时出现笔走龙蛇，墨色飞舞吗？行草篆隶，竹兰菊梅，连竹篱茅舍都悬挂着"无欲则刚""宁静致远"，与文人雅士的"铁肩担道义，妙手著文章"，这些已组合成一曲磅礴的乐章，激荡于九州天涯之浦，回响在海峡高山流水之津……

笔墨纸砚铸就了中华文化精神。中华文化精神的内涵显著的两大元素，就是创造精神和批判精神。纸墨精神恰恰蕴含着这两种元素的菁华：既有披荆斩棘的创造精神，又有刀劈斧斫的批判精神。笔墨纸砚既书写了一个民族的历史，又升华了一个民族的灵魂；既承载着东方哲学，又承载着既古老又新颖、既传统又现代的人文和诗学审美意蕴。秦篆汉隶，魏行唐草，如同唐诗宋词一样成为中华民族超越时空的骄傲。当张旭以头濡墨书写"天书"时，你不感到一种叱咤风云、飞龙在天的磅礴之魂吗？当怀素挥笔之前，痛饮百杯，酩酊大醉，卧床短憩，然后跃身而起，狂呼长啸，在准备好的宣纸或绢帛上，如旋风般地横涂竖抹，那不是一种热情、狂躁的酒神精神吗？当你面对着《清明上河图》巨幅画卷时，不感到中华民族的泱泱大度、融融和气吗？几千年来，人们用笔墨纸砚创造了中国传统文化，也塑造了中国文人的人格形象。

笔墨纸砚是小农经济时代的产物，随着小农经济的终结，也必然完成它的历史使命，归于衰弱。

但中国文化的根基并未断脉，笔墨纸砚的实用功能渐行渐远，但它的艺术审美功能依然顽强地生存着。只要中华民族存在，汉语言的浩瀚大海不枯，古老的方块字不死，这种审美价值就不会消失。因为，笔墨纸砚的灵性已融进中华民族的肌体，而纸墨精神从根本意义上揭示了人类对宇宙大生命的认识，在抚慰着后工业文明对人类文化资源带来的伤害。

我在宣城书画展厅里逡巡浏览，看到陈列的宣笔、宣纸、宣墨、歙砚，感到书法和水墨画是永恒的艺术，一个民族的审美取向的精神仍如圣火熠熠不熄地燃烧着，它可以超越时空。千秋纸墨是精神。当我触摸这些笔墨纸砚时，也触摸到了一个民族的灵魂。

2017 年 12 月 1 日《文艺报》推荐

孤独的月光

一

我来采石矶是寻觅一千二百年前的月光。

一千二百年前的月光是李白的月光，是唐朝的月光。

李白的月光是满地夜霜，一片晶莹；李白的月光是孤月空悬，银河清澄，北斗参差，月下生天镜；李白的月光，一片冰心，银剑金壶，松风素辉。

但是月亮还未出来，一千二百年前的月光，还隐在山那边，水那边，唐诗那边。

采石矶旁的长江像大唐帝国的诗篇，浩瀚壮阔，气势雄浑，视野旷达。流水也有了章法，没有惊涛，没有骇浪，没有急流喧豗走惊雷的凶险，它稳健而沉着，磅礴而大度，意境恢宏，风格遒健，有跌宕迤逦的韵致和无与伦比的盛唐气象。长江，尽管它流经了天下绝景的三峡，流经了断岸千尺、江山如画的赤壁，流经了虎踞龙盘的金陵，但采石矶仍不失为这巨流大川的一页精美插图。

李白选在这里跳江捉月，的确有一种诗眼、慧眼，尽管醉眼蒙眬。

一千二百年前采石矶的月光准是迷离凄美，恍恍惚惚，迷迷蒙蒙。那月光是诗，是酒，是一种仙境。李白经不住月光的诱惑，跳江捉月，愿乘一缕月光，羽化成仙。李白浪漫得着实可爱，也荒唐得可笑。

此刻正是落暮时分，我站在采石矶上，期盼着一千二百年前的月光再度升起，愿那古老的月光、苍茫的月光泼我一身诗意。四月的长江没有夏季的浮躁和浑浊，一川浩浩，满江粼粼，夕阳西下，飞金点银，明晃晃的，炫目耀眼。江风柔和温馨，岸柳行行，柳丝苒苒，水边荇藻袅娜。又有三两只水鸟，莺语燕喃，翩跹而去，挺有诗意，挺古典。故垒西边的惊涛已不再唱苏东坡铜钹铁板的大江东韵；周郎赤壁的战火早已熄灭，风烟俱静的江面只闻得渔歌唱晚；曹公横槊赋诗已成为历史的断简残篇。唯有这采石矶下还漂荡着一千二百年前的诗魂。

二

李白二十五岁，仗剑去国，辞亲远游。一生浪迹江湖，最后魂断异乡，客死长江下游当涂县。他从上游走来，历经人生苦难坎坷，在长江下游画上生命的句号。

李白的人生就是一条大江，穿峡谷，撞绝壁，激流飞湍，裹雷挟电，呼啸奔腾，一腔怒吼化为不朽诗篇，那是生命的闪电。长江的激情、长江的狂放和九曲百折的执着和不羁，已化为李白生命的元素。

李白平生有两大嗜好：一是饮酒，一是醉月。酒和月是李白诗中的意象，又是李白诗中的具象。酒和月是李白诗的主旋律，是李白诗之魂。李白是酒中仙，也是月中仙。古老的月光，苍茫的月光，迷离的月光，凄美的月光，伴随他走过漫长的一生。他或借一脉素月，寄托对故乡的思恋；或牵引一缕清辉，扶摇而上，一夜飞渡镜湖月；或采撷一掬月华，装饰自己缤纷的乱梦，点缀荒凉的诗篇。李白一生存诗一千多首，其中有四百多首写到月。他的诗注满了月的素辉，月的晶莹，月光的缥缈和迷蒙，也渗透了月的孤寂和凄清。李白青年时期乍离故土，咏月怀乡，并无凄悲之感，"小时不识月，呼作白玉盘"，有点"为赋新诗强说愁"的味道。借满天霜月，挥洒青春意气。"俱怀逸兴壮思飞，欲上青天揽明月"，那是李白豪情满怀，志存高远的月光，轻灵澄澈，正合意气飞扬的心境。人到中年，书剑飘零，半生谋官，却仕途蹭蹬，看到官场黑暗，人世浑浊，便产生激愤和抗争："三杯拂剑舞秋月，忽然高咏涕泗涟。"他壮怀激烈，孤愤难平，每至静夜，反思人生，烦恼、忧愁，满腹怨愤，油然升起。再看那轮孤月，心情更感到孤苦，青年时期的浩气、豪气都化为一杯苦涩的苍凉。

　　月光是空蒙的，迷离的，缥缈的，虚无的。越是虚无缥缈的东西，越能产生浪漫主义的想象，越能激发诗人"上天揽月"的欲望。酒能使人入梦幻，月能使人入仙道。他背对龌龊的现实，放浪山水，笑傲江湖，皈依道家，寻仙悟真。"道真信可娱，清洁存精神。"李白具有复杂的心态，矛盾的人格，他自诩具有管、晏之术和匡济天下的雄心大志，但又天真浪漫，无廊庙之才；他向往仕途，又蔑视皇权；他有儒家积极入仕的追求，又有浪迹山水、自由放纵的道家风骨。这是李白性格的悲剧。其实唐明皇并没有看错他，李白只能当诗人，不能胜任高官大吏。政治这玩意儿他玩不转。李白应诏入京，原以为能施展抱负，他倾心酬主，急于披肝沥胆，抒写忠才。然而他卓尔不群、恃才傲岸的品格，就注定了他在朝廷不会受到重用，"君王虽爱蛾眉好，无奈宫中妒杀人！"皇上只封了他翰林，且为供奉翰林。李白哪里受得这等窝囊气？自己虽拂剑击壶，慷慨悲歌，也终莫奈何！

　　当皇上赐金还山，李白仕途之梦破灭了，只好重操旧业，浪迹江湖。这是李白人生的第一道低谷。尽管他遭到如此的尴尬，但并没有熄灭他"人生得意须尽欢，莫使金樽空对月"的那天风海雨般的豪情,绝望的灰烬仍有希冀的火星,苦涩的心灵荒漠上仍有希望的花卉。

安史之乱期间,李白已进入人生的暮年。但他极想报效国家,以酬壮志。他不远千里投奔李璘平叛队伍。谁知,李璘这忤逆之徒打着平叛的旗号,扩大地盘,妄图分裂国家。唐肃宗戳穿其狼子野心,兵锋指处,灰飞烟灭。李白也因此获罪,身陷囹圄。在流放押解途中,又喜获特赦,真是天降喜讯,天佑英才。

李白又回到皖南,玩他的桃花水,看他的敬亭山,捉他的采石矶的月。但是时光易逝,红了樱桃,绿了芭蕉。李白老矣,青莲居士老矣,翰林老矣,西蜀才子、巴山剑客老矣!"旧国见秋月,长江流寒声。"孤独和凄苦折磨着一颗苍老的诗心。

三

我寻觅一千二百年前的月光。

一千二百年前的月光是清丽的、清澈的;

一千二百年前的月光是迷人的、醉人的;

一千二百年前的月光是不朽的、永恒的。

现在月亮还未从遥远的历史地平线上升起,只是暮色苍茫了,晚霞变得黯淡了,远处的山野田畴模糊了。天空变成一抹黛蓝。宏阔的江涛依然节奏分明地汹涌着,隐隐地闪烁着鱼肚白般的天光,但整个江面越发幽暗了。岸边的树木黑黝黝的,乱哄哄的枝条高高地举在暮空。归鸟唧唧,寻找着自己的栖息之所。很静,只有晚风裹挟着一轮轮波涛撞击岸石,发出比白昼更空洞的闷响。

我坐在采石矶的青石上,期待着大江月出,愿采撷一掬清丽的月光,祭祀一位漂泊的诗魂。

长江无语东流。

孤独的月光

李白晚年是在皖南度过的。是这山灵地杰吸摄了他一颗诗心？是这流泉飞瀑江水溪流萦系着他无限诗绪？是善酿的纪叟老汉新熟的白酒令他陶醉？还是采石矶的白璧素月让他流连？

安徽这方山水人杰地灵，古往今来吸引了多少文人墨客，又哺育了多少名垂千古的风流才俊？佛道圣地九华山、天柱山，山清水秀的敬亭山、琅琊山，更有风姿卓绝的黄山，令多少诗人如蛾逐光，诱发了他们多少诗的情愫？

李白不仅写了大量吟咏黄山的诗篇，他遍访谢朓遗迹，倾尽了对谢朓的崇拜和感怀。他更爱采石矶的月光。有一首诗堪称千古绝章：

…………
俱怀逸兴壮思飞，欲上青天揽明月。
抽刀断水水更流，举杯销愁愁更愁。
…………

我想，这首诗应该是在采石矶写的，或者是写给采石矶的。李白面对浩浩大江，仰望皎皎明月，孤独地徘徊在江边，大发感慨，一吐胸中块垒。李白的豪气冲霄、汪洋恣肆的诗才，天子不能臣、诸侯不能制、王公大人不能凌辱的伟岸形象和独立人格，使他永远站在现实主义的对面，陷入孤绝的境地。他只能诗酒浇愁，借月抒怀，以明月为友，以山水为侣。他生性豪放，充满了酒神的进取精神。饮酒是追求一种精神的解放。在李白眼里，有了酒，有了月光，什么王侯，什么皇权，去他的吧！

李白是歌唱月亮的诗人。梦幻般的月光和醉人的美酒，伴随着他走过浪漫主义的一生。他诗里蒸腾着酒的芬芳，也弥漫着月光的凄清。正如诗人余光中所云：酒入豪肠，七分酿成了月光/余下的三分啸成剑气/绣口一吐就半个盛唐！

李白独独钟情月光，大概是因为月光的冰清玉洁、纤尘不染和清丽高古。李白厌恶人世的龌龊、浑浊，他想飞上月空，遨游青天明月，与明月共语，与青天对话。他浪漫主义的情怀，只有清冽的月光才能相配他圣洁的精神。一千二百年前，人类对月球的认识还处在神话传说的时代。传说，后羿的妻子嫦娥偷吃仙药，升天成仙；传说，蟾宫的庭院里，有一棵桂树，吴刚被罚，天天砍树，永远也砍不倒这棵仙树，犹如古希腊神话中西西弗斯推石上山，石头推上山头，又滚下来，周而复始，是永恒的劳苦。李白梦想成仙，只有寄托天上一轮明月。

　　李白晚年诗里常出现"孤月"："万里浮云卷碧山，青天中道流孤月"。更有代表性的是那首《月下独酌》，"举杯邀明月，对影成三人"。又是一轮孤月之下，又是花间独酌，那是何等的孤独啊！一颗踌躇满怀、诗情烈火的心灵经过人生的漫漫风雨，此时此地是何等的孤寂凄凉啊！

　　月亮是孤独的，天上只有一个月亮。

　　李白是孤独的，地上只有一个李白。

　　李白孤独的程度在于他独创性的深度。孤独并没减弱他与人间的血肉联系，他以自语的方式同人间交流，以默想作为精神的触须微微地伸出，探索生命的价值。任何一个生命个体都不可能摆脱孤独，这是生命的痛苦，又是自然赋予生命的尊严。

　　李白尽管生活在一个开放多元的大唐帝国，特别是盛唐时期，但它的社会制度毕竟是封建的。一个纵有天才、鬼才的诗人，没有政治权势做背景，单靠文学艺术自身的力量是微不足道的。他只能借助文学言情抒怀，用理想和梦幻来编织一缕温馨，抚慰孤独和幽寂的灵魂。

　　这是时代的悲剧，也是他性格的悲剧！他只能成为一个诗人，和清风明月相伴，与林泉烟霞相依。当他重返皖南时，已是生命的暮年，他心灰意冷了，对仕途彻底绝望了，身边依然是一把剑，一卷诗书。

他的心灵更忧郁、孤寂、凄苦了！

四

夜色更浓了。空气里弥漫着草木萌发的清香味、野花初绽的芳菲、江南特有的泥土发酵般的醇香味，还有浓浓淡淡的水腥味。空气鲜冽、纯净，吸上一口，让人心肺尖尖打战。

我抬头向空中望去，天空布满一天星斗，像李白的诗句在历史的苍穹上闪闪烁烁。转瞬间，远处的江涛里"腾"地跳出一轮圆月，光芒先是发红，继而赭黄，由赭黄变成浅金，渐渐又变成银白。啊，一轮江月！烟光万顷，银鳞万顷，江水碧空是溅天而过的淋淋漓漓的光芒。这是李白的月光，这是大唐的月光！只有他们的月光才如此富有诗意，如此幽雅，如此撼人心魄！

岸上之清风，江上之明月。一千二百年前这样诗意的夜晚，李白来到江边，心头郁积的烦恼顷刻间风逝云散，一片空明。月光给人一种仙风道韵，它有一种魔力，使人摆脱人间的俗尘，梦一样迷离，情一样浓丽。月光，使人感到惊人的隐秘性、消融性、虚拟性，月光使人想入非非，仿佛进入一种虚幻的世界，一种禅意潜远的世界。

孤月悬空，银河清澄，北斗参差，一片晶莹明净。

李白一生寻道觅仙，月光给他创造了一种虚幻的意境，他怎能不如梦如幻。月亮在江水里跳跃，飘飘悠悠，忽隐忽没。李白醉眼蒙眬，看江水把月亮淹没了，扑腾跳进江水里捞月，又憨又痴的李白此时此地应该有这样的举动！嫦娥不是经不起月光的诱惑，偷吃灵药，轻舞长袖，飞到月亮上吗？那是一个至善至美的境界，在青天碧海写下一个美丽的神话！

其实，李白并没有跳江捉月，更不会酒后跳江捉月，那不以身饲鱼了吗？他来到采石矶上赏月倒是真的，这里的江月的确迷人，令人遐思，诗情喷涌。后人根据他的性格，编撰了这荒诞美丽的故事，附会在李白身上，为李白制造一种神秘和传奇。李白独坐敬亭山后，李白独酌花间酒后，孤独的晚年，贫困交加的生活，郁郁不悦的心情，一生素志未酬的积愤，他到哪里倾泻？他临终还忘不了酒和月，为宣城一位已故的善酿的纪老头写了一首诗："纪叟黄泉里，还应酿老春。夜台无晓日，沽酒与何人？"这是他酒后的豪语。纪叟，你在冥世黄泉还酿老春酒吗？夜台没有白日，没有李白，你酿的酒卖给谁呢？李白声声发问，问得天地悚栗，草木流泪。真是沧桑一世，风尘人生！李白悲痛欲绝，在空明的月夜，酹酒长江，还整整哭了三天三夜。豪放与天真在这里得到和谐的统一。

  李白呀，你虽然仕途蹭蹬蹇涩，但你千首诗胜过万户侯，你战胜了所有的帝王将相。不信，试试看，浩浩荡荡的二十五史，删去某一个皇帝，历史似乎没有什么反响，若删去李白，那历史疼得会大哭，会暴跳如雷，会怒吼狂啸！李白呀，你傲岸的身影，高贵的头颅，风流千古的诗章，永远屹立在岁月的长河里。你是历史的浮标，民族永恒的辉煌！

  月亮越升越高，整个天空大地是一片空明迷离的世界，长江浩浩东流，涛声汩汩，浪语呢喃。

  本文选入武汉大学出版社《高中语文读本》（第三册）及多种中学语文教辅

解读凉州

一

离开兰州，我乘上汽车，直奔武威——古称凉州的边塞名城。时值阳春四月，几天前我离开故城济南时已是春色酽酽、绿意沸腾了，而这里却是一脸的边塞相：肃穆和苍凉。左边是霸气粗豪的祁连山，白雪冠顶，渗透出一缕缕凛凛寒气；右边是雄浑苍莽的龙首山，呈现出一抹冷漠的灰黄。看不见山泉流水，听不见莺歌燕语，路边新栽的杨柳似乎还未从冬眠中醒来，光秃秃的枝条摇曳在干燥的旱风中。稀稀落落的村庄里偶尔传来一两声鸡鸣犬吠，传递出一缕生命的气息，天地间一片旷达的静寂，一片枯涩的静寂。

汽车穿行在河西走廊里，像穿行在时间的隧道里，历史的密码从四面八方蹦跳出来，雪花般地扑落在大脑的屏幕上：边墙塞障，大漠孤烟，古道驼铃，石窟塔影；耳边不时响起羌笛的哀怨，觱篥的呜咽，胡笳的悲鸣……似乎卫青、李广的战马刚刚从这里踏踏驰过，大唐王朝的边塞诗人就在我们前边，那飘动的衣袂依稀入目……

凉州词、塞下曲、陇头吟、阳关三叠在我的记忆中还未温习一遍，眼前的走廊忽然变得开阔，转眼间不见了龙首山，祁连山也退避三舍，在白云下缥缥缈缈，躲躲闪闪。视野里出现一座城郭，人们说，前面就是武威了。

啊，武威，一片孤城万仞山。王之涣没有说谎！

对古凉州我心仪已久，曾引起我多少缤纷缭乱的遐想，那是汉唐边塞诗留给我的意象。汉唐时代多少诗人钟情凉州，写下了辉映千古的凉州词，那是中国文化流韵中一道壮丽的景观。秦、汉、南北朝、隋唐，以至宋明，历经两千多年，这片被风沙裹挟和烈日燃烧的赭褐色的土地上，总是烽火狼烟，干戈如林，战争的剧目频频上演，连绵不绝。

凉州是古代羌人息居之地。羌，就是"西方的牧羊人"。羌人以游牧为业，逐水草而居。华夏族一个部落的酋长就姓姜。姜、羌，文字上同根同源，也就是说，炎帝部落很可能就是东迁的羌人。

秦汉之际，匈奴在中国北方崛起，他们击败了东胡，又驱逐了月氏人，河西走廊的羌地也受到了侵略，祁连山下丰美的牧场成了匈奴人纵横驰骋的天地。剽悍、骁勇、"善骑射"的匈奴人不断南下侵犯汉境。从汉高祖刘邦到汉景帝，几代皇帝，因汉业初创，数十年间没有力量与匈奴抗衡，只好采取和亲政策，以缓和边境危机。但匈奴贵族贪得无厌，得陇望蜀，不时骚扰汉廷。到了汉武帝时，这位气宇宏赡、有囊括四海之志的一代霸主，决心要解决河西走廊问题，要同匈奴决一雌雄。

汉武帝要开疆拓土，疏通丝绸之路，连续派卫青、霍去病、李广率军出击河西走廊。骠骑将军霍去病，首战首捷，一举击垮了匈奴休屠王，占领了河西走廊的东端，并获得了匈奴的祭天金人。武帝将它陈列于甘泉宫，以示武功，为了纪念这场战争的胜利，命名此战场为武威,炫耀汉王朝的军威和武功。

由于连续对匈奴人用兵,匈奴屡遭失败,不得不远走他乡,河西走廊完全被西汉王朝控制。到了元鼎二年(前115),汉武帝在河西走廊开设郡县,即置武威、酒泉、张掖、敦煌郡,后又设金城(兰州)郡,被称为河西五郡,其行政机构和内地完全一样。武威郡即凉州刺史的治所,这样,武威便有了凉州的别称。

到了唐朝初年,由于隋末天下大乱,河西走廊被匈奴人的别支突厥和吐蕃族、吐谷浑割据。唐高祖李渊统一天下后,深感凉州地理位置的重要,特别任命善于征战的儿子李世民为凉州总管。但李世民并未就任凉州,李渊就派了黄门侍郎杨恭仁为安抚河西的大使,并专任凉州总管。

从唐开国到以后的一百多年中,唐王朝与西北少数民族发生了多次战争,而战争大都是以凉州为根据地而进行的,也就是说凉州是当年的前线总指挥部。《资治通鉴》载,唐开元仅二十九年,在这里就进行了二十四次大的战役。整整一个唐朝,在丝绸之路上进行了上百次的大战役,前后三百年,前仆后继,为开拓这条人类文化的"运河"、中西友谊之路,所付出的代价,真是血流成河,尸堆成山。贞观余烈,在唐朝国力极度强盛时,西域诸国与大唐的关系进入了政治、经济、文化艺术水乳相融的阶段,凉州作为河西走廊的桥头堡,自然也达到了繁华鼎盛时期。

战争给人类带来了无数灾难,却也为人类文明史的发展起着不可替代的促进作用,正如人类学家说:战争选择的是大道义、大精神,战争是一种金属文化。如果没有战争,人类怕是还处在茹毛饮血的原始社会。

凉州在大唐时代的知名度极高,仅次于都城长安。凉州词、凉州乐、凉州伎舞,风靡全国。王建有诗云:"城头山鸡鸣角角,洛阳家家学胡乐。"这里胡乐指的就是凉州乐。温子升描述当时凉州的繁华景象:"车马相交错,歌吹日纵横",而岑参也激情洋溢地写道"凉州七里十万家,胡人半解弹琵琶"。可见盛唐时期,这西北边塞重镇的歌吹喧天、文化葱茏绚丽的画面。

二

这就是古凉州吗?这就是王维"百尺峰头望虏尘"的凉州吗?这就是岑参"胡人半解弹琵琶"的凉州吗?这就是"车马相交错,歌吹日纵横"的凉州吗?不闻边声鼙鼓动地声,不见假面胡人假狮子,哥舒翰的大军安在哉?高仙芝的营帐安在哉?那跑雪踏沙的胡马呢?那荷戟执戈的戍卒呢?我还没有来得及从唐诗的韵里醒来,眼前扑面而来的是成群的高楼,是宽阔的街衢,是穿梭的汽车,是蠕动的人群,是喧嚣的市廛,嘈杂的声浪。这一切都淹没了边塞诗的古韵。

我千里迢迢来到河西走廊,想撷拾古典的浪漫、苍茫的诗情,寻觅风华葱茏盛唐诗人飘零的身影,一切都不在了,一个现代化的小城,以鲜活的、富有生机的亮丽和繁华呈现在我的眼前。

我走在古凉州的大街小巷,似梦似幻,我触摸现实,遥望历史,眼前总幻化出汉唐时代边塞古城的风貌。啊,你看,从那酒肆里,从那曲曲小巷里,从秦砖汉瓦垒砌的小院里,走出一个个宽衣长袖、峨冠博带的士子。他们步履或潇洒,或蹒跚,或稳健,或轻捷,边风吹拂着他们的须发,秋阳在石板路上投下长长的身影……

啊,那不是高适吗?他显得苍老,才五十出头呀,两鬓染霜,满脸是被风沙揉皱的纵横,双眼溢满忧愁和悁悒,腿脚也显得蹒跚,眉额攒聚。他在想什么呢?是咀嚼新酝酿的绝句,还是因边声风紧而为将帅哥舒翰思忖作战方略?

啊，路边酒肆里传来琵琶声声，丝弦嘈嘈。一位风度翩翩、眉目英俊的年轻人掀开门帘走出来，他瘦削的脸颊被冷酒烧得一片赤红，肩上一把长剑，口袋里还露出被揉搓得缺边少角的半卷诗书。他是岑参吧？两度出塞，戎马倥偬之际，烽火狼烟之中，他跻身于边塞诗人的行列。打开全唐诗，没了岑参，边塞诗会出现缺行断垄，不成气候。

那是王维，还是王之涣？王维我认识，他既是诗人又是画家，被世人称之"诗佛"。诗仙李白、诗圣杜甫，再加上这个诗佛，使全唐诗奇峰突兀逶迤跌宕。他老先生也隔三岔五地写几首边塞诗，一不小心弄出几首千古绝唱。还有王之涣和高适、王昌龄三个"铁哥们"上演了一出"亭上画壁"的故事，成了诗坛千古美谈。王之涣显得颓丧，没有戴唐士子帽，一头花白蓄发被风撩得零乱，虽人到中年，仍富有狂傲不羁、放浪形骸的诗人风度……

后面还有王翰、李颀、李益，他们的相貌还有点陌生，但名字早已熟悉，都是盛唐名冠华夏、声播九垓的"星"级诗人。他们都来凉州干什么？举行笔会，还是诗人论坛？

我知道，凡是文化名城，总是和文人分不开的，街巷里总是要飘曳着文化人的衣袂。这些诗人为何都患有凉州情结？也许有了凉州，边塞诗才得以崛起，边塞诗的崛起，又为诗化的大唐帝国耸起一座巍峨的高峰。全唐诗有一千八百首边塞诗，而边塞诗又有一百多首冠以"凉州词"，或以凉州为背景的诗。许多诗人并未来过凉州，凭着浪漫主义的想象，也写了不少凉州词，抒发一腔忧国忧民的爱国情怀，成了千古绝唱。王之涣的"黄河远上白云间"、王翰的"葡萄美酒夜光杯"、李益的"只将诗思入凉州"……每当我吟诵这些诗篇时，总感到有一股肃杀悲怆的意蕴从字句间丝丝缕缕地冒出来，直透肺腑。

人类社会的发展史上，剑与诗，骷髅与鲜花，狂啸与低吟，铁血烈火与歌舞伎乐，总是在战争与和平两条并行的线上交替弹奏，构成一曲雄浑壮烈的乐章,一曲永恒的乐章。

在凉州活动时间最长的是高适和岑参。唐代是恢宏壮阔的大时代,姹紫嫣红的文化景观处处闪烁着诗化的光芒。那个时代,吟诗成了时髦。考官要作诗,交友要作诗,甚至求偶也要作诗。长安曲江池,当年是很风流的地方。那里既是落第士子借酒浇愁、发泄牢骚的地方,也是贵族以文才择婿的重要场所。我想高适也许曾在曲江池畔饮酒浇愁感时伤怀过吧!

高适二十岁时在长安求仕不遇,到了天宝八年,经人举荐混了个县尉。县尉是县令的属官,官阶从九品下,是官吏中最低的一级。他曾作诗道:"拜迎长官心欲碎,鞭挞黎庶令人悲"。他毅然辞职,投奔河西节度使哥舒翰幕府做掌书记,驻守凉州。后来安禄山叛乱,哥舒翰大军开往潼关。潼关失守,哥舒翰被俘。高适在乱军中逃出。这时唐玄宗也出逃巴蜀。高适追寻太子李亨到了灵武。

凉州虽然没有夕阳箫鼓曲院风荷,没有烟雨霏霏晓风残月,没有江南的杏花春雨烟柳画舫,但这里边风浩浩,大漠茫茫,山岭峻拔,戈壁旷大,他在这里度过了一段充满审美体验的浪漫人生。

高适在《陪窦侍御灵云南亭宴诗》中对凉州山川风物地理形貌有过动人的描述,诗的序言如是说——

> 凉州近胡,高下其池亭。盖以耀蕃落也。……军中无事,君子饮食宴乐,宜哉。白简在边,清秋多兴,况水具舟楫,山兼亭台,始临泛而写烦,俄登陟以寄傲,丝桐徐奏,林木更爽,菰蒲萄以递欢,指兰茝而可掇。胡天一望,云物苍然,雨萧萧而牧马声断,风袅袅而边歌几处,又足悲矣。……

这是一幅天高地阔、秋色悲戚的边塞画卷!

高适写这首诗时是天宝十三载，也就是公元 754 年，那时高适年逾半百，生命的秋天已如寒霜降临。回首大半生，命运多舛，仕途蹇涩，书剑飘零，功名未遂。他和岑参一样，都有热衷功名的世俗追求，又有恃才傲物、狂放不羁的独立人格，面对这胡天塞地的凄楚秋风、飘零的黄尘落叶，羁愁别恨能不黯然生悲？"一尊易致蒲萄酒，万里难逢鹳雀楼"（陆游诗），和友人郊野宴乐，借酒浇愁，洗涤尘烦，感叹相聚不易，相会佳期难卜："河汉徒相望，嘉期安在哉。"

我来寻觅高适宴乐的灵云池。武威的朋友带我到郊外踏青。往事越千年，人非物也非。灵云池已不再，南亭已不再，萧萧牧马已不再，唯有祁连山还耸立着，耸立着巍峨，耸立着雄浑，耸立着千年不变的苍莽。而峡谷里有一泓碧波，云影山影树影，倒映在水中，水光潋滟，烟波澹澹，偶有水鸟掠过，洒下一串啾啾鸣韵，给这荒凉的大山增添一抹灵性和缥缈的温馨。朋友告诉我，这是二十世纪六十年代修建的一座水库，库水源自祁连山冰雪的消融。

我站在湖边远望，颇感"檐外长天尽，尊前独鸟来"的诗情画意。高适和朋友们在这里举觞醉酒时正是秋天。望天地鸿蒙，六合八荒，阳光薄金，秋风薄寒，心境自然会变得凄然、怆然！

岑参是和高适齐名的边塞诗人。他比高适小十三岁，而且两次来过凉州。洋洋大观的边塞诗有了岑参便平地又拔起一座高峰。

岑参对河西走廊和古西域有着更多的生命体验。他曾于天宝八载在安西节度使高仙芝幕中任掌书记，驻在武威。四年之后，也就是天宝十二载，岑参第二次从戎，这时正是封常清任安西节度使，他也曾驻过武威。

我在武威的街巷里寻寻觅觅，但寻不到高适住过的营帐，找不到岑参醉饮的酒楼茶肆，一切都被现代生活的烟尘遮住了，物换星移，一个繁华喧嚣的边塞古城已湮没在岁月的苍茫中了。

无独有偶，岑参也是二十岁时到长安求仕不遇，只好另辟蹊径，投笔从戎，仗剑出塞。"琵琶一曲肠堪断，风萧萧兮夜漫漫""一生大笑能几回，斗酒相逢须醉倒"。这是岑参第二次到西北边疆，由临洮赴北庭，途经凉州，重逢节度使幕府的朋友而写下的诗句。也是个秋风裹寒、瘦月清霜的夜晚，在街上某一个小酒馆里，老友相聚，泪眼相望，冷饮边秋，醉酹寒月，豪气中不乏苍凉，欢乐中更添忧伤。

弯弯月出挂城头，城头月出照凉州。
凉州七里十万家，胡人半解弹琵琶。
琵琶一曲肠堪断，风萧萧兮夜漫漫。
河西幕中多故人，故人别来三五春。
花门楼前见秋草，岂能贫贱相看老。
一生大笑能几回，斗酒相逢须醉倒。

岑参这首《凉州馆中与诸判官夜集》，写出了凉州的繁华，胡人云集、琵琶声喧的景象，又道出书剑飘零的诗人的悲苦心情。在前线与老友相会，感情极为复杂，热酒冷梦，吟诵如潮，不是江南才子的浅斟低吟，而是军旅诗人的狂饮浪醉。也只有边塞重邑凉州，户外战马嘶鸣，风沙萧萧，边月凄清，边秋肃杀的大境界、大氛围，才能酿就这一缕豪迈悲壮的诗情！岑参在另一首诗中咏叹："词赋满书囊，胡为在战场"，满腹诗书，一腔经天纬地的凌云之志，在京都却不能施展，只能从戎军旅。这牢骚也透出岑参的心中块垒。

记不得在哪本科幻小说里读过这样的情节，说当一个人乘坐超光速的运载工具，便可以追上历史的脚步，看到近代、古代，甚至远古人类活动的画面，像看连环画似的，一页页翻阅，秦汉唐宋元明清都历历在目。可惜，现代科学还未发明制造出这种超光速的运载工具，自然我也无法追寻远逝的历史，更难寻觅远去的边塞诗人。

三

说起凉州，不能不提到王维。王维是一个重量级的边塞诗人。他的命运和高适、岑参都有相同之处，多舛和塞涩。王维出塞时间比高适、岑参都早。在开元二十五年（737），王维奉命出任凉州河西节度使判官。他在凉州也住了两年，开元二十七年回到长安。

王维多才多艺，他不仅是诗人，也是画家。他的诗画名盛开元、天宝年间。他前期生活积极仕进，后期消极隐退，张九龄罢相，李林甫上台，安史之乱中王维被迫当了伪官，使其对政治失去了热情，而趋向于其早年受熏染的佛门，他买下了风光清幽的辋川别墅，于政务之余，闲住在终南山中参禅修化。

我在武威还撷拾到一段民间传说："王维画石"的故事。

唐玄宗时，凤翔（今陕西宝鸡）封有岐王。一天岐王听说大诗人、大画家西出长安，大概是奔赴凉州就任判官，路过凤翔。岐王盛情邀王维作画题诗。王维欣然答应，面对备好的纸墨，沉思片刻，一挥而就，画出南山怪石一幅。墨迹虚实相宜，气度非凡。岐王看画，高兴至极，赞不绝口，令下人悬挂中堂。谁知一日，忽然狂风暴雨，雷鸣电闪。宫侍向窗外一看，阳光灿烂，风烟俱净，而室内何来风雨？吓得人躲的躲，藏的藏，乱作一团。狂风暴雨过后，众人一看，室内一切毫无损伤，唯有墙上那幅"石画"不翼而飞。岐王命宫中文臣武将内查外找，皆无踪影。

事过百年，到了唐宪宗时，一日，忽然有大臣禀报，说高丽王派使节送来一件重要文物。宪宗令高丽使臣进宫。只见使臣抬着一架红漆木箱，众人打开，原来箱里装着一块石头，众人大感。再看高丽国王的信函，说是，某年某月某日，雷雨交加，天降一块大石头，上有贵国诗人王维的题诗印章,如今我们双方已是友好邻邦,愿"完璧归赵"。唐宪宗细细观察,果然有王维的题诗印章刻于石上,和过去保存的王维的画稿一比较,手迹印章一模一样。

传奇是有点传奇。王维的诗和画在中国文化艺术发展史上确实独标高格,影响了一代代诗歌和绘画的创作。

还有个诗人王之涣,此人留下的诗并不多,全唐诗中仅有六首。诗不在多而贵于精,这六首并不影响他成为杰出的诗人而横陈在唐朝诗歌发展史上。而这六首诗中的《凉州词》《登鹳雀楼》又成为传世之作,流传千古。

王之涣和王维、高适、岑参略有不同,他没有戍边的经历,但凭着一首《凉州词》而成为唐初卓尔不群的边塞诗人。

王之涣是山西太原人,曾做过小小县尉。那是他到河北文安县的第三个年头,文安闹起天灾,旱魃、洪魔、虫祸,联翩而至。秋天,颗粒无收,文安百姓已是家家断粮,户户断炊了。他连写了几份奏章,要求皇上开仓放粮,但是半年过去,泥牛入海,毫无音讯。王之涣愁眉不展,夜不能寐。一天,他闷闷不乐到街上散步,来到一家小酒店,想借酒浇愁。谁知刚刚坐下来,进来一老一少,老者六十多岁,少者是个七八岁的小女孩,饿得面黄肌瘦,两只大眼睛怯怯地望着陌生的一切。她牵着爷爷的衣襟,躲在身后。这时酒保走来大声驱赶。王之涣制止酒保,并命他:"再加两个菜,拿几张饼来!"老人热泪盈眶,述说他们是河东人氏,家乡闹灾,儿子媳妇已饿死,自己便带着九岁的孙女来讨饭,说着便急忙跪下:"客爷,你行行好吧,收下这孩子,她会烧火做饭,打水扫地……客爷,孩子跟着我也是饿死,就让她跟着你逃条活路吧!"王之涣见孩子可怜,便收留了。

回到县衙,越想越难受,怎么办?灾情越来越严重,死人越来越多,等圣旨,至今杳无音讯;不等圣旨,私开官仓,要犯杀头之罪呀!

王之涣辗转一宿，难以入眠，最后下决心，开仓赈灾！……老百姓得救了。消息传到朝廷，皇上大怒，立即命钦差到文安捉拿王之涣。幸亏有在朝做官的好友保奏才免遭死罪。随后，王之涣弃官，浪游四方，并结识了大诗人李白、杜甫；他西游长安又结识了岑参、储光羲等人。

王之涣何时来过凉州，史书上没有记载，但那首流传千古的《凉州词》（"黄河远上白云间"）描写的却是古凉州一带旷阔凄凉的景色。

我想，那是一个天高气爽的秋天的早晨，王之涣登上凉州郊外某一座山包上，举目远眺，黄河仿佛从白云间奔流而来，而身边是一片孤独的边塞小城，背依耸立千仞的祁连山。在这胡天塞地、人烟旷稀的地方，哪有什么春色可言？戍边的将士啊，你们不要吹奏羌笛，怨恨杨柳不绿边塞，春风是不会吹度玉门关的！这悲怆的诗句，渗透着怨恨，渗透着凄凉，也展示了塞外苍凉宏阔的画卷！

孤城一片，苍山万仞，悠悠白云，黄河远去。这里一切都是死亡般的沉寂，是大自然的静默。这是一种大境界、大风景。大象无形，大音希声。这首《凉州词》喊出了负戈戍边、开边立业千万将士的心声！

王翰、李颀、李益，他们有的来过凉州，有的并未来过，却借凉州这个"酒杯"，来浇自己心中忧国忧民的块垒。他们或浅酌低唱，或狂吟浪醉，烈酒冷梦，感念畴昔。性格放达、粗犷豪放的王翰，极喜乐饮，常常喝得酩酊大醉。他来未来过凉州，无籍可查，但那首"葡萄美酒夜光杯"，悲怆凄凉，直透肺腑，也只有他放浪江湖的豪气，才写出这震撼千古的绝唱！

李益祖籍是凉州人，但他出生在河北，一生未回过浸润着祖辈血汗、埋葬着先人骨骸的故土。他才华横溢，二十一岁中进士，可出仕二十载，没有升迁，一直在渭北节度使臧希让幕府中，身居微职。他深感仕途失意，毅然弃职浪游，足迹遍及幽燕、河朔边塞。他写了许多边塞诗，被乐工谱之管弦，传入宫廷中歌唱。后来宪宗闻李益诗名，便于元和元年（806）从河北召李益回长安，随即入朝为秘书少监、集贤殿学士。李益又"狂妄"起来，自恃有诗才，言行失检，授人以柄，结果让人打了小报告，被朝廷降了职。他看到官场险恶，宦海诡谲，干脆把乌纱帽一拽，退出这片肮脏的是非之地，做他的诗人去了。他虽未回过故土，却对凉州寄予无限的乡愁乡思。"腰悬锦带佩吴钩，走马曾防玉塞秋。莫笑关西将家子，只将诗思入凉州。"

凉州是人文荟萃之地。千百年来，凉州曾负载过边塞诗人的生命和卓越才华，曾负载过中国文化史上一段流韵千古的壮丽景观——凉州词。高适、王之涣、王维、岑参、李益、李颀……他们的诗章具有丰富的想象力和情感色彩，成为超越时空的绝唱，诗人们以凝重的历史感和指点江山的风采，为凉州在唐诗中留下了不可磨灭的形象。

四

高楼、绿树、宽街、阔路，尽管现代化的脚步喧嚣而热烈，但边塞古城仍保留着一角静谧和肃穆，展示着这片土地的厚重和沉淀了的历史苍凉感。青砖斑驳的鸠摩罗什古塔，古色古香的城门钟楼，出土铜奔马的擂台，气宇轩昂古树千章的孔庙，还有稀世珍宝的西夏碑，依然向人们昭示着：灿烂的文化依然在，丰隆的历史依然在，古道驼铃商贾络绎的繁华依然在。虽越千年，这边塞古城依然闪烁着历史的幽玄；凉州词依然闪烁在中国文化星光浩瀚的苍穹。

词，是音乐文学。凉州词是为凉州乐而写。而今，凉州词依然在，凉州乐却已失传。

凉州乐曲曾风靡天下，这是东西文化交流绽开的鲜葩。那时这个丝路要塞，这片干渴焦苦的土地曾接纳几番东风西雨。凉州乐曲是西域龟兹乐曲和中原乐曲结合而形成的一种独特风味的乐曲，浓郁的地域特色、富有野性的激越的情调、苍凉雄浑的旋律,为唐代乐坛吹进一股新鲜的山野之风。《隋书·音乐志》:"及大业中,炀帝乃定清乐、西凉……以为九部……西凉者,起苻氏之末,吕光、沮渠蒙逊等,据有凉州,变龟兹声为之,号秦汉伎……至魏周之际,遂谓之国伎。"西凉伎,即乐曲名。也就是说,早在隋朝之前,东晋十六国时的吕光、沮渠蒙逊占据凉州时,把龟兹乐加以改造而形成凉州乐。

凉州是多民族杂居的地方。维吾尔族的先人回纥、土耳其人的先人突厥、藏族的先人吐蕃,还有吐谷浑人,这些少数民族的音乐歌舞像一条条河流从四面八方汩汩滔滔涌流而来,它们携带着大漠戈壁的雄旷,挟着雪域高原的清冽,裹着大草原的苍莽,还有中原大地的凝重,汇聚在凉州这片赭褐色的土地上,能不搅起汹涌澎湃的情感波涛,激起撼人心旌的漩涡吗?它们鲜活的生命色彩和浓郁的地域特色,交融渗透化合,孕育出凉州歌曲舞蹈的瑰丽音乐之花——凉州文化。正如希腊、罗马文化在印度和土著文化相撞击而出现了犍陀罗文化一样。

到了唐代,凉州已发展成为一个繁华的边陲大邑。唐人小说《集异记》中讲述过一个故事:有一年正月十五,唐明皇在上阳宫张灯结彩,喜庆灯节。唐明皇看到满宫灯火辉煌,宫灯缤纷,花样新颖、别致,甚感欣慰。这时有个道士感慨道:"今年的灯节除了凉州,天下没有比长安盛大红火的了。"唐明皇问道:"你到过凉州吗?"道士说:"我刚从凉州回来。"玄宗惊异,又问道:"我想到凉州看看行吗?"道士说:"可以。你闭上眼睛,一会儿就腾空到了凉州。"玄宗果然看到"千条银烛,十里香尘,红楼迤逦以如昼,清夜荧煌而似春"的繁华景象。这固然有点荒诞离奇,有点魔幻小说的味道,但也说明盛唐时代,凉州的确是一个繁华的边城。元稹有诗云:"吾闻昔日西凉州,人烟扑地桑柘稠。蒲萄酒熟恣行乐,红艳青旗朱粉楼。"可见大唐盛世,这里"土沃物繁,人富其地"。

音乐是一个民族情感的流泻，是一个时代精神的张扬，是审美意蕴和想象力的标志。一个没有自己特色的诗歌乐舞的民族，是灵魂苍白、精神枯萎、情感干瘪的民族。古希腊把诗歌乐舞交给女神缪斯掌握，也就是把人类的智慧、灵魂交给了伟大的女神。

凉州，这个荒僻、苦焦的祁连山脚下的边塞小城，竟然是诗的城、歌的城、舞的城，莫不是越是荒凉、环境艰苦的地方，越需要瑰丽、旖旎的诗歌乐舞来滋润干渴的精神旷野？《旧唐书·音乐志》里说："自周隋以来，管弦杂曲将数百曲，多用西凉乐，鼓舞曲多用龟兹乐。"唐时宫廷里流传着《霓裳羽衣曲》，也就是《霓裳羽衣舞》，据说，原是开元年间河西节度使杨敬述所献。后来经过玄宗润色并制歌词。那细腻、婀娜、优雅、轻柔的舞姿，那些"云髻峨峨，修眉联娟，丹唇外朗，皓齿内鲜"的舞女歌伎，其形态"翩若惊鸿，宛如游龙。荣耀秋菊，华茂春松。仿佛兮轻云之蔽月，飘摇兮若流风之回雪"。可谓动人心魂，摇人心旌；那舒曼、轻盈、富丽华赡的乐曲，又让多少人回气荡肠，如梦如幻！

李频有诗云："闻君一曲古梁州，惊起黄云塞上愁。秦女树前花正发，北风吹落满城秋。"凉州曲调苍凉悲哀、深沉、婉转、动人。所以《隋书·音乐志》评价"掩抑摧藏，哀音断绝"。

唐代的"九部乐章"中"西凉伎"是北魏太武帝平定河西一时所得。这雄浑健美的西凉伎，杂糅了汉、羌、月氏、羯、鲜卑、匈奴诸多民族的文化因子，到了隋唐时期发展成形，成为一部大型歌舞。在节日庆典、祭祀或皇上祝寿时演出，乐队庞大，衣着华丽，阵容雄壮，气魄宏伟。那是一个大时代精神的象征，那是一个民族意志强旺、意气昂扬、情感澎湃的喷发，是一个风雷激荡的民族魂的展示。

据资料载：其乐队设编钟、编磬、弹筝、掐筝、卧箜篌、竖箜篌、琵琶、五弦、笙、箫、觱篥、小觱篥、笛、横笛、腰鼓、斋鼓、檐鼓、铜钹、贝等乐器组成。是多种乐器的交响曲、协奏曲，是多民族的大合唱。繁弦急响，雄风浩荡，展示了盛唐时代壮美雄阔的气魄和气吞八荒的大唐胸襟；以给人一种征服一切、战胜一切、所向披靡的英雄气概和凛然难犯的浩然正气。

现在流行于全国各地的狮子舞，据说脱胎于"西凉伎"。这是一种民间舞伎，粗犷、豪放、通俗、活泼的风格，尤受百姓的喜爱。白居易有诗赞曰："西凉伎，假面胡人假狮子，刻木为头丝作尾，金镀眼睛银帖齿。奋迅毛衣摆双耳，如从流沙来万里。紫髯深目两胡儿，鼓舞跳梁前致辞。"这短短几句，把西凉伎从角色、内容到狮鬣飘扬的形态、装饰写得入木三分、栩栩如生。这种恣肆汪洋、海立云垂的气韵，也流泻出盛唐时代的欢忭之情。

五

那是一个月色溶溶的春夜，边塞的月亮又大又圆又富有质感，清凛凛的月光照耀着边城和山野。"凉州三月半，犹未脱寒衣"，但毕竟是暮春时节了，料峭的夜风里夹杂着泥土的清香和树木花草萌发的气息。春夜的武威，灯火辉煌，市声喧嚣。我漫步街巷，一片片商店、酒肆、咖啡馆、网吧、舞厅，人影飘动，熙熙攘攘。流行歌曲在大街小巷横冲直撞，却不闻胡人的琵琶羌笛；舞厅里传来探戈、伦巴强烈刺人的节奏，却不见凉州乐伎婀娜优雅的舞姿，没有凉州曲的悲怨苍凉，没有凉州词的雄沉宏阔，更没有"此时秋月满关山，何处关山无此曲"的场景。一切远去了。那些在酒肆茶楼狂吟浪饮的诗人，只留下几首凉州词，便悄然地消逝在历史的幕后，大唐帝国的盛世遗风连点踪影都难寻觅，因为这里不再是边塞重镇了。造物主早把一段盛世的历史撕下来深深地埋葬在时间的泥土里，很难萌发出新的故事、新的传奇。葡萄美酒依然醉人，但酒醒处，却不闻肃杀的秋天和动地的鼙鼓；边塞的雄风、古战场的豪情已随着夜气浸入灯红酒绿里，也难怪那商店门外张贴的广告，是时髦性感的女郎。只是千年的古月依然照耀着这穿越了风雨千年的古城。

我走向郊野。旷野上是千里沉寂。高邈深邃的夜空，一天晶莹闪烁的星斗，裹着寂寞裹着孤独的祁连山，依然呈现出狂飙卷澜般的雄姿，庄严、沉郁、凛然，绵延千里，每一座山峰都高贵地矗立着，平静而肃穆，从容而大度。我边走边默吟着王之涣、王维、高适、岑参的边塞诗，我只觉得一股哀婉悲怆的情绪弥漫在胸中。岁月匆匆，历史匆匆。一种失落感萦绕在心头。失落了什么呢？汉唐的雄风浩荡？拓边扩土的霸业？辟地有德的将帅？甲胄有劳的士卒？金戈铁马、尸陈荒野的悲壮？刀光剑影铸就的历史辉煌？抑或是那种充塞天地之间的至大至刚的浩然正气？天籁的恢宏，物语的奥妙，使我的脑海忽然飘忽起一缕禅意：生命的轮回，历史的轮回，人生的轮回，似乎这是一种宿命，是一个千古之谜。是人类撼动了历史，还是历史推动了人类社会发展的脚步？

望着月光下的巍巍祁连山，望着远处隐隐的长城、烽燧、垛堞，还有身后的边城，我肃然起敬。感谢武威，感谢古凉州，我应该脱帽叩首。是凉州这个伟大的支撑点，支撑着汉唐历史的一页苍穹，支撑起中华民族一个辉煌的时代，中华民族数千年的文明史、文化发展史，有谁能像你一样既具有镞矢如雨、战马长啸的战争画卷，又具有汹涌的诗情、滂沛的乐章？

走向大海

我驱车来到吴淞口，一路尽是摩天高楼，成群成阵，巨人般耸立着，展示着长江一道最宏伟壮丽的风景。这是长江孕育的土地，是长江造就的息壤——神话中的息壤，传说它自己会生长，永不耗减，"洪水滔天，鲧窃帝之息壤，以湮洪水"。长江口是不断延续的、扩张的。长江年均入海泥沙近五亿吨，约有60％在河口沉积，形成陆地。沧海桑田，近五十年来，长江已奉献了一百万亩良田。长江造就了无限江山，长江编织了璀璨历史。

长江在东方古大陆跋涉了一万三千里，一万三千里的云和月，一万三千里的风霜和雪。这条莽莽巨流大川，从青藏高原各拉丹东冰山雪峰奏响第一个音符，泱泱东下，纳百川，汇千溪，浩浩荡荡，劈山凿岭，披荆斩棘，一路叱咤风云，一路高歌长啸，一路浅唱低吟，一路惊心动魄地鏖战，一路铺锦着绣，把它的情感、爱恋和理性的思考都留给它钟情的大地：伟岸、壮观、富饶、隽秀、美丽……也留下它的精神、节操、追求和探索：激情、热烈、喧嚣、豪放、坚韧、顽强……炎黄子孙因长江而煌煌，华夏大地因长江而泱泱，五千年的历史因长江而奔腾不息。

天地周行，物换星移。堂堂中华民族，明齐日月，量含乾坤，长江和黄河犹如巨人的两条长足，当它摆脱人类自制的桎梏，能不阔步走向世界，走向大海？

　　长江是流动的文明。

　　长江是奔腾的史诗。

　　长江，你剪裁着时空，呼吸寒暑，吞吐古今，你旖旎的梦幻，你雄奇的理想，你伟岸的精神，你经历了万里坎坷，万里苦难，万里跋涉。带着高山巍峨的向往，带着草原绿色的憧憬，带着戈壁荒漠的嗟叹，带着森林蓊郁的幻想……你终于走向大海，黄色的农业文明与蓝色的海洋文明，在这里拥抱狂欢，大海敞开博大的怀抱接纳风尘仆仆赶来的长江。

　　现在，长江来到入海口，只见巨大的喇叭口，喷吐向一望无际的大海。大海亲吻着岸，拥抱着岸，形成一个最宽处达九十公里浑浊的扇面。只见浪涛挤着浪涛，浪涛压着浪涛，浪涛追着浪涛，延伸到无垠的远方。一轮一轮的波涛，弧度很高，幅度很宽，也很有力度。雄厚、凝重、恢宏、壮观，像万马奔腾，像燃烧起丛丛簇簇的火焰，飞雪扬霰，腾烟蒸雾，展现出大自然无与伦比的大气象、大手笔、大泼墨，长江完成了最后的宏伟壮阔、气吞云天的造型。

　　一条大江维系着我们民族的童年，维系着我们民族的生存发展、荣辱兴衰，维系着我们民族的历史和未来。

　　长江流过了洪荒时代，流过了河姆渡文化、马家浜文化、巫山大溪文化、良渚文化、三星堆文化时代，流过了青铜编钟、高猿长啸时代。狩猎的号角，丰收的舞蹈，祭祀的巫歌，驱邪的咒语，在这广袤的流域，在南中国低垂的天空下，人们繁衍生息，春种、夏耘、秋收、冬藏，婚丧嫁娶，生老病死。一代一代，绵延不绝，血沃中华，水泽大地，文化之花开得灿灿烂烂，文明之果结得夭夭灼灼。长江用坚强的肩胛撑起了南中国的万里江山。

长江入海口最惹人注目的是浦东，这是龙之首。三峡是龙之心脏，而重庆是这条巨龙强劲的臀鳍，上海、苏州、扬州、南京、九江、武汉……是龙的鳞甲，光彩熠熠，璀璨斑斓。

我赞美长江的理想，长江的抱负，长江的博大襟怀，长江的激情和旷达，长江的傲岸与雄健，长江的豪放与婉约，长江的酒神精神和骑士风采。

当大海送来被太阳晒暖的，夹有水腥味、鱼腥味、海草味鲜冽的海风，东方古大陆曾一度出现过晕眩，眼花缭乱，手足无措，惊悸不安。但长江毕竟有龙的气质，龙的风度，龙的胆略。海是龙的故乡，龙归大海，更展示出龙的叱咤风云的雄姿。

人类社会的文明经历了采猎文明、农业文明、工业文明，正走向信息文明，并孕育着生态文明。回首近百年人类走过的里程，相当于人类几十万年漫长的进化。人类加快了文明的进程，地球也付出了极其惨重的代价：全球性的资源紧张，能源匮乏，江河污染，物种递减，土地沙化，病毒蔓延，臭氧层破开……人类必须调整自己的步伐，规范自己的行为，形成人类与自然的和谐、可持续发展的态势。所以对于长江只能大保护，不能大开发，使它保有一颗高贵的灵魂、健美的体魄，质本洁来还洁去。

长江走向大海，长江走向世界，板结的大陆开始松动，重新组合。涅槃和新生，淘汰和创新，毁灭与萌生，在这辽阔的国土上正演绎着新的方程。

这是长江之梦。

这梦里有神农氏尝尽百草的胆识与冒险，有夸父追日的执着和信念，有女娲炼五彩石补天的智慧和灵感，有伏羲传给禹王玉简的信赖和嘱托，有精卫填海的意志和希冀，有不死的蚩尤与共工的鏖战，有昆仑山那只开明兽的长啸，有西王母宫殿回荡的仙乐；这梦里活跃着重新打造的古老的因子，更多的是现代构思的色彩纷呈的图案，黄河、长江浑浊的浪涛编织的花一样的图案……

这梦里有着魏源的警世之言，有着林则徐的长吟短叹，有着谭嗣同"去留肝胆两昆仑"的悲啸，有着"五四"播种者的汗水和血泪……百年耻辱，百年抗争，百年浴血，百年奋起。长江这条巨龙昂起头颅，迎着新世纪的晨风呼啸飞腾……

这是上海的黎明。

这是长江三角洲的黎明。

我驱车奔驶在这片年轻的土地上，太阳还未升起。猎猎的海风吹过高楼大厦的罅隙，吹过古老的弄堂，吹过刚刚苏醒的街市，有点咸，有点腥，也有点甜，但鲜洌、纯净，而且陌生。老胡同、老弄堂、老楼房的潮湿霉变的酸腐味被荡涤而净……

我打开车窗，让海风吹来，我呼吸着新鲜的带着水腥味、鱼腥味的空气，心潮沸腾，忽然想起梁启超一段气势凌厉、感情充沛、经过热血滤过的文字："红日初升，其道大光，河出伏流，一泻汪洋；潜龙腾渊，鳞爪飞扬；乳虎啸谷，百兽震惶；鹰隼试翼，风尘吸张；奇花初胎，矞矞皇皇；干将发硎，有作其芒；天戴其苍，地履其黄；纵有千古，横有八荒；前途似海，来日方长。"一代思想家民族志士的理想终于得以实现。

阅读长江，我壮怀激烈。

阅读长江，我血脉喷涌。

走进外滩，这是江之口，海之唇，江海相吻，海天一色，驰目远瞩，平远、高远、深远，这三种境界扑面而来，使人想起李白"地形连海尽，天影落江虚"的诗句。长江融入无尽……

就在这时，我看见一轮太阳正从大海深处冉冉升起，这轮朝阳裹着大海的羊水,淋淋漓漓;这轮朝阳,血黏黏的,混浊不清,它温暖如火,它明亮如镜,它有着初潮的红晕,青春的激情,充盈的生命元气。在它初离海面时,我听见大海粗重雄沉的呼吸,强健有力的脉跳……

江水滔滔,海日煌煌。

长江融进大海里。

长江融进朝阳里。

本文原载于《21世纪中国经典散文》,选入中国人民大学出版社《大学语文》课本

海之月

童年时代,我曾躺在故乡的打麦场上,饱尝过平原之月的清凉和淡泊,在读书时期,我从古人的诗词歌赋里,曾领略过秦时明月的蛮荒,关山冷月的悲怆,春江花月夜的清丽,秦淮残月的萎靡,卢沟晓月的苍白。参加工作后,也曾经丰富了我的想象,也丰富了我的痛苦。而海之月对我却是陌生的,虽然有多次接触大海的机会,但它未曾照亮我的一卷诗情。

月是美的。我想,海边的月会更美。

今日来到海滨小城,朋友邀我到海边赏月,我欣然答应。

连日以来的奔波,使我的神经处在高度紧张的状态中,今夜我要领略大自然的妙处,可以放松思想,自由自在,尽情地欣赏海边的月。让那明媚、秀丽、辉煌的月色一洗我芜杂的思绪,怎能不令人愉悦呢?

天一落黑,我们便骑车向城外驶去。

海,很快地出现在眼前了,但是暮色苍茫的海面只是一片朦胧、一片混沌,几点渔火和远处的灯塔闪烁的眼睛,更给人神秘和幽邃的感觉。

我们选择了一处地方。这是一丛礁石,裸露在水面上的石头并不高，坐上去，双脚可以伸进水里，任浪花的小嘴亲吻和咬嚼。

大海已失去白日的狂躁和激动，变得温柔和娴静。浪花很有节奏感和韵律感，沙滩在它的谣曲里渐渐入梦了，一只晚归的海鸥从苍茫的海天飞来，在暮色中画出银白的弧线，匆匆地走向夜的道路。

海天是黑色的静默。

夜的分量加重了，黑色的风从我身边流荡过去。我的思想和记忆一下子苏醒过来。

我想起那位和雪莱、济慈同时代的，英国声震遐迩的画家透纳，他的一生为大海画了许多肖像画，《海的葬礼》《海战》《海魂》……据说，他年轻时曾经搭运煤的船或渔船去海洋体验生活，积累印象。有一次在海上遇到风暴，他让水手们把他绑在桅杆上，整整四个小时，以便观察狂风暴雨中的海上奇景。但我却未曾看到过他画海上之月的作品。至于凡·高虽然画过海边的月色，却是变形的月色，他用笔厚重有力，极富气势，夸张激烈，以龙卷风似的条状笔触，一反传统的夜景那幽雅恬静的常规。我知道，那是画家内心骚动不安的特殊感觉。

我想，海之月一定有她独特的美。

正在我遐思默想的时候，远处黝黑的天幕忽然变淡了、变蓝了，蓝得让人心颤，蓝得让人想起那优美的抒情散文和美丽的爱情诗篇。身边的礁丛和身后的海榄树的枝叶一动也不动，像布贴画似的粘在海空上。远远的海面先是一片鱼肚白，那白渐渐扩大、蔓延，就像一曲乐章，由弱到强，由低音部到高音部。接着那光明的使者便在一片浩浩海浪的簇拥下走了出来，像维纳斯的诞生，美丽、动人……

远处的海面被月光轻轻地抚摸着，那初升的月光，在海上搭起一条缥缈迷幻的甬路，金色的，一头结在脚下，一头系着月儿。我真想沿着这条甬道向前走去，走进月宫，问那寂寞的嫦娥，问那酿酒的吴刚，你们可曾安好？我真想伸出手，摸到月亮的边缘，并且借着她的升力，缓缓地浮向空中。这时候，海天融合的漫宇间缥缈地轻流着美好而无声的乐章。痴迷的星星不慎跌落到海面上，散成微鼾的渔火。一望无际的粼粼波光里，潜游着只有我才觉得的喁喁绵情。

海波不惊，月亮把它的光喂给每一朵浪花，海浪张着白色的小嘴，贪婪地吮吸着月的乳汁。

月亮渐渐浮上去，衬着黛蓝色的天幕，显出一种典雅而娴静的姿态。在晴朗、纯洁的蓝玻璃似的空中，她像被海水擦过似的，发出粼粼的青光，这时，整个大地，黑黝黝的远山，广阔的海面，冰冷的礁石，空旷的海滩，仿佛都等着她的照射，渴望她的抚爱、抚摸。

海滩被月光照得晶莹、明净，远远的谁家的炊烟，袅袅地融进冥冥的月色里，竟弄得我眼眶潮湿。

我极目向海的地平线望去。奇怪的是，并不是整个海面都充满光辉。大海的另一面，依旧是墨绿的，好像不愿接受月亮的恩赐。

我们坐在礁石上，那月亮一点儿也不惊慌，那般安详，那般圆润。浪花在礁石上亲吻，发出快乐的呻吟。

"月光是有生命的，"我的朋友兴奋地说，"凡是有生命的东西就有思想，有感情……"

"是呀，你看，月的感情是多么缠绵而细腻……"我赞同地补充道。

"世界上唯一能与时间对抗的就是日和月了，这是永远的美，永远的希望，这是我们生命存在和延续的唯一意义。"

"人生是有限的，美是无限的，人生是短暂的，美是永恒的，我们为什么不能尽情享受这一点眼前的美呢？"我感叹道。

长年生活在城市里，楼群挤瘦了天空，灰色的水泥墙禁锢了视线，狭窄和嘈杂窒息了人们的想象，连梦幻也围上了栅栏。办公室和宿舍构成岁月的循环，人际间的龌龊和被污染的气体，使人感到压抑和说不出来的悲哀。谁说过，城市是一座监狱，一座没有栅栏的监狱。

我走出拥挤和嘈杂,来到这广阔的海滩,赏阅这迷人瑰丽的海上月色,心情也像被月色和海涛洗擦拭过一样,万虑皆无,一片空明和寥廓。

我想起古人许许多多咏月的诗篇:"海上生明月""邻笛风飘月中起""横笛送晚延月明""春江花朝秋月夜""唯见江心秋月白""二十四桥明月夜"……古人赏月,那种凄清和淡泊的情感固然不能让人鉴取,但人回到大自然中去,回到自我中去,回到永恒的美中去,此番情愫怎能不令人畅舒?我想起了高更的名言:"我们从哪里来?我们是谁?我们往哪里去?"这是一个永恒的谜。

回到友人家里,我睡不着,从书架上抽出一本纸页发黄的古典文学,乘兴随意地翻阅着。巧得很,竟然翻到谢希逸的《月赋》。古人用瑰丽的语言、纤细的情感,娓娓地描绘着皎白的月光,也仿佛描绘着我的心情:"……白露暧空,素月流天……升清质之悠悠,降澄辉之蔼蔼……"我想,谢老夫子对月的赞叹与我们今夜对月的赞叹也没有丝毫差别。时光流逝两千余年,而美丽的思想和情感,从古人心里流淌到我们的心里,这难道不是一件令人惊奇的事吗?

窗外依然是月华如水,海涛阵阵,锲窗入室,使我的梦也变得空明而绮丽。

本文在中央电视台《子午书简》栏目由任志宏朗诵播出

刘公岛抒怀

刘公岛离威海市区只有五公里的水程。

一艘游艇划过细柔的波浪,向海岛驶去。扑入舷窗的景色,是一派蓝色的永恒。那碧天的云,那苍茫的海,那翻飞的鸥鸟和远处的军舰,给人一种寥廓遥远的感觉。

丰盈而庄严的秋阳,铺展在海面,犹如一袭熠熠生辉的金黄的袈裟,肃穆而寂沉。刘公岛沐浴在秋阳里,像一艘威武雄立的巨舰,巡视着浩浩海天。那峻峭的山岩,苍苍林木,荒荒秋草,还有掩映在树丛中的大清帝国北洋水师提督府,更显得庄重、沉郁,像一个迟暮的老人在沉思,回忆着一幕幕悲壮的历史画面。

秋风、秋阳给这画面更添了一抹凄怆悲凉的氛围。

二十世纪末,中国近代史在这里绞痛、呻吟、战栗。一个帝国海军的梦在这里破灭了,那破碎时的惨叫声,似乎还久久不息地回响在历史的回音壁上。

我们的游艇靠岸了,我沿着石阶向岛上走去。

我知道,刘公岛原是一位刘氏宗室为逃避官府的迫害徙居此地,其后,岛上居民为奉祀先祖,建立了刘公庙,于是此岛便称为刘公岛。

刘公岛抒怀

光绪七年（1881），清王朝的北洋舰队首次来刘公岛驻泊，以威海港为地，在岛上设立海军提督府以及北洋水师学堂，背山面海，气势雄伟，一个大清帝国海军之梦就从这儿诞生了……

岛上游人不多，笼罩着一派静穆的氛围。眼前只有深邃的云天、旷渺的大海，耳边只有风的嘶鸣、浪的喧嚣。阶下是被岁月风雨剥蚀的岩石，清癯苍硕，参差错落，画出极清晰的层次。一排排青松翠柏，倚岩戟立，黑森森的浓得疹人。

提督府是典型的清代建筑，青砖黄瓦，飞檐翘角，凛凛然，森森然。四周廊柱上镌刻着巨龙，苍龙自信而强悍，包蕴着博大苍凉的天空，包蕴着巨大的痛苦，那么悲远、沉重！

提督府现已成了甲午战争陈列室，图片和实物虽不多，但却展示了这场悲剧的几个画面：双方鏖战的图像，被炮火烧毁的大清王朝的黄龙旗的残片，军舰上横陈尸体的目不忍睹的惨景，还有以身殉国的丁汝昌、邓世昌、刘步蟾、张文宣等爱国将领的遗照，千百万不屈的兵勇以他们的血肉之躯荐于轩辕之下。

历史已经远去了，炮声远去了，弥漫在海空的硝烟已散去了，一切都凝聚在这寂然无声的小小陈列室，连同那页沉重的历史。但我却听见一代军魂的呐喊和呼号，听见了黄龙旗燃烧时嘶嘶的呻吟声，听见了一个没落王朝大厦倾覆时呼啦啦的崩裂声……

一个大清帝国的海军之梦从这里诞生，也从这里破灭了。

我的心情沉重而阴郁。历史的硝烟呛得我难受。我不想在这儿过多地停留。

走出提督府，沿一条山径，我向东南海边走去。据说当年北洋水师提督丁汝昌的旗舰——定远舰，中了日本联合舰队司令中将伊东佑亨的鱼雷，受伤后不得不开到这里的海岸边做水炮台。

不见了定远舰伤痕斑斑的躯壳，不见了隆隆的炮声，不见了飘舞的黄龙旗，不见了弥漫海空的滚滚浓烟，一切都是寂然。

甲午战争，最后一次海战在威海。北洋水师失利后，穷凶极恶的日本侵略者又向北洋水师的根据地刘公岛扑来。战争的乌云顿时弥漫在海岛的上空。

提督丁汝昌对慈禧太后和李鸿章的投降政策阳奉阴违，依然备战，迎击日寇的进犯，并告知家人："吾身已许国！"又将海军文卷全部妥送烟台，以防不测，表示"唯有船没人尽而已"。即使在清廷下令"拿交刑部问罪"的情况下，他以民族大局为重，不计较个人得失，仍然表率水军，联络旱营，布置威海水陆一切。

日军攻下威海市区后，更加疯狂地炮击刘公岛，妄图一口吞掉。守岛将士威武不屈，一次次击退敌寇的进攻。正如一首诗描述的那样："阴云黤惨海气黑，玉濬楼船誓杀贼。两军鏖战洪涛中，雷霆铿鍧天异色……炮石攻击乱如雨，血肉激射波涛红。"

丁汝昌日夜在旗舰上指挥，亲自和官兵奋战。一天黎明，丁汝昌正和诸将议事，突然发现敌舰偷袭，便与管带刘步蟾急登甲板，观察敌舰的行动。这时各舰炮火齐鸣，但一物未见，为查明敌舰所在，丁汝昌乃下令停止炮击。及至硝烟散尽，始发现舷左面约半海里的海面上，似有黑点，凝睛细察，为敌舰无疑，共两只，其中一只已靠近定远舰，只有三百公尺，并将舰身向左回旋，似要施放鱼雷。定远舰急瞄准发炮，一弹命中，敌舰爆炸碎裂。孰料敌舰已将鱼雷放出，几秒钟后定远舰轰然一声巨响，舰体随之剧烈震动，海水突然从升降口喷出。为防止舰体沉入水中，刘步蟾当机立断，急令砍断锚链，将舰驶向刘公岛东南海岸浅滩处搁浅，这便使定远舰不得沉没，仍可做水炮台用。

翌日清晨，战争进入危急阶段。日军立即派人送来劝降书，丁汝昌接过来一把撕得粉碎，抛入海中，说："予决不弃报国大义，今唯

刘公岛抒怀

一死以尽臣职。"表现了一个爱国将领大义凛然的民族气节。

我眼前幻化出一幅悲壮的画面，仿佛看见他们的脸上充满悲怆的神情，眼睛里闪射着复仇的烈焰，他们的嘴角饱含着仇恨和愤怒，与这猎猎长风、啸啸海涛交织在一起，汇成一曲高亢雄浑的军歌，在这波涛浩浩的海天回荡……

一阵风涛声把我从历史的画面中拽出来，我默默无语，任内心的感情与长风、大海交流。看吧，浪借风势，扯起长鬃，啸叫着、奔突着、呐喊着，由远而近，向我身边扑来，腾上海岩，高扬长臂，倾力一击，眼前的礁石和山崖，依旧岿然不动，潮头甩下一片白沫，一堆海草，败兴地退下去……

我沿着山径继续走着，疾风渐劲，秋籁瑟瑟，蓊郁荫翳之下，乱藤盘桓，荒草塞路，一派写不尽的苍凉景象。走到一个垭口，这里石齿巉巉，罗列万千，殊形殊貌，森然可畏。就在这乱石丛中有一个用岩石和三合土砌成的圆形炮台，一门铁炮仍在炮位上。

炮台已长满苍苔，铁炮昂首静卧，炮口还插着一根填塞火药的锈迹斑斑的铁棍。是一场鏖战刚刚结束，又在准备迎接另一场更激烈的厮杀？是你忠诚的伙伴刚刚倒下，正等待一名更年轻的兄弟的到来？炮台周围那峭立的石壁巉岩，犹如守岛将士不屈的灵魂，在沉思中恪守着自己命运的天涯，默默地倾吐着无尽的惆怅和怨愤……

我抚摸着炮台、铁炮，虽然铸铁冰冷砭骨，手下仍感到脉搏微颤，胸膛唏嘘。我觉得这古老的炮台恰如一盘唱片，而那昂首沉默的铁炮，正驱动着生锈的磁针，播放着历史的旁白和凄凉的绝唱，诉说着铁的史实和血的哲理——

十九世纪末，清王朝已腐朽衰败，不可救药，落后的经济形态和腐败的政治制度，导演了这出悲剧，"昏惨惨似灯将尽"，纵有丁汝昌、邓世昌这样的民族英雄也回天乏力了！在敌寇炮口的威逼下又签订了丧权辱国的中日《马关条约》，使我们的祖国又陷入灾难的深渊。近百年来，血管里流淌着中华民族血液的子孙，每念及此，谁不扼腕裂眦？

啊，历史，何等的回深万端，又是多么令人回味不尽啊！诉说吧，刘公岛，向你的晚辈倾诉一怀屈辱悲愤的积怨吧，向你们的后来者倾诉一腔炽热而深沉的情感吧！

夕阳下，山岛峥嵘，洪涛汹涌。一片淡淡的海雾笼了过来，好像刘公岛胸中有一股磅礴郁勃之气，非借此发泄不可似的，这可是那些民族雄魂的凝聚和升腾？那纵横错落的峰峦和巉岩被夕阳一蒸，又像千军万马，戈戟森森，甲光灿灿，正摆开阵势，准备一场厮杀……

一阵海风吹来，我蓦然抬头，发现那海雾山岚之中一排排将士向我走来，邓世昌、丁汝昌……那是不死的民族之魂！

真是巧合，这时，一老一少两位海军战士缓缓走来，晚霞映照着他们，他们背上的披肩在晚风中呼啸着、燃烧着。那蓝色的披肩，象征着美丽辽阔的祖国的海，又像母亲那宽大、温暖的胸膛，它紧紧贴在水兵的肩上，给水兵以钢铁的意志和无穷的力量。

我向他们打过招呼，便问道：

"当年的定远舰的残骸在哪里？这铁炮怎么是复制品呢？"

老战士回答："我们也说不清，有的说，北洋水师全军覆没后，所有的炮舰都被拖到了日本，没拖走的全被炸沉了。这炮台留下的铁炮有的说被日寇引爆了，也有的说五八年被大炼钢铁了，这门炮是前几年为了旅游参观而复制的……"

他的口气淡淡的，像叙述一个遥远的故事。

"应该把这些枝节弄清楚！"

"是呀，应该弄清楚！"

我的心更加悲凉、沉重，一个民族的历史，不论是屈辱的、光荣的、辉煌的还是灰暗的,我们都不能忘记,那是我们民族挣扎在生命途中坚实的或趔趔趄趄的脚印。那失去的比存在的还要牵肠挂肚。历史和现实在我的心中拧搓着、飞搅着,留下难以消逝的漩涡。

我阵阵地惆怅,我深深地哀叹。

不!历史不会抹去刘公岛的悲壮和羞辱。

谁也不会忘记那荒诞的岁月和扭曲的民族心理。

夕阳如火,残霞如血,浩浩海面上升腾着蓝色的和红色的火焰。

我依稀地感到,刘公岛在思考,每一棵树木在思考,每一块岩石在思考,每一朵浪花在思考,在这里还有一片醒着的忠魂。

　　　本文在中央电视台《子午书简》栏目由任志宏朗诵播出

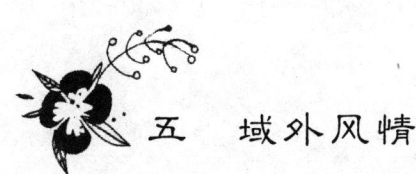 五　域外风情

巴黎的韵致

古老的城市自有它的韵致。

每条街巷都盛满岁月的感叹。

走进巴黎像有一种倒卷时间洪流的感觉，看看巴黎额头的皱纹，很深，像塞纳河，像卢瓦尔河，随手触摸一砖一石，就有千年历史的沧桑感、疲惫感。巴黎是一个经典，古老的传奇故事在这里演绎着，像许多故事的开头，很早很早的时候……

一

现在我正沿着塞纳河，阅读巴黎。

五月的阳光格外明媚、温暖，风吹皱一河流水，浪花轻叩着石砌的岸，如节奏舒缓的轻音乐。塞纳河平阔，流水雍容大度，恣意拐弯，从东南方向进入城市，又向西南流去，在市内划了一道优美的弧线。流水酣畅淋漓。"春来江水绿如蓝"。暮春的塞纳河绿中泛蓝，动与静完美结合，那一河淡青靛蓝，令任何美学相形见绌。

巴黎被塞纳河划为左岸和右岸，就像山的阴阳之分。

先说右岸，右岸是塞纳河的壮举。塞纳河的右岸是理性、中庸、坚硬、冷酷，但又是豪华、富丽、高贵的，这里高楼林立、大厦簇拥，尽是金融集团、保险公司、股票交易所、企业老板的办公大楼，还有气派宏大的购物中心。墙壁悬挂的电子屏幕是密密麻麻的阿拉伯数字，简直像走进数字世界。在这里出出进进的人，一脸的淡漠、肃穆，派头十足，毫无表情。但他们说话带有磁性，稳健、简洁，不会拖泥带水；他们衣着考究，领结雅致，连裤线都清晰，皮鞋锃亮。这些人大都喜欢早晨洗澡，用刮胡刀剃须，下巴铁青，衣服洒上男式香水。

他们言谈举止彬彬有礼，潇洒而不张狂，称对方总是用"您"，很少高声说话，即使争论，也是低声低语，意见相左，也只是说："你的意见使我感到遗憾"，"对不起，先生（女士），我们改日再谈"。一种外交辞令般的严谨，而不失风度。

他们是商业巨子、金融大侠、企业老板、银行巨头、股票交易总裁……他们大脑里的亮点是钞票，是变幻的数字。在这里找不到闲适、轻松，更难找到浪漫和诗意。右岸是精细的，就像电子计算机上的数字，不宜涂改。

在这里，一切都是竞争。

二

奥斯曼一次性改造巴黎，几乎再没有大拆大建、大换血，一片高度整齐的灰色楼房，苍老而凝重。

塞纳河左岸则是另一番天地，这里风情迷人，称为艺术之都。一提到左岸，你会想到诗、绘画、雕塑、音乐、歌剧院、电影院、舞厅。塞纳河左岸尽是知识精英人家，几十米宽的大河划出两个世界，左岸是叛逆的，语言是感性的，眼神充满激情，神色是热烈的，性情是放荡不羁的、真实自由的灵魂。这个世界诞生举世闻名的思想家、艺术家、诗人、文学家、雕塑大师、作曲家，他们的名字像星辰般璀璨，闪烁在人类历史的苍穹。

他们大脑里的亮点，是美。

歌德热情赞扬巴黎：

巴黎这样的一座城市，一个大国最杰出的人才全都聚集在同一个地方……一百多年来经过莫里哀、伏尔泰、狄德罗等人的努力，已经有那么多聪明智慧传播在巴黎城里，简直在世界上找不到可以和它匹敌的地方。

十九世纪下半叶，巴黎又出现许多著名作家：维克多·雨果、乔治·桑、巴尔扎克、大仲马、缪塞、诗人鲍狄埃、丹麦童话作家安徒生、德国诗人海涅……文坛星光灿烂；乐坛也是百花盛开，柏辽兹、匈牙利的作曲家李斯特、波兰的钢琴诗人肖邦、德国的贝多芬也活跃在巴黎音乐厅和歌剧院。

海涅感慨道："谁要是在法国不能得到公众的普遍承认，就不能自诩拥有欧洲的声誉。"

如果没有但丁、薄伽丘，没有藐视教会的马丁·路德，没有多疑的笛卡儿，没有著《社会契约论》的卢梭，就没有法国大革命。巴黎，没有奥斯曼就没有巴黎。乔治·欧仁·奥斯曼任塞纳大省省长时，在拿破仑三世支持下，对旧巴黎进行大规模的改造，大拆大迁大建，才有了现在的巴黎。

塞纳河中心浮出一个船形小岛——西岱岛，别看它是弹丸小岛，长不过千米，宽有五百米，它却是巴黎的摇篮。公元前三世纪，一个以渔猎为生的部落——高卢人，登上这荒无人烟的河心岛，建立村落，安家生息。

　　罗马帝国势力扩张到西欧，西岱岛上筑起碉堡，形成街市，变成"城岛"。塞纳河像城壕而未曾受到罗马人的侵占。以后巴黎不断发展，小岛以城为中心，越过塞纳河，同心圆似的一圈一圈向外扩展，那是巴黎的韵致，波纹荡漾，优雅而潇洒。历经几次兴衰，巴黎终于成为大都市。

　　塞纳河穿过城市，那婀娜的身姿给这座城市带来灵性，也带来温柔，河两岸是高大的法桐和长丝苒苒的垂柳，云遮雾笼。树下是绿茵茵的草地。夏日里游艇很多，欧洲的夏天并不炎热，阳光明丽、慈祥，空气里氤氲着植物的气息。两岸的树木、房屋、教堂的尖塔，倒映水中，摇曳着、晃动着，像梦一样扑朔迷离，构成印象派画家的素材。即使到了雨季，塞纳河也不浮不躁，节奏舒缓，水韵宁静缥缈地流淌，这很投巴黎这座城市的脾气。

三

　　阅读巴黎，其重要章节，必不可少是凡尔赛宫、卢浮宫、凯旋门、埃菲尔铁塔、蒙马特艺术家中心。

　　我在欧洲漫游，印象最深刻的一点是处处富饶，这个"富饶"不是钱财，而是大地、草木、土地肥沃，且大片土地休闲着，草木葱茏，任性生长，花开花落两由之。高大的乔木，富有争夺天空的欲望，草叶也肥厚，色相饱满，大片的牧场，大片的树林，看到这美丽富饶的土地，我感到中国西部的苍凉和悲哀。上天太不公平，中国虽辽阔广大，却有三分之一的土地属于沙漠戈壁，那是被榨干的土地。城市拥挤，人口爆炸，而欧洲地广人稀，城市娴雅、恬静，给人一种安逸、舒适、慵倦的感觉。

卢浮宫坐落在巴黎市中心，这是世界艺术宝库，每一件艺术品都价值连城。这座宫殿原是法国国王菲利普二世于1204年修建的城堡，用于存放王室档案和珍贵宝物，后来成为博物馆，其展品不下四十万件。卢浮宫的门口有座中国建筑师贝聿铭设计的玻璃金字塔，当他的作品初问世时，举城一片哗然，诽谤、攻击、嘲讽之声不绝于耳。喧嚣和浮躁沉静下来，人们理性地看待这件艺术巨创，又赞不绝口。

这里有被誉为世界"三宝"的艺术作品：一是断臂维纳斯雕像，二是一尊胜利女神，三是达·芬奇的名画《蒙娜丽莎》，三个女人各领风骚。

蒙娜丽莎的微笑，是永恒的微笑，是迷人的微笑，是神秘的微笑。没有苦乐的表情，是一种超凡脱俗的微笑，同时又像人间的尤物。这微笑像鹅毛一样轻，而它包含的比整个世界还重，世界在她的微笑中变得优美了、和谐了、轻松了。这使我想起中国佛寺里那些菩萨的微笑，菩萨是神，蒙娜丽莎是人。菩萨的微笑深沉，蕴含丰富，蒙娜丽莎的微笑恬淡、怡悦。蒙娜丽莎的微笑，像阳光一样给世界带来明媚，带来纯净和安谧。

至于断臂维纳斯，更富有传奇色彩。1820年间希腊的一个农民刨地时，发掘出维纳斯神像，被文物商人收购。商人将神像从地中海运到黑海，竟然遭到英国派来的船只争夺，双方混战中，维纳斯双臂被砍断。我后来看到这神像的档案，维纳斯右臂下垂，手抚衣襟，右臂上伸过头，握着一只苹果，双耳还有耳环，至今还无人将雕像复原。一种残缺的美。残缺的美带有遗憾，带有伤感，一种隐隐的痛，它比完整的美更打动人心。

在巴黎，有一尊雕像，我永远难以忘记，那是罗丹博物馆花园里的一尊《巴尔扎克》雕像，巴尔扎克那雄狮般的头颅，"昂着头，披着睡袍，似乎在展望朝曦……"也许他刚刚完成一部杰作，与这个物欲横流、肮脏丑恶的社会拼杀一场,脸无倦色,眼神兴奋,仿佛他是胜利者:"来吧,还要拼一场吗?"粗壮的脖颈支撑着一颗硕大的头颅,鬣毛般的长发,辐射出无限的精力和雄伟的气势……

巴尔扎克曾扬言:"拿破仑以其剑未竟之业,我将以笔完成之。"看看这尊雕像,你方知巴尔扎克并非口出狂言,那雄狮的力量,那征服一切、战胜一切的英雄气概,着实令人钦佩!

有趣的是,这尊雕像以拿破仑寝陵为背景,拿破仑的陵寝和巴尔扎克、罗丹两故居在方圆不到一平方公里的空间,这是巴黎的一大奇景。

四

巴黎咖啡馆是一道壮观美丽的风景线。咖啡源于公元六世纪一位欧洲牧羊人的发现,他的羊只要食用一种野生灌木的果实后即会兴奋,但经过好几个世纪后,人们才开始有意识地采摘并烘焙咖啡。

自十七世纪始,巴黎的咖啡馆就漫布开来,犹如重庆的火锅店、成都的茶馆,大大小小的咖啡馆,密密麻麻漫布在巴黎大街小巷。这个以浪漫著称于世的国家独特的韵致,即在咖啡馆里,聊天、怀旧、传播消息、讨论问题、研究问题。浪漫和高雅,淡定与闲逸,带有贵族气、书香气、艺术气。咖啡使巴黎精神升华,气血丰盈,使巴黎充满一种朝气和生机。

巴黎咖啡馆多有百年老店,这里留下许多历史文人名人的逸闻趣事。伏尔泰、卢梭、丹东、马拉、魏尔伦、莫奈、凡·高、大仲马、巴尔扎克、海明威……

随便走进哪家咖啡馆,最引人注目的地方总是钉上一块铭牌:大张旗鼓宣扬某某名人是此馆的常客。巴黎咖啡馆至今还氤氲着一种浓郁的文化气息。有的馆内张贴着这些名人的照片、手迹，甚至还保留他们的咖啡桌、咖啡杯具，成为一种文物，这是他们的骄傲和光荣。

塞纳河的左岸成了诗和浪漫的代名词，这里处处充满传奇，雨果等大文豪在这里撰写了他们的名著，法国红白蓝三色旗也第一次出现在咖啡馆——它是设计者在咖啡馆里设计的。最引人注目的是这家咖啡馆还珍藏着一顶拿破仑的黑色军帽。这位皇帝未发迹前，常流连于这家咖啡馆。有一次他喝完咖啡，发现所带钞票不够，就摘下头上的黑色军帽抵债。

左岸的故事大多发生在咖啡馆，十八世纪的卢梭、伏尔泰、狄德罗，十九世纪的雨果、左拉、巴尔扎克，都在咖啡馆度过美妙的岁月；二十世纪的加缪、毕加索曾在咖啡馆里创作。咖啡滋养了许多艺术大师。

其实这种现象不光咖啡馆存在，巴黎的小酒吧也常常出现因付不起酒钱，以物抵债的事，这使我想起唐代大诗人贺知章"金龟换酒"的故事。巴黎有一家酒吧，老板很聪慧，那些未成大名的画家来饮酒，没酒钱就留下一张画即可。毕加索常到蒙马特一家酒吧饮酒，这座小小酒吧名叫"狡兔酒吧"，老板热爱艺术，毕加索付不起酒钱，便留给老板一张画。谁知毕加索成名后，这幅画在纽约拍卖行以四千万美金成交，这简直是一个经典传奇。

巴黎至少有两千多家咖啡馆，其中最著名的有三家：利普、花神、双偶。每座咖啡馆都记录着传奇，这里不仅有饮誉世界的诗人、文学家、画家、音乐家，还有国家元首、内阁部长。巴黎人见怪不怪，没有追星族，无论艺术明星、政府高官，他们出出进进，犹如普通民众一样，没有谁追着观看、拍照合影或签字留念。二十世纪法国最著名的存在主义哲学家、作家萨特与女友波伏娃的爱情就产生在花神咖啡馆。他们一生就缠绵在这里。萨特的名著《自由之路》即在咖啡馆完成。波伏娃的《第二性》成为女人的"圣经"。

1921年12月,海明威偕精通法语的新婚妻子来到巴黎,下榻拉丁区勒姆瓦纳主教街74号的雅各旅馆,在四层楼一个简陋套间里过着清贫的日子。他经常去一个叫"丁香园"的咖啡馆,他回忆说:"冬天里边很暖和,春秋雨季,花园里绿木荫披的露天座位令人十分惬意,沿林荫道搭的帐篷下也有雅座。"他用六周的时间,完成名著《太阳照常升起》。

丁香园至今仍在巴黎精英荟萃的文苑,一些雅座上镶有往日来此消遣的名士纪念牌,自然,海明威常用的座位也镶有他的铜牌,上书"海明威之椅"。这是丁香园的荣光和自豪。当年海明威痛饮香槟酒,一醉方休,连连盛赞"巴黎是一个节日!"这句话成了巴黎的广告语,闻达天下,招徕多少游客参观、旅游,参与这盛大的节日。波拿巴街30号的"文士牧场"也是海明威经常光顾之地,里边有块木板,刻着他的名言:"'巴黎是一个节日',谨向美好岁月中的海明威表示敬意。"

海明威对巴黎深怀感情,他说:"在巴黎,我们像空气一样自由。"显然,巴黎是他喜爱的城市。海明威晚年——1949年又重返巴黎,在一家小酒吧"哈里酒吧"订了一个座位创作,完成小说《在河那边树下》的初稿。当他名噪天下时,曾发誓不离不弃的妻子被他抛弃了,爱情走到尽头。晚年当他再回巴黎,懊悔不已,往事如烟,"没有谁可以回到从前。浮世的沧桑与劳顿,都只化在一杯咖啡的苦涩中"。这是他最后一次到巴黎。海明威对巴黎一往情深,他说:"一个人只要年轻时在巴黎生活过,尔后无论身处何地,巴黎总历历在目。"

在咖啡馆饮食享受的同时,还可以得到高级的精神享受,在这里会听到贝多芬大师的乐章和施特劳斯、舒伯特、莫扎特的乐曲。欧洲是音乐的海洋,巴黎是音乐之都,是艺术的天堂,也是咖啡之都。咖啡馆为这座城市抹上一道金黄色彩,许多独领风骚的艺术家、文学泰斗、画坛巨匠,都是咖啡馆的常客。他们喝咖啡是满足精神的愉悦,这是一种精神的会餐,这是一种城市文化,和这个城市有血肉联系,是巴黎灵魂的一部分。

五

提起巴黎,人们总会念念不忘巴黎圣母院、埃菲尔铁塔、卢浮宫、凯旋门、蓬皮艺术中心,那些固然是巴黎的经典游览胜地,古老的建筑群会深镌在记忆里。但是人们往往忘记巴黎北部蒙马特,这一艺术家心中的圣地,凡具有一定人文素养的游客都会想到此风雅一番。蒙马特在巴黎地势最高,中央突起一座小山,站在山顶俯视巴黎全景,那简直像海明威所言:巴黎真是一个盛大节日!屋瓦粼粼,烟波荡漾,街衢如织,古拙而浑厚,大气而细腻,一河透迤,给古城带来动感和灵气。

蒙马特是十九世纪艺术家的荟萃之地,十九世纪是巴黎的世纪,文艺复兴光照着文化古城,古城到处散发着浓郁的艺术气息。名画家马奈、土鲁斯-劳特累克、郁特里罗、凡·高、毕加索和音乐家柏辽兹,都曾居留在蒙马特。他们犹如闲云野鹤,自由自在地创作,使我想起生活在镇江的宋代大画家米芾。

红磨坊便是蒙马特高地最著名的歌剧院。红磨坊有种舞蹈名叫康康舞,女演员衣着长裙,但轻盈飘逸,巴黎人趋之若鹜。

蒙马特有一座诗墙,上镌刻着中国诗人徐志摩的《起造一座墙》。这道爱墙用世界三百多种语言文字书写"我爱你"三个字,象征着、呼唤着人类追求爱、和平、友谊。用纯洁美好的爱,弥补人与人心灵之间的罅隙。

> 你我千万不可亵渎那一个字,
> 别忘了在上帝跟前起的誓。
> 我不仅要你最柔软的柔情,
> 蕉衣似的永远裹着我的心;
> 我要你的爱有纯钢似的强,
> 在这流动的生里起造一座墙;
> 任凭秋风吹尽满园的黄叶,
> 任凭白蚁蛀烂千年的画壁;
> 就使有一天霹雳震翻了宇宙,——
> 也震不翻你我"爱墙"内的自由!

蒙马特这片高地也是巴黎精神的高地,无论是享誉世界的,还是默默无闻的艺术家,都在这里吮吸着乳汁成长,并留下他们艺术的印记。

巴黎就是这样有极度包容的博大的襟怀,在这里,文化艺术成就了这座古城,古城也成就了文化艺术,两者相辅相成,密不可分。世界上有哪位大师、巨匠、泰斗、巨擘,没有在巴黎留下足迹?文化不朽,文艺复兴的阳光永远照耀着巴黎。

本文选入作家出版社《中国校园文学》2018 年第 13 期

雅典，失血的黄昏

一

浴一身爱琴海的碧蓝，走进这天荒地老的古城，聆听它的脉搏，感悟它生命的元气。橄榄林依然那么葱绿，海风还是那么温熏，天边那颗最亮的星辰还在闪闪烁烁，那么诱人。

雅典！

那古文明的花朵依然盛开不败，那优秀的文化依然璀璨，那古老的建筑和它的残肢断臂、古风古韵的雕塑，无论战争与和平，诗和剑，都闪烁着历史之光与岁月之辉。

雅典！

那神庙坍塌的废墟仍活跃着远古神灵的幽魂，喷泉底下住着唱歌的妖精，树梢上宿着裸体的神，静静的月夜会传来女妖塞壬迷人的歌声，微风里依稀听到战神阿喀琉斯的呐喊，从石缝间长出的小花面色忧郁，它们为俄狄浦斯的悲剧哭泣……

雅典！

那些残废的廊柱站在风雨里,站在滔滔的岁月里,默默地忍受着时空的双重折磨,人造历史粗糙而僵硬地鞭打它,陪伴它的还有垂头丧气的树、稀疏的树,这代价错位而悲怆。这里似乎蕴含着一个巨大的哲学命题。

雅典!

没有神殿堂前燕飞入百姓家的诗意,却有千宫万庙成野草的苍凉,古老的文明,灿烂的文化,在这时空的巨流中漂泊、俯仰、浮沉、挣扎,阳光从它身边悄悄路过,无奈只留下声声叹息。俄狄浦斯的不幸,才是人类苦难的源头。

雅典!

残阳的句号潦草而颓丧,所有的日子都化为孤苦的相思,窗外的鸟啼也带有伤感之音,面对风霜雨雪的岁月,常怀着有韵的遐想,即使蔓草潜滋暗长,那倾圮的断壁残垣只剩下白花花的骨殖,也执拗地炫耀着当年的辉煌。

雅典!

二

在雅典游历时,到处看到圣迹、名胜、神庙,希腊人相信神祇,但希腊人善于学习,特别善于向东方人学习,又善于思考,这里盛产哲学家,是古代圣哲的摇篮,数一数名字都令人惊骇。那时雅典到处是学习的地方,是哲人探讨人生、宇宙、天体物象、辩论演说的场所,他们认为"火是万物的本源,有了火,人类才走向文明",于是出现拜火教。他们学习埃及人,坚信灵魂不灭,毕达哥拉斯讲求宇宙的和谐秩序。

古希腊人不倨傲,不守成,他们求知欲特别强烈,他们努力吸收古印度、古埃及的哲学和宗教思想，他们并不视本土文化为最先进文化，而是努力汲取东方文化和其他民族鲜活的文化，他们思维广阔、旷达，走得很远。

追求哲学的开端并无重大意义，因为任何事物，开端总是粗糙的、不完美的，甚至空洞和丑陋的。

柏拉图被世人称为"哲学王"，他的哲学体系由对世界的看法、对人的活动和灵魂的看法、对现存政治状况以及哲学的看法组构而成。

柏拉图认为，世界分为感觉中的自然世界和理念中的超自然世界两部分。由于感知的世界是不停地变化的，因此感觉世界是不真实的。唯一真实的是永恒的理念世界。

柏拉图是苏格拉底的学生，然而苏格拉底是"述而不作"，像孔子一样。孔子一生言行被学生记录、整理出《论语》。

柏拉图强调选择让那些具有"良好的记性，敏于理解，温文尔雅，爱好和亲近真理、正义、勇敢和节制"天赋的人进行哲学研究。

我觉得这应该是苏格拉底的观点，正如孔夫子弟子三千，贤者七十二名，柏拉图是苏格拉底最得意的门生。

人类最初的文化形态是宗教和神话，哲学脱胎于宗教和神话的世界观。世界各民族都有哲学。希腊、印度、中国都产生过一般意义的哲学。

世界非常奇妙，历史也有惊人的相似。公元前500年前后是中国春秋战国时期社会的大动荡、大组合时期，百家争鸣时期；而远在希腊，也出现了古代哲学的思潮，毕达哥拉斯、苏格拉底、柏拉图、德谟克利特、巴门尼德、赫拉克利特等等一大批哲学家、思想家都粉墨登场，亮相于芜杂而荒凉的舞台，各自述说，宣传自己对宇宙、对世界、对人类，以及对人类社会的政治体制、道德问题、伦理问题、家族问题、婚姻问题、专政和独裁问题、民主与共和、男女平等诸多社会和民众关注的问题发表自己的观点、主张，形成许多党派，各抒己见、畅所欲言。这是人类思想解放的第一个高潮,冰河解冻、春潮澎湃,人类进入文明发展期。

不受约束的求知欲,造成了"典型的哲学头脑",他们是人类思想的拓荒者,面对荆棘和顽石,他们奋力芟夷,筚路蓝缕,艰苦卓绝地开拓自己的思想阵地,似乎没有什么目的,仅仅"为认知而生活"。他们孤军备战,淋漓尽致地宣泄自己的力量。后人称古希腊是"哲人共和国""天才共和国"。那个时代,巨人像野生的韭菜,一场春雨,纷然而出。他们的声音划过沉寂荒凉的长空,他们的呼唤压倒脚下侏儒的喧嚣和芜杂声浪,展开崇高精神的对话。

我漫步在雅典大街上,两旁是古典的建筑物,神庙、教堂、楼房、屋舍,大都是巴洛克或哥特式建筑,灰砖红瓦,沧桑衰老。"公元前八世纪古希腊文明又突然以超高形态出现,而其文明程度超乎人的想象。音乐、绘画、建筑、文学、诗歌、医药、物理、化学、数学等,各种人文和自然科学都出现突飞猛进的发展,取得了人类历史最辉煌的成就。"(见《远去的希腊》)古希腊文化一直是后起文明取之不尽用之不竭的文化宝藏,直到二十一世纪希腊哲学仍被赋予崇高的地位,现代理性精神从某种意义上讲,就是希腊精髓。中国近代启蒙运动"五四"时期,曾出现一些知识精英"言必称希腊"的风潮。

这些成就出现之前,古希腊处在黑暗的时代,神,统治着希腊社会,人类从小灾、小病,大到一个城邦的命运,都受着神的掌控,要请求神,由神指示。古希腊是一个飘逸着灵气的神秘国度。

古希腊是欧洲文化的摇篮,也是欧洲建筑的滥觞之地。所谓的希腊世界,就是由小亚半岛、爱琴海中部、希腊半岛、地中海中部、黑海沿岸,以及三千多个岛屿构成的。它们被滔滔的大海和不通航的河流,以及陡峭的山峦分隔开来。希腊实际上是由许多城邦组成的联合体,各城邦又各自为政,各自为大,互相争斗杀伐。马蹄、杀戮、抢

雅典，失血的黄昏

掠、焚烧、腥风血雨，把充满哲学的意蕴和诗的意境撕得粉碎，一片废墟、千古苍凉，城市的喧嚣化为语言的坍塌和死亡的沉默。很沉重。这片土地承载了巨大的苦难，也创造了震撼世界的辉煌。

世界各民族都有自己的神话和宗教，但并非所有的神话和宗教能长出哲学来，智慧从苦难中来，哲学从悲剧里诞生。古代的中国、印度和希腊，这三个民族都在同一历史时期产生了自己的哲学，中国的老子、孔子、庄子和古希腊毕达哥拉斯、苏格拉底、柏拉图等都是同历史时代的人。公元前594年，梭伦被选为雅典的执政官，梭伦代表先进的生产力和生产关系的改革者，在他温和的统治下，"雅典度过了一个黄金般"的政治时代，雅典是世界上最繁荣的城邦。

公元前334年马其顿王国的大帝亚历山大东征，妄想称霸世界，那正是华夏大地东周列国的末期，秦王朝统一中国的前夕。亚历山大的东征大军于公元前327年，征服了印度，侵入了印度河上游和两河地区，这是印度最富庶的地区。亚历山大野心勃勃，坐在高大的战马上，挥舞闪闪发光的战刀，高呼着要打到"大地的终端"。他的将士长年远征在外，思乡念亲，战斗力日渐衰弱，要求返回巴比伦。亚历山大正踌躇满怀地准备改造被征服的大地时，他突然患了恶性疟疾，死亡的阴影迅速笼罩上来，他被老天带走了，他建立的马其顿王国也迅即土崩瓦解。

历史匆匆忙忙翻过这腥风血雨的一页，大地上废弃的城堡，沉没的战船，消失的军队，见证了古希腊的悲惨现实。

三

我随旅游团穿行在雅典的大街小巷，参观了教堂、博物馆，雅典的经典之作——卫城的废墟。斑斓的文化古迹、美丽的神话传说、神秘的宗教、多姿多彩的艺术——绘画和雕塑，这是文化的国度，文明最璀璨的城邦。我们在博物馆里欣赏希腊的绘画，那一幅幅油画，宁静、雅逸、和谐，充满美和理性的光辉，雕塑也曲致、舒畅、秀气，即使描写战役的作品——普拉提雅战役、马拉松战役、希波战役，那画面依然梦幻般地美，天空是那样澄明，阳光是那样洁净。

传说，雅典娜与海神波塞冬争夺卫城相持不下，后众神出了个主意：谁为人类做一件有用的东西，这雅典城就归谁。波塞冬用手中的魔杖在卫城山顶上敲击了一下，霎时，从岩缝里涌出源源不断的海水，这是海上霸权的象征。雅典娜心里很着急，但表现却很沉静，她用长矛在地上一划，顿时出现一株枝叶茂盛的橄榄，硕果累累，这是和平的象征。经过众神评判，雅典娜带给人类幸福安详，雅典当属雅典娜。雅典是欧洲升起民主曙光的地方。于是这片神奇的城邦便有了《荷马史诗》，有了毕达哥拉斯的数学，苏格拉底的哲学，柏拉图的震古烁今，亚里士多德的《气象学》《政治学》《修辞学》，还有伟大的作家给我们留下的一部伟大著作《伊索寓言》，那短小精悍的故事，蕴含着深刻的哲理，构思精巧，语言幽默，具有永恒的价值。

除了伟大的牛顿和爱因斯坦，再也没有一个人像古希腊的阿米基德那样为人类的进步做出这样伟大的贡献，他是"理论天才和实验天才合于一人的理想的化身"。

雅典遗迹多为神庙，虽为废墟，仍使你感到盛世时的人烟和喧嚣。宙斯神庙是雅典的一个经典，当年的建筑设计师，心怀崇敬的心情和虔诚的憧憬，构建了如此宏伟、华美的庙宇，即使檐饰上的雕像，也是精美之至的艺术品，用材极其珍贵，黄金、杉木、象牙、乌檀、宝石，美轮美奂，高贵静穆。站在神庙的高处，遥望古老的雅典卫城，那是这座古城的精华，闪烁着永恒的神的光芒，白色的大理石柱，那是石柱支撑着神话的天空，胜利女神雅典娜就住在帕提侬神庙。

我真想用手触摸那些廊柱，那些倾圮的砖石，试试脉搏，试试心跳，它真的死了吗？它的灵魂在哪里？历史的风霜，岁月的沧桑，使它们失去了青春的风采、生命的辉煌。

雅典，没有奢侈和繁华，只有沧桑和古老，这里每一缕阳光、每一缕空气、每一片砖瓦，都似乎渗透出神话的气息。

我们没有去游览高加索山，没有拜访那位受苦受难的普罗米修斯，他为人类偷来天火，被天神宙斯用铁链锁在荒凉的高加索悬崖上，每天派一只神鹰啄食他的肝脏，可他坚贞不屈，甘愿忍受一切苦难和折磨。后来大力士赫拉克勒斯用箭射死了那只神鹰，普罗米修斯终于获得解放，当初有人劝他与宙斯和解，普罗米修斯悲愤地说道："我宁愿被缚在崖石上，也不愿做宙斯的忠顺的奴仆！"

宙斯和大海神女狄俄涅生的女儿叫阿芙罗狄娜，又叫维纳斯，维纳斯是从海的浪花中诞生的，她是爱和美的女神。

我在雅典娜神庙未见到雅典娜雕像，这里是一片废墟，几十根高大廊柱站在夕阳里，显得疲惫和憔悴。我在雅典一本旅游画册上看到雅典娜雕像：她是一位貌美、温柔的中年妇人，她身着长裙，流畅的线条，凸凹有致的躯体，平静温和的面容，她微微低垂着头颅，她的眼睛向地面望去，她一手扶着腰，一手持魔杖，像是注视魔杖插向地下的一瞬间的状态。

静穆而伟大，高贵而端庄，气韵流动，充满生命的气息，不同于纤巧玲珑之美，也有别于娇柔俊俏之美。端庄的身材，丰腴的肌肤，典雅的面庞，含蓄静穆的神态，偏斜低垂的头颅，波浪式的卷发，身着细密波浪纹理的绿色爱奥尼亚式长裙，她是美的化身，她是爱神，是普度众生的、救苦救难的天神！

四

不可否认，公元前五世纪至公元二世纪，七百年间，希腊文化已臻于辉煌的顶点，希腊人的智慧、才华得到淋漓尽致地发挥，创造了无与伦比的成就，从科学、医术、诗歌、艺术、戏剧、哲学、法律到军事、建筑乃至实用技术，一直是后起文明取之不尽用之不竭的文化宝藏，直到二十一世纪希腊哲学仍被赋予崇高地位，现代理性精神从某种意义讲就是希腊精神。甚至，它的建筑艺术影响到中国的人民大会堂。大会堂的廊柱就是古希腊多里斯柱型的石柱。

雅典卫城，帕提侬神庙的多利安残柱，以顽强的抗争精神，与时空对峙，雄踞卫城的山崖上。

卫城萧索悲凉，三千多年的废墟，抱紧孤独和沉默，抗争风霜，抗争岁月，把孤独和沉默也变成一座废墟。时间横流，方显出历史本色。这里有阿迪卡斯剧院，每年雅典音乐会就在这里举行，这是世界上最早最大的建筑群，容纳一万五千人的剧场。

雅典娜神庙只剩下四十八根大理石石柱，底座直径近两米，高十点五米，让你仰视，又让你俯瞰天下，你脑子里马上浮出霸气、雄气、傲岸之气这些伟词，铮铮枯骨炫耀着一个古老的雄魂。埃尔金石只是它大殿檐下的装饰，当年耀眼的神迹，真正信神的人才可能创造出来这天工之作。

奥林匹亚宙斯神庙，在雅典所有废墟中，最令人震撼，让人唏嘘。由于天灾人祸，宙斯神庙一颓不起，如今剩下十三根十七米高的残柱，空空地耸立着，衰败得惨烈，遥对着雅典娜神庙，千年守望，而默默不语。

古代世界大名鼎鼎的图书馆（哈德良图书馆）如今只剩下一段长

长的墙壁，棕色的泥土上，散落雕像的残肢断臂，或失去头颅的躯体，一片古战场的苍凉，周围荒草漫漫。有棵小花，绿意腾腾地从废墟里长出来，摇曳着细长的茎蔓，展示着生命的激情，这是大自然的语言。

太阳神庙是一座富丽堂皇的宫殿。太阳神各国都有，在神话的国度希腊，太阳神尤受尊崇，太阳神殿是古希腊的宗教圣地。神话中的太阳神赫利俄斯乘着他的四匹火马在空中驰骋，晨出晚归，将光明洒向人间。而今太阳神殿只剩下七根长短不一的石柱，矗立在乱石堆中，没有野花小草的陪伴，寂寞而孤独，只有一个美丽缥缈的神话传说缭绕其间。

它们败在时间手里。

雅典古城，到处堆积着石头的残骸，倾圮的石墙，断折的廊柱，残肢断臂的雕塑，废墟群聚，阴沉着脸，一片悲怆。站在废墟旁，我想起维纳斯，《米洛斯的维纳斯》现在成了巴黎卢浮宫的镇宫之宝。那种高贵端庄，气韵流畅，充满生命的气息，静穆而伟大，单纯而高贵，微微扭转的风韵而不失高雅的希腊女郎已移民他国，或者说流浪他国异乡。还有"古风时期""古典化时期"众多纪念碑似的雕像，庄严、雄伟、浑厚、稳重的优美，风采迷人的女神雕像，已难寻踪影，它们孤独，灵魂似隐似现在教科书里，大量地化为"万寿无疆"的胫断肱飞的碎尸。

悲哉，雅典！悲哉，希腊！

卫城的大部分遗址无遮无掩，暴露在烈日下、风雨中，铺天盖地的阳光炙烤着大地，石头和泥土都忍受不了，发出嗞嗞的呻吟声。天空是凝重深厚的靛蓝，蓝得让人头疼，连一丝云片也没有。

雅典的废墟就是这样，或蹲或坐或躺或倚，赤裸裸的一丝不挂，而且大气磅礴，保留着原始的宗教气息。

雅典累了，累得瘫痪在那里。那堆碎石张开干裂的嘴唇，似乎有话要说。历史？战争？文化？却一言不语。

有个小伙子坐在石台上弹琵琶，什么曲子，安魂曲吗？琥珀色的阳光，有种黏稠感，凝结在废墟上。

黄昏了。我漫步在神话横生漫长的雅典街头。熙熙攘攘的人群，川流不息的人浪，如潮如汐。那几千年不变的落日，几千年雷同的晚霞，厚厚的云霞，一层一层，有阿尔卑斯山顶的蔚蓝，有少女峰的雪白，有黑森林的黝黑，有希腊葡萄的绛紫，爱琴海的波光映在天空，给这晚霞更添一抹肃穆和悲壮。太阳像一枚橘黄色的卵，沉浮在软绵绵的云海中，天空飞翔着阔翅的海鸥，一片荒凉的暮景。我想阿基米德是否在哪条路演算几何试题——"给我一个支点，我能撬起地球"。

风，爱琴海的风，温柔、缠绵，还带有湿湿的倦意，幽灵般地游逛在大街小巷。我穿行在人群中，依稀看到苏格拉底、柏拉图、亚里士多德这些哲学家，欧里庇得斯、索褐克勒斯、阿里斯托芬这些诗人，还有科学家泰勒斯、毕达哥拉斯、希波克拉底也夹杂在人群中，脚步匆匆，衣衫飘飘。

雅典是欧洲文明的发祥地，在咸湿的海风吹拂下，地中海岸畔，这片土地上遍布古战场，在这里，希腊人、埃及人、波斯人、罗马人、哥特人、拜占庭王朝人、塞尔柱人……打打杀杀三千年，你争我夺三千年，剑戈铿锵、腥风血雨三千年，终于尘埃落定，古典的雅典宁静而深沉。

古希腊、雅典城邦，我们通常念叨这些地名，实际上是废墟，是残垣断壁，是破碎的岁月，是历史的遗骸，是时光的排泄物。走进雅典古城，满城是石头的造型，"城郭历然，石柱遍野"。夕阳用温暖的情感关注着这段僵枯的历史，抚摸着岁月的残篇断章。死亡和废墟是上帝的创造，这是"万物的终点，道路的尽头"。这是大自然的意志。没有死亡即非正常的生命，不经过死亡检验的生命是没有意义和价值的生命。

　　时间在这废墟中任劳任怨，默默无闻地工作，风晨雨夕，晨昏昼夜，一丝不苟。石壁上长满苔藓，石缝间长出杂乱的荒草，青铜斑驳的雕像，如果从另一角度看，又是鲜活的、生动的，它们都有灿烂的青春、辉煌的岁月和值得骄傲和自豪的荣耀。

　　废墟上那些残破的正殿，倒塌的耳房、拱廊、拱门……在夕阳西风中随意和肆无忌惮地猖狂，虽然有点疲惫和憔悴。

　　山峦起伏，草木葱茏。那茫然而庞大的废墟令人震撼，也让人陶醉，使人想起"西风残照，汉家陵阙"的苍凉，那是唐人的感喟。

　　雅典的黄昏，带着漠漠的忧伤。

德国的橡树

在德国旅游，在田野、河岸、湖畔、山麓、道旁遇到最多的树是橡树，那粗壮结实高大的形象，占据巨大的生命空间和艺术视野。阿尔卑斯山的黑森林是德国最著名的风景区，我没有深入黑森林的腹地，但靠近了它，给我留下最深印象的树，除了山毛榉、冷杉，便是大量的橡树。

橡树又称栎树、柞树，是世界上最大的开花植物，生命周期很长。

橡树形象优美，树冠庞大，高达二十多米，叶片宽大肥厚，色相饱满，闪烁着釉质的光彩，它耐高温、干燥、水湿，抗霜冻、抗风暴，树冠有多大，树的根系就有多大，地下风光与地上风情可媲美。

秋天，橡树的叶子落得很晚，西风凋碧树，已经吹落黄花满地金，唯独橡树，树叶随着时间的推移改变色彩，先是满树深绿，渐渐泛黄，像德国童话中的金发女郎，在飒飒秋风中萧萧龙吟，慢慢层林尽染，变成一片愁红，"霜叶红于二月花"。德国秋天很短，春天来得很晚，秋装还未来得及更换，冬天的酷寒一脚插了进来，秋天仓皇逃遁。漫长的冬天，还时常见到未曾落叶的橡树。

德国人热爱橡树，赞美橡树，像我们歌颂青松一样。希特勒时期纳粹的诗歌、小说、散文、演讲，甚至通讯报道中，橡树出镜率极高，几乎用烂了，以至于现在的德国人不再提橡树了，冷漠了。其实橡树木质松软，它最广泛的用途是做红酒瓶上的软木塞、做地板，它的木质空间有孔隙。据说北京图书馆的地板用的是橡木，七十年没有出现变形、开裂，坚固耐用。

橡树在仲夏时节开花，天亮前凋谢。橡树花期极短，日耳曼人的心中更强化它的神性。传说，姑娘们如果想预知自己的婚姻和前途，便趁着夜色，到橡树底下铺一块白布，当第二天晨曦显现之时，如果白布上有一点灰烬，那是橡树开花后凋谢的花烬，她们便收拾起来带回家，放在枕头下面，以便梦中会显示未来的丈夫，并希望他像橡树一样高大、健壮。

橡树是德国精神的象征，它伟岸、坚韧、抗风霜严寒，即使树枝折下，放置数月，它的枝和叶都会变成金黄色，因此橡树被称为"金枝"。这种金枝寓意吉祥富贵，那迷人的金黄色的色彩，给人带来巨大的温暖和渴望。

在画家眼里，橡树是英雄树。

希施金的名画《橡树林》《橡树》，都展示了生命的雄健和生机勃勃，老者苍健，幼者生机盎然。他的风景画中有百年的老橡树，被称为大地的英雄，大地母亲的赠品。树木、大地和天空的色彩特别明艳，蔚蓝的天空，高大翠绿的树木，田野金色的麦浪，辽阔旷达，使人沉浸在大自然的激情中。这些以纪念碑式的构图、朴实简练的手法，对自然进行了高度概括，创造大自然综合形象，他的《橡树》风格稳健，色彩、光影具有雕塑感。

法国画家罗梭视大自然为拜物教，他一生追逐阳光和风景，奔波在雾气腾腾、林木葱然的乡村、山野，对景写生。他的风景画沉雄、深广、强悍、敦厚，有种野性的力量和叱咤风云的英雄气概，他笔下的橡树，色彩丰富饱满，色阶清晰，层次横排，形成气势磅礴的色彩旋律，奏响一曲庄严、浑厚、博大、雄健的乐章。

在洒满阳光的大地上，耸立着几棵枝蔓勾连的古老的橡树，浓密、厚实、稳健，有着坚不可摧的生命和意志以及英勇顽强的英雄主义精神。他的《朗德的大橡树》，庞大的树冠，饱满的枝叶，横逸的枝干，占据了整个画面，一种争雄称霸的气概笼罩天地——那是拿破仑的精神世界，一个帝国的象征，也是一曲庄严、宏伟、充满生命力的大自然赞歌。

德国的风景画家汉斯·杜马，画风浓厚而不滥情，也是热爱大自然，擅长画阳光明媚、充满热情、富于诗情幻想的风景画，山谷、河川、原野、森林。风景中的橡树，大自然在画中奏响欢乐的歌声，节日的热烈气氛，那树、那草、那花都似乎暴露出明朗温和的心情。

不仅大地、树木、野花、野草充满生命，连空间和光也充满了生命，那就是呼唤人类，应该跪在大自然面前，进行祷告和膜拜。这种人生哲学深刻地启悟着人们。

我在德国漫游时，遇见难以忘却的一个画面：一大片草场，萋萋芳草很有韵致抒情般地铺满山坡。一棵苍老健壮的橡树孤独地耸立在草地上，周围既无灌木丛，也没有杂树，像一位老气横秋的老农，眷恋他的草场、田野，展开他漫长辽阔的回忆，这真是一页动人的风景。我真想跑过去问侯："老人家，您好！"这真是大地的英雄。五月的阳光从高天倾泻下来，穿过它稠密的枝叶，和大地的阴影拥抱。它的影子宁静而巨大。它的叶子变得沉郁、庄重和肃穆，像老人成熟的思维。我总觉得有一种素材注入它的躯体和枝干——金刚石。金刚石般的精神，金刚石般的品格：淡定、坚硬、高雅，它负载着沉甸甸的苦难和岁月，负载着风霜雨雪的岁月，它沉默着，枝叶纹丝不动。它的悲壮使大地都感到敬慕和痛惜。看到它，你会感到生命汹涌澎湃的力量，生命的伟大、强健。这是大地上的圣物，它会告诉你这力量就是信仰，我是为了一种神圣的使命而活着。

被海德格尔誉为"诗人中的诗人"的德国大诗人荷尔德林有首诗《橡树林》，他热情赞美："巨人的家族，只属于自己和培育过/你们的天空及生养你们的大地。""用粗大的手臂夺取地盘/洒满阳光的树冠/欢乐而又气派地直冲霄汉。"

橡树有丰富的智慧和深邃的灵性，"永远向一个固定的目标迈进"。橡树成为诗歌创作中的具象，也是意象，它是一种精神的象征，一度成为德意志的灵魂。

本文选入《初中语文　漫·阅读　梦想花开》

佛罗伦萨郊外的山居

萌萌：

　　我不知道你读过徐志摩的《翡冷翠山居闲话》吗，这是一篇很著名的美文。翡冷翠，现在通译为"佛罗伦萨"，位于意大利的中部。徐志摩妙笔生花，描写了他在佛罗伦萨郊外山居的情景：

> 　　在这里出门散步……足够你性灵的迷醉。阳光正好暖和，决不过暖；风息是温驯的，而且往往因为他是从繁花的山林里吹度过来，他带来一股幽远的淡香，连着一息滋润的水汽，摩挲着你的颜面，轻绕着你的肩腰，就这单纯的呼吸已是无穷的愉快；空气总是明净的，近谷内不生烟，远山上不起霭，那美秀风景的全部正像画片似的展露在你的眼前，供你闲暇的鉴赏。

　　徐志摩是个浪漫主义诗人，不管什么东西、什么地方，到他笔下都如诗一样美，一样动人。他1925年到佛罗伦萨旅游时究竟住在哪个山庄，现在很难考究，也难寻找了。而今我们离开喧嚣热闹的佛罗伦萨市区，也去郊区山庄享受山居的美景了。

大巴司机轻车熟路,沿着并不宽阔但很光洁的公路向山野驶去,车轮在沥青路面发出轻快的沙沙声。窗外的风景如画一般,一页页翻去。意大利的天空湛蓝湛蓝,云洁白洁白,五月的风温柔得叫人心醉,起伏跌宕的丘陵、山野一片翠绿苍碧,看不见劳作的农人,看不见工作的农机,山野很静。

车行一个多小时,我们的大巴开始向山路上爬行,路两旁尽是高大的乔木,有桉树、槭树、椴树,更多的是冷杉、雪杉、山毛榉,粗野蛮横,枝杈勾连,遮住了山路,光线变得幽暗,树枝擦着车窗,不时发出剌剌啦啦的声响,挺骇人的。车行半个多小时,天空豁然开朗,只见几幢别墅悠闲地坐落在山头,红瓦、白墙,像童话里的房子美丽而神秘。

导游说,今晚我们就住在这里啦。

这不是古城堡,是现代化别墅,一切装饰都很现代。

这山庄旅馆蛮豪华的,不亚于城里四星级宾馆。窗外是一个偌大的花园,正是孟夏时节,花园里莺飞草长,草木葱茏,一片勃勃生机,花开得喧喧嚣嚣,蜂蝶舞得热热闹闹。花园的东面是蜿蜒的山麓,山麓是大片的茂密的树林,树木高大伟岸,那是山毛榉——这是遍布欧洲、在中国却是极其罕见的树种,它们是树中的"巨人",高达五六十米,有十七八层楼高,树身笔直,不枝不丫,拼命向天空生长,树冠不庞大,形成团抱状,紧凑顽强。花园旁还有一条小溪,像一条丝绸飘带袅袅娜娜遗落在草地上,岸边杨柳婆娑,好一幅中国水墨风景。

小楼分三层,我们的房间是208。欧洲人干什么都认真,把底层作为"零层",208实际上是"308"。阳台宽大,不封闭,摆着很雅致的桌椅,可以品茗、聊天,也可以玩牌,更多用途是观赏风景。阳光和空气都很友好,清新鲜美。

房间优雅、洁净,木质地板,不上漆,原色,还散发着树木的芬芳,淡绿色的窗纱给人一种青春的气息。雪白的粉壁上挂着两幅油画:一幅画着一个丰硕的罗马女人和一只花瓶,据说是临摹某名画家的作品;另一幅画着一只大公鸡,没有背景,雄鸡气宇轩昂,高昂着头颅,翘着雄性的尾巴,鸡冠火红,像一面旗帜,潇洒而勇猛。使我想起英国漫画中,有一幅"高卢雄鸡",将爪子伸进沙漠海滩,从安的列斯群岛到太平洋,包括非洲的广阔领地在内,都将化为自己的殖民地。这幅漫画是讽刺法兰西的野心勃勃,当年法国甚至将远东也划入自己的势力范围。

我想这房东祖籍可能是法国人。法国的国鸟就是雄鸡。法国人很浪漫,将雄鸡视为国鸟,他们说,公鸡能报时,公鸡勇敢、顽强的性格也受到国人的喜欢。直到今天还用"高卢鸡"来代表法国的形象,犹如用"约翰牛"称呼英国一样。

安顿好,我们通过导游小张和"老板娘"聊起天来。这老太太身材高大、健美、富态而文雅,肯定是个知识妇女,年轻时准是个美女——法国女郎。老太太说,她不是这房子的主人,她给女儿帮工,女儿嫁给意大利某大学教授,她家在佛罗伦萨市区。老太太说,她今年七十二岁,退休前是中学校长。她有三个女儿,这是小女儿的家。他们原籍是法国巴黎,和巴尔扎克、莫泊桑是老乡。她说很喜欢中国,她去过中国三次,参观过故宫、长城,上过八达岭,还见过长江、黄河,还到过西安参观过兵马俑。中国和古罗马、古希腊一样,有着古代文明的辉煌。公元8世纪(中国唐朝),出现一位雄才大略的查理大帝,几乎统一了西欧。他的几个孙子于公元843年三分其国,这就是今天的德、法、意的雏形。

走廊里也挂满画框,不大,很精致。意大利是文艺复兴之源,这里依然散发着古老的艺术气息,有现代风格的油画、水粉画、乡村素描,看得出主人是多么热爱艺术,也透露出主人细腻、丰富的感情。

佛罗伦萨郊外的山居

吃罢晚饭,太阳还未落山,我们三五成群散步在山坡上、庭院里。这哪里是山?是一片高埠,连丘陵也算不上,却很适宜人居。

落日沉溺在云海里,眼前是一片奇异的景观。那云彩十分罕见,不是玫瑰红,不是菊花黄,也不是葡萄紫,是黛蓝、墨蓝、蓝中透红、红中泛蓝,斑斑驳驳,苍苍茫茫,半个天空都布满这种忧郁的色彩、诡谲的色彩,厚厚的云层的罅隙中偶尔露出一缕猩红,鲜血一样骇人,太阳就在云层里挣扎、沉浮,一副耶稣受难的悲哀。在很远的地方就是海——亚得里亚海,也许茫茫的大海和天空粘连在一起,海天难辨。那变幻的云似城堡、似岛屿、似奔腾的千军万马的方阵,古罗马的历史又复制在今日的天空。这是大自然的画卷,天地间的奇景。

这是属于阿尔诺河谷丘陵地带。放眼望去,山坡连接着广袤的田野,是坦荡的平原,田野是一片葱茏的绿,茂茂腾腾的绿,大地炫耀着青春的激情和强旺的生命力。

我在庭院中散步,原来这山顶是一方偌大的平坝。平坝上有草地、花园、树林,还有游泳池、停车场,还有很大的露天餐厅。这家山庄宾馆不仅可接待三五个像我们这样的旅游团,接纳数百人的会议,也游刃有余。

这里风景柔和细腻,风很柔软,五月的黄昏很迷人。小花园里绽放着五颜六色的鲜花,蜜蜂忙个不停,蝴蝶是拈花惹草的浮浪弟子,一会儿也不安稳,我历来不喜欢蝴蝶,它们不能承受生命之重,一生无所事事,也终未成事。徜徉在大自然里,你可尽情在草地上打滚,尽情放牧想象,仰望天空,它会唤起你的童心,点燃你已经熄灭的青春激情,满目清新,满怀情感。一片叶子的舒展,一朵花儿的绽萼,一声声虫吟鸟鸣,连一缕轻轻的风,那都是生命的叹息,是大自然的脉动。从这里可以获得心灵休憩的清净和精神的乌托邦。

夕阳在树叶的婆娑中颤动,风从树隙里跑出来,挑逗着花草摇头晃脑，喧哗起来，这时你才蓦然憬悟：人是大自然的一部分，人就是自然，在这里一切都是平等的、自由的。花自开，草自长，虫自吟，鸟自唱。山间是生命的乐园，枝头是鸟雀的家，池塘是水的家，山洼是风的家。人不懂鸟语，莺燕自然也听不懂人语，正如我们听不懂意大利语，意大利人也多不懂汉语一样。但人类的感情是可以沟通的，同样，人类也可以与鸟类禽兽沟通，大家都是老天的孩子，是老天创造时按着不同基因配方，排列、组合，天地间便出现了万千物种，这是一个庞大的生命系统。

意大利的山水清丽、温柔，是天生优美的文艺产地。文艺复兴时期艺术家们的画笔却很少触及自然风景，他们的作品看不到花草树木、飞鸟走兽、河流山川，连蓝天白云也很少见。他们的文艺复兴，只有一个目的：发掘古代希腊、罗马以及拜占庭的古典文化，研究古希腊、古罗马的朴素唯物主义思想，追求科学精神，导致人们对中世纪神学的全面怀疑，呼唤人文主义的觉醒。米开朗琪罗、达·芬奇、拉斐尔、提香、托莱托、乔尔乔奈等等一大批画家、雕塑家，他们的作品，多为裸体女人、丰乳肥臀的妇女，威武有力的男子，跃马扬戈的武士，再就是厮杀搏击惨死的战争画卷，而以《圣经》为题材的宗教艺术铺天盖地弥漫了整个欧洲，作为人类赖以生存的大自然，几乎被遗忘了。他们除了绘画、雕塑，还兼任建筑设计，于是巴洛克、哥特式、洛可可式、文艺复兴式的建筑物，包括教堂、修道院、城堡，风起云涌般地出现在欧洲大地。而艺术家聚精会神，孜孜不倦地在廊柱、尖券上雕刻、描摹、绘饰，充满了细腻、精致的美感。

诗意的放肆，艺术的自由，精神的解放，犹如中国东汉末年的建安时代，虽然满世界战火纷飞，却出现了文学艺术的觉醒，精神的解放，自由之神也随之翱翔。

而欧洲直到十八世纪末至十九世纪，才出现"面对自然，对景写生"的艺术家。大自然以极其生动的风貌,千姿万态地展示在艺术家的画布上。

暮色苍茫了,落日已经沉沦。我们回到客房。

第二天我醒得很早,是被窗外的鸟鸣叫醒的。初夏的早晨,亚得里亚海湿润的海风微微吹来,清爽宜人,空气鲜冽得让人惊异。山谷因野香味而旷大静寂,树林里的鸟叫声传得很远很远。贴近山冈的小径深入树林,高大的橡树,粗壮的椴树,亭亭的冷杉,叶子浓密、黝黑,注进了晨光,色彩渐渐变得明快,充满了艺术的美感。潮湿的树身、树干闪着银灰色的光。树下是闪烁着露珠的草坪,草坪上开放着蓝紫色的小花,一层层、一簇簇,你独独地观赏时,会感到"绚烂了时光,净化了岁月"。蓝紫色处于蓝色和紫色之间,有着紫色的神秘和高贵,也有着蓝色的忧郁和冷静。它是一种成熟的颜色,能抚平内心的浮躁。所以,当你迷茫、困惑、焦灼不安时,就去寻找紫蓝色的花儿吧。啊,这不是大名鼎鼎的鸢尾兰吗?——那是怎样的悦目的蓝,像天空、像湖水,像欧洲姑娘眸子一样鲜艳的宝石蓝。鸢尾兰又是法兰西的国花,花朵大而美,像起舞的彩蝶,又似翩翩起飞的群鸟。法国人用鸢尾兰表示光明和自由,象征着纯洁和庄严。还有一种名叫"天蓝韭",拥抱蓝天的小花,有蓝天一样迷人的颜色,它含蓄、深沉、总是低头绽放在灿烂的阳光下,置身晨光下的幽林小径,醉人的草木气息,沁人心脾。

此时此刻,我只觉得我的躯壳融化在美的洪流里,灵魂穿枝掠叶地自由自在地飞翔。如此恬静、明媚、优雅,是我平生罕有的感觉。

我们一行出国旅游,来也匆匆,去也匆匆,意大利的山水再优美,佛罗伦萨古代文明再璀璨,谁不是在困顿中寻找人生的出口?红尘世界,多少烦恼和纠缠,谁不想保持心境像诗一样地静谧和优雅,在生命册页上写出云一样的自由和潇洒?

啊,亲爱的爱琴海
——从米岛到圣岛

一

我们乘游轮从雅典直去米克诺斯岛。米克诺斯岛是一座距雅典最近的小岛,且具有典型的海岛风情的希腊小岛。它的小屋是由花岗岩与麻岩垒砌而成的,像古堡,墙壁雄厚,年年用石灰水重刷一遍,一片皓白,白色的屋顶,白色的墙壁,白色的院墙,连台阶也用洁白的花岗石或大理石垒砌,这色彩带有宗教的美学观念。窗户不大,玻璃明亮,灿烂的阳光照射进来,明媚清洁的小屋,简直成为情人屋,温馨、明媚,构成一种令人迷醉的神秘境界。

小岛并非我想象的万木葱茏,花朵纷繁,绿意染衣,小岛在炽热的阳光下有一种干渴感,一种憔悴的疲惫感,树木很少,稀稀落落的橄榄,或是仙人掌类肉质植物,焦渴的花岗石和麻岩粗粝粗糙,小岛氤氲着原始态的古朴气息。我漫步曲曲折折的小径上,两旁也有人家,这里的岛民究竟是以渔业为生,还是以旅游业为业?粗壮的汉子,黝黑的皮肤,有古希腊人的气质和风度。我们住下来,原来这宾馆还是"四星级",只有一张双人床,有简易的卫生间,连写字台、椅子都没有,墙体很厚,阔有三尺,用白灰抹缝,形成浪漫派的图案,阳光和海风无力穿透，冬暖夏凉，是绝对优势。果然，我从炎阳下走进住室，很快消下汗，凉意顿生，一种舒畅感。

这小屋颇有希腊的浪漫主义，艺术家认为：希腊建筑风格一般运用于博物馆；罗马风格适用于世俗公共建筑；哥特式最适合教堂建筑，它体现一种宗教精神。那么这窑洞式或古堡式的小屋属于何种风格的建筑呢？它的内部空间深沉，白色保持了太高的纯度，床单洁白、纯净，让人不好意思使用。

我们散步海滨，米岛实际上是由两个像连体婴儿的连体小岛组成，荒凉、荒芜，如果不是游览胜地，会有鲁滨逊先生的遭遇。

岸边的海水清澈明净，水中的彩色卵石和细沙清晰可见，阳光反射，简直是一幅油画般夹金带银的富丽。爱琴海很大，但没有一滴多余的水。

我站在海岸裸露的岩石上，这是三块大石头摞在一起，耸立着一个高度，我调整照相机的焦距，镜头里闪烁着几个白色斑点。爱琴海到处是巨大的色块，天空蓝湛湛的，没有一丝一缕白云，海面上是蓝中泛白如织的波纹，或灿烂或萧索。站在岸边，只能看见重重叠叠的浪花拍击沙滩，水是透明的，鹅卵石有红、白、黑，和普通的海滩并无区别，当我的镜头接近时，爱琴海只剩下空旷、寂寞的蓝。我的眼睛、我的心被满目空旷、沉寂的灿烂的蓝一下子攫住，一见钟情，瞬间我的视神经像被什么击了一下，出现片刻的麻木，时间从这广阔的蓝中脱节，万物被这纯粹的蓝融化。黄昏时分，海面上起风了，风不大，细微而柔和，像是天神给大海做按摩，那海水的蓝色有些变幻。这时你会搜肠刮肚想起色彩词典上很多形容海的词汇——墨蓝、青蓝、深蓝、靓蓝、湛蓝、毛蓝、天蓝、普鲁士蓝、猫眼蓝、星蓝、阴蓝、黛蓝，那蓝色层次繁复，一言难尽，老天神秘的创造，人类是难以破解的。沉浸在这种纯净晶澈的蓝中，仿佛人的肉体和灵魂都变得透明，你并非来自纯粹、深深的尘世,这蓝天碧海如此美丽,如此柔和,人几乎有失重的感觉,只觉得肉体化为一缕虚气,融进这没有密度的世界。

我们漫步沙滩,忽然想起门德尔松的《苏格尔山洞》(又名《孤岛》)的交响曲,作曲家写他游历布赫布里底群岛的记忆,这部交响曲中描写了小岛的自然景色,曲中传出海鸥的鸣叫、海风呼啸、巨浪击石的天籁,这是一部海岛和大海的奏鸣曲。

所谓岛,即海中的山,这是爱琴海的女儿,半环形的岛城又被山隔断。蓝蓝的海水像条河流穿过,有桥、有山、有谷、有峰、有舒缓的山麓。植被稀疏,荒草荆棵,星星点点,也有树,不高,大都种在房前屋后,有松树、无花果、棕榈、夹竹桃,还有橘树、石榴,气候干燥,山野干旱,树和草生存极其艰难,它们像难民似的逃难到这荒岛野陬。最可怜兮兮的是那些草本植物,一出生就黄黄的,病恹恹的,凭着顽强求生的自然力量,挣扎在岩石缝隙和沙石层中。太阳毒辣辣的,常年看不到一丝云彩。天蓝得寂寞、艰辛。阳光直射下来,像火焰喷射,谁若不小心,撞出一个火花,整个海岛会熊熊燃烧起来,山会被烧焦。美丽的小岛,迷人的小岛,爱琴海的女儿,受尽多少苦难!

岛是大海的遗腹子,是陆地的弃儿。

二

海,展开,展开,无限的远方,无限的寥廓,直到缥缈的海天相连的一线。爱琴海老了吗?液态的浩瀚被风揉碎了,满脸皱纹。

我们在米岛玩了一天,海滩、礁石、浪花、阳光、水鸟、海风,这一切和其他海滩旅游地没有区别。第二天便乘游轮经过三四个小时的航行,来到闻名于世的"人间天堂"圣岛。从米岛到圣岛间的距离二百多海里，当游轮接近圣岛，我感到惊愕：巨大的岛屿呈月牙形，远看岛上有山峰、有峡谷，船靠近码头，更令人震惊：断岸千尺，峭壁如削，山崖呈九十度的直角陡然而立，石呈黑褐色，焦炭似的。几个世纪前，这海岛出现火山爆发，火山灰喷出几百米，遮天蔽日，持续数月，火山灰厚达六十多米。本来是一个圆形的岛，人称圆岛，后成半月形，按说人们该改名为"月岛"更名副其实。人们偏偏给它命名"古拉奥斯"。"古拉奥斯"是修女，善良、友好、乐于助人，为海岛和海岛居民做了大量善事，她死后，人们怀念她，改名"圣尼古拉奥斯"。

乘大巴车沿山路盘桓而上，窄窄的山道，陡陡的悬崖，令人胆战心惊；但到了山顶，又让人震撼：原来这山顶是一片开阔的平原，原野上有耕田、有树林、有水渠，道旁是松树、杉树，还有大片大片的葡萄园、橄榄林、高大的棕榈树、巨大的叶片像螺旋桨似的芭蕉树。有只鸟孤独地站在树枝上，一脸的冷漠和沉默。孤独是一种境界，难以分享，人孤独时才能认清真正的自我，小鸟呢，也在思考自己的命运吗？

岛上的房子是别墅式的，庭院式的，白墙红顶二层小楼，阿拉伯建筑风格，当然也有洛可可建筑，南欧古典风情和西欧的怀旧情绪结合得很自然，构图精美，那色彩、那造型，更是动人，牙白色的柱墙配以赭红色的屋瓦，愈显华贵典雅。红色的屋，蓝色的顶，白色的墙壁，还有米黄色、银灰色、草绿色的墙，风格各异，色彩斑斓，如花园，如童话，是诗的意境，音乐的快感，一种色彩心理学上的最美享受。这是童话世界、神话世界、梦幻世界。那红与黄是大众的色彩，古典的色彩，充满血性的色彩。而白，虚无渺茫的色彩，它是超越性、精神性、非感觉性的色彩，我想那是宇宙生命的原色。

我们住进离海滩最近的一幢别墅，房间宽绰、明亮，墙壁洁白，床单洁白如同米岛的床铺,但房间设施有天壤之别,这是真正的"四星级",豪华、丰满,前后有宽阔的凉台,后凉台面临大海,一片浩瀚苍茫的蓝拍窗涌来,令人惊叹海天的辽阔和空旷。涛声入窗,鸥鸣盈耳,一派天籁。前凉台下是一片花圃,有夹竹桃、玫瑰、月季、三角梅,不知名的藤萝,攀缘一株小树,旋律般扶摇而上,一路开花,一路歌唱。繁花芳草,茂茂腾腾,花开得浪漫多姿,汹涌澎湃,但安宁庄重,虽激烈,但有条理,高低错落,层层簇簇,体现了古希腊数理风格。

一切安顿好后,正是下午四点钟,这是海岛最动人的时光,中午的炎热已渐退去,天空耀眼炫目的蓝也似乎变得平庸,失去了神圣和肃穆,有白云出现。我们散步在海滩上,眼前是黑海滩,希腊的海滩也是多彩的,有红海滩、白海滩、黄海滩,还有灰海滩和绿海滩,这是大海的色彩,还是魔鬼的色彩?

圣托里尼岛是爱琴海最璀璨的一颗明珠,是柏拉图笔下的自由之地。圣托里尼岛和米克诺斯岛的主要区别是海滨风光,圣岛的海滩有造型别致的小桌和白色的躺椅,在躺椅上静静地观望爱琴海,身后的山便是火成岩筑成的悬崖,很多攀缘植物一丛丛爬满岩壁,那粉红色的小花鲜艳,极富生机,傻傻地独自开放,曾是满目疮痍的火山灰,已凝结成坚硬碎片化的岩石,它用灾难重塑了一个温暖的梦幻世界。

脚下细沙绵软,滩涂广阔,像一袭黑缎子飘逸在海的身边。海滩上一排排躺椅,遮阳伞下一个个半裸体的男人和女人斜靠着或躺着。古希腊文明特别欣赏裸体,在希腊博物馆里我们就欣赏了古希腊的雕刻艺术,《命运三女神》《维纳斯》等全是裸体像,雕刻家运用高超的雕刻语言,真实细腻地刻画了女神丰满、柔美的肉体。雕刻采用不同的曲线造型,坐着的、站着的、躺着的女神,她们不是神,是三姐妹。身段起伏的曲线,束腰向下揉褶繁复,斜躺的女神袒露出圆浑的肌肤,身体的姿势显出女性的优美和鲜明的性感,既平稳又柔和。希腊艺术的主要标志是人体美,这是古希腊为人类贡献了高不可及的艺术典范之作。

世界很静,阳光抚摸,海风温柔地按摩着,男人和女人都进入完整而精粹的假寐状态。阳光、海水、石头是希腊最受游客欢迎的"特产"。爱琴海美得动人!广阔无垠的海面静穆、高贵,细波潋滟,波光粼粼,海风轻轻,像锦缎擦拭着脸庞,温柔、细腻,广阔的海空是望不到边的纯净的蔚蓝。

按康定斯基的色彩学解释,蓝代表一种深沉,静穆,是情感的储积,是思想的沉淀,这是产生哲学和诗的一种色彩。

不过天空的蓝与海水的蓝有明显区别,天空蓝中透出白垩色,不过是气体和散射的光构成。海水则呈现水银的白。

我们散步在黑海滩上,软绵绵的细沙,赤脚踩上去好像走在大地母亲的肌肤上。海涛亲切地涌来,节奏感很强,细碎的浪花在你脚下绽放又凋零,周而复始,永远开不败的浪花。这时你会感到生活是诗,大海是最富天才的诗人,因为只有诗人的语言才有节奏。在这里你尽可放松一切,肉体的、灵魂的,精神完全沉浸在大自然里,像海鸟和游鱼一样自由,像海风一样放荡。

爱琴海,谁翻译的?这么富有诗意,这么美!中国翻译外国地理名字,总是很雅,富有古典的审美意识,像徐志摩翻译的翡冷翠,像荷兰、香榭丽舍、伊丽莎白……那简直是唐诗宋词中的词汇。爱琴海是地中海的一片最美的海域。

海水涌来,晶亮莹润的浪花,无休止地翻腾,有十分养眼的光感。放眼望去,远海是一片水天相连的苍茫、迷茫,迷茫那边是渺茫,远方是无休无止的存在和时间。

几个年轻女子穿着三点式泳装,大大方方走来,浑身散发着爱琴海的气息，还夹杂着希腊古典的味道。她们说话的音韵优美，从嘴里吐出的每一个字母都带有磁性、乐感，两条纤长、健美、白皙的腿摆动着……像小鹿一样在海滩上活蹦乱跳，大声说笑，但海却宁静地望着她们，这一切都是歌和梦。

"啊，美，太美了！"有人惊呼。

常年生活在高楼密集的城市里，天空在我们眼里干巴得像一把骨头。我仰着脖颈，瞪大眼睛，贪婪地望着天，天哪，你那深邃、辽阔、浩瀚，神一样！仰望天空才知道宇宙的浩茫、无限，进而觉出天空的自由、广阔，天的愉悦、圆满。向天空致敬，向大海致敬，一种敬畏感、神圣感油然而生，原来宇宙就是一尊巨大无比的神，人在它面前忽略不计。这尊神既没有从前，也没有以后。

我想起了爱琴海美丽的传说：

雅典失去霸主地位，听命克里特王朝。克里特有一个牛怪，每年要吃掉七对童男童女。当年雅典王朝执政的国王名叫爱琴。轮到雅典奉献童男童女时，爱琴之子决定带头前往，目的是杀死牛怪。王子和其他随行人员乘一艘快船，扬起黑帆，驶向茫茫大海，他们相约，如果儿子杀死牛怪，帆换成白色；如果儿子被牛怪吃掉，帆仍然是黑色。

没想到，儿子杀死牛怪，高兴得手舞足蹈，忘掉换成白帆。老国王爱琴误以为儿子被牛怪吃掉，悲伤不已，纵身大海，身亡波涛。人们为了怀念老国王，这海湾就叫爱琴海。

我默默地谛视着海，爱琴海也用它深邃湛蓝的明眸凝视着我。海水清澈洁净，海滨深处有一群"罗米欧"（礁石）破水而出，有的苗条如竹竿，有的丰满、浑圆、敦实，上面顶了一个盖，使人想起森林里的蘑菇。海浪拍打着礁石，溅起很高的浪花。这些礁石集蓝天、山石、海水及神妖的灵气于一身。

古希腊有许多美丽动人的神话，爱琴海是诸神相聚之地。统治海洋的神叫波塞冬，他曾经与雅典娜争夺雅典城邦的主政权，二人比武。海神波塞冬失败逃回爱琴海，继续统治着大海，他手中有两样工具：雷与电。当雷鸣闪电的天气，大海就大发怒气，海浪翻腾，海啸咆哮。

古希腊是神话的世界，有如一片繁茂蓬勃的初生天地，处处奇花，累累异果，绽放着缔结着人神之源的传奇。身偎爱琴海的衣襟，那银蓝的海浪，娴雅而温馨地波动着，似乎一年四季就这样平静，没有风暴，没有惊涛骇浪，远海的白帆、近海的鸥鸟是爱琴海永恒的插图。爱琴海流传着很多迷人的神话故事，当然也包括动人的爱情故事，有的美满幸福，有的令人惋惜悲哀，人与神的爱恋，神与神的爱情，既美丽又忧伤，这是一首永远重复着旋律优美的歌。

我想起塞壬女妖的歌声。塞壬是一种人首鸟身的海妖。她经常从空中飞降到礁石或船舶上，用自己甜美迷人的歌喉诱惑船上的水手。水手们听得入迷，最终导致航船触礁沉没，葬身鱼腹。来自雅典的波忒斯在听到女妖甜美的歌声后，无法抑制那种令人销魂的诱惑，也丢下了船桨，纵身跳入了大海，想追逐那迷人的歌声，最终以身殉海。这是一个十分伤感的故事。

美丽的爱琴海，美丽动人的古希腊神话又给爱琴海增添了多少迷人的魅力！

三

入夜，爱琴海的涛声浪韵拍窗而来，海岛的夜晚非常寂静，只有夜风在树叶间絮语，有虫吟细细的鸣唱，海上没有风暴，爱琴海的夜晚像白昼一样平静，那细碎的波涛一叠叠地涌上海滩，又跌跌撞撞退了回去，大海无目的地重复着单调的动作，并不令人讨厌，那生命的呼吸。

夜静了，海浪声似乎更响亮了，哗啦啦，哗——啦——啦，节奏绵长，调门升高，这是浪花对大海深挚的恋情，这不是弱者的叹息，是力量的凝聚和爆发，也许在远处有山一样的浪涛在翻腾，那是海神波塞冬在夜的大海上巡行吗？

天空变成墨蓝，星星像开遍旷野的草花，斑斑点点，随意任性。月亮升起之前，那天空神秘、深邃，那月亮女神阿芙娜会乘一脉月辉走下天堂吗？诸神也会赶来相聚吗？哪里是众神栖息的地方？灿烂的星群，伟大的神灵，遥远的审美迷恋。谁能说清这星球的历史，谁能读懂宇宙这部浩瀚的巨著？

在爱琴海观落日，这是一种经典式的景观，第二天下午，旅游团安排我们看落日。观景台在岛的西南方向，是一座小山丘，正冲着落日的方向。我们登上观景台，放眼大海，一种液态的苍茫，这旷大的空间给我激情，给我想象，给我诗意，也使我产生敬畏，风起时那涌起又跌下的浪涛，像西西弗斯日日夜夜耕耘。

遥望这神秘的水的世界，我真想变成一条鱼儿，以强烈而深情的敬意，阅读着、欣赏着，眷顾海景的辽阔和壮美，爱琴海真是宇宙之神的琴和瑟，在岁月深处，弹奏一曲永恒的爱之歌。

海之魂，水之心，理想、自由、信仰都在这片银蓝中。爱琴海那是波浪的弦，是连接五湖四海的壮阔航线，舒卷出波澜起伏的文明史。

美丽、神奇的妙境，碧水蓝天，构成梦幻的世界，是一幅比神话更优美的画卷，令人心魂为之激荡，思绪为之飞扬。

爱琴海观落日，那是一大景观，游客无不兴致勃勃地观赏。下午四五点钟，观景台便挤满观日落的游客，大家都抢占最佳位置，这是世界上最壮美的日落。我观看过泰山落日，也欣赏过大漠落日、草原落日，爱琴海的落日美在何处？夕阳越来越低，缓缓地走向大海，西边半个天空由蔚蓝变成杏黄、玫瑰红，鲜艳、热烈，漫天像燃起熊熊火焰，像岩浆喷涌，烈焰咆哮、呼啸，似乎听到那晚霞燃烧的噼啪声；温暖的夕阳里，空气中飘荡着浓浓的历史味道，也不乏神话的浪漫。使人想起赤壁大战，火烧连营的场面，"樯橹灰飞烟灭"的宏伟场景；使人想起特洛伊大战，伟大英雄阿伽门农和阿喀琉斯同敌人血战的壮烈画卷，战旗飞扬，火光剑影，铿锵厮杀，血流成河，尸首枕藉，一片血性的残忍……

　　那云霞变换着，太阳被云层遮住了，光芒从云层里射出来，惨白，猩红，还镶上金边，光芒射到海面上，是一片灿烂的亮光，一时难辨哪是海、哪是天空。当云层散去，日落渐接远处的海，这时天空突然变成桃红、橘红、绛红，海天鸿蒙，令人晕眩。太阳燃烧余烬中隐隐传来一曲乐章，这是落日的安魂曲，只有海风在轻轻地为它祈祷。

附录

郭保林入选语文教材和教学阅读用书作品一览

《我寄情思与明月》

人民教育出版社全日制普通高级中学《语文读本》（试验修订本·必修）第三册（2000年12月）

高等教育出版社《大学语文》（2012年1月）

复旦大学出版社大学《语文教程》（2006年8月第一版，2014年4月第二版）

人民教育出版社中等师范学校语文教科书（试用本）《阅读文选》第四册（2000年6月）

人民教育出版社人教版职高《语文》第二册（2009年6月）

语文出版社《语文世界（高中版）》（2003年9月）

《我在草原上追赶落日》

北京师范大学出版社北师大版小学《语文》四年级下册（2011年5月）

北京师范大学出版社北师大版义务教育课程标准实验教科书《初中自读语文》第九册（2009年3月）

《祝福拉萨》

高等教育出版社五年制高职教材《语文》第二册（2003年12月

第一版，2014年12月第二版）

化学工业出版社教育部高职高专规划教材《语文》下册（2004年1月）

华东师范大学出版社教育部五年制高等职业教育语文公共课教材《实用语文》（2005年7月）

中国财政经济出版社五年制高等职业教育教材《语文》第四册（2005年10月）

中国农业出版社全国高等职业教育"十三五"规划教材《语文》（五年制）下册（2016年8月）

机械工业出版社职业教育公共基础课"十三五"规划教材《实用语文》（上册）（2017年7月）

中央广播电视大学出版社中等职业教育技能人才培养培训创新教材《语文》（上）（2011年1月）

《凭吊交河故城》

上海教育出版社《语文主题学习 五年级下册——走进西部》（2017年11月）

《故乡情》（即《八月的故乡——你好》）

人民教育出版社义务教育课程标准实验教科书语文五年级上册同步阅读《走进书里去》（2005年7月）

《走向大海》

中国人民大学出版社《大学语文》（2013年7月）

《戈壁有我》

安徽教育出版社新编《大学语文》（2013年4月）

《船娘和歌》

中央广播电视大学出版社中央广播电视大学教科书《大学语文》（2011年8月）

《李白：孤独的月光》

江苏科技出版社《语文》阅读欣赏（2016年2月）

武汉大学出版社高中语文读本（第三册）（2015年1月）

中国地图出版社中学语文快乐阅读系列丛书《最悦读—浪漫之约》（2012年1月）

《月光与泉水的奏鸣》

人民教育出版社盲校义务教育教科书《语文》七年级下册（2017年9月）

《秋日草原》

教育科学出版社《新课标新阅读》（2017年6月）

《浪漫的草原》

山东文艺出版社《新理念语文读本》（2006年4月）

安徽少儿出版社《儿童文学小学生分级读本》（2014年2月）

《纵笔纳木错》

华东师范大学出版社《中文自修》（2020年第5期）

《德国的橡树》

山东人民出版社《初中语文 漫·阅读 梦想花开》（2016年6月）

《马颊河湿地的黄昏》

石油工业出版社《中学生魅力阅读》（七年级）（2000年1月）

《杭州的柔和与坚硬》

上海教育出版社《语文主题学习——旖旎风光》（2017年11月）

《秋歌三章》

上海教育出版社《语文主题学习——成长的时光》（2017年11月）

《巴黎的韵致》

作家出版社《中国校园文学》（2018年第13期）